JN205351

白の皇国物語 4

ALPHA LIGHT

白沢戌亥

Inui Shirasawa

アルファライト文庫

ウィリィア
メリエラの侍女。〈龍殺し〉であり、
レクティファールの天敵(?)
リリシア
レクティファールの婚約者。
四界神殿の巫女姫
メリエラ
レクティファールの婚約者。
現在は近衛《このえ》軍所属の侍従武官
レクティファール
本編の主人公。
〈アルトデステニア皇国〉
摂政《せっしょう》にして次期皇王
主な登場人物

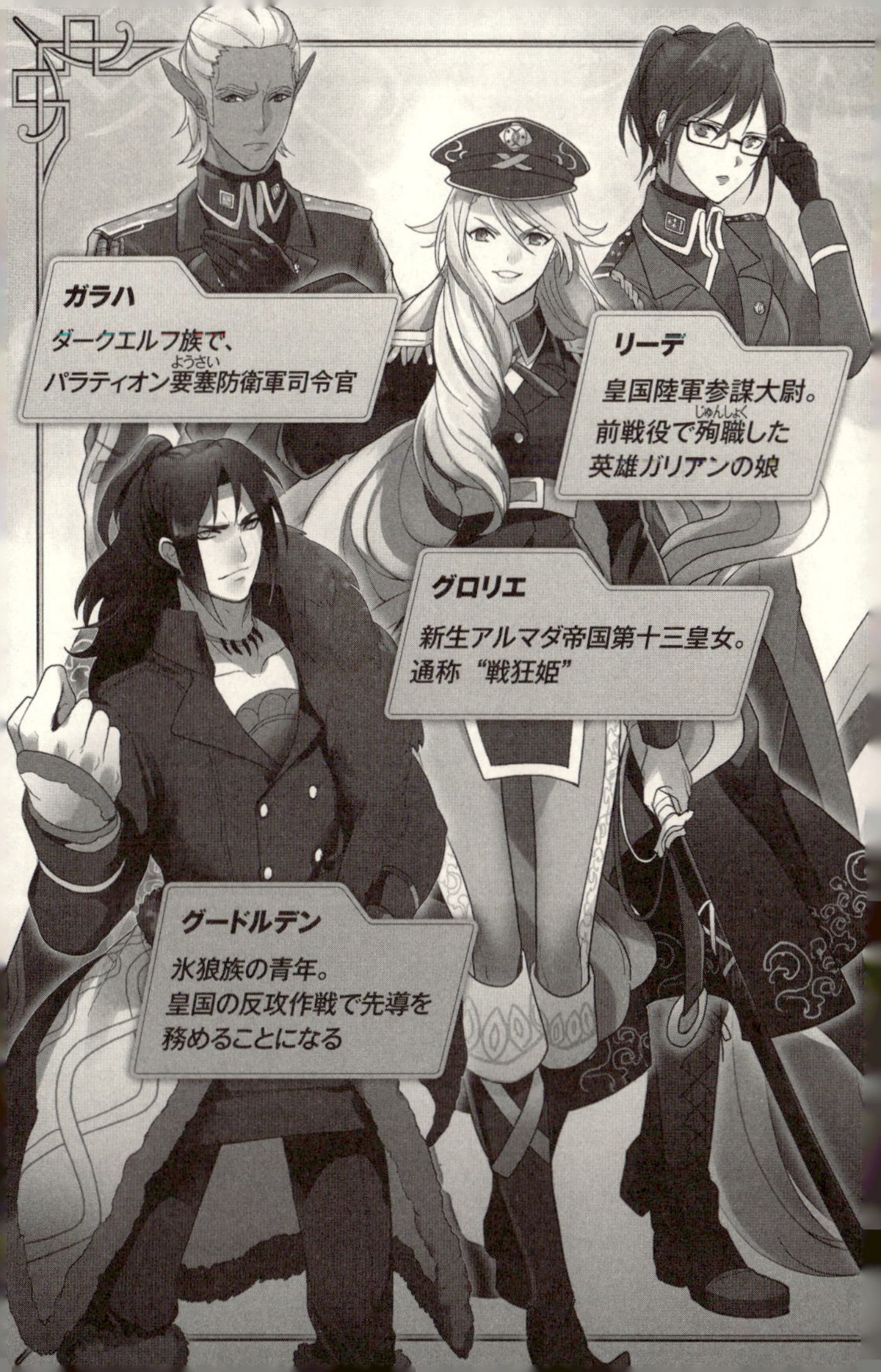
ガラハ
ダークエルフ族で、
パラティオン要塞《ようさい》防衛軍司令官
リーデ
皇国陸軍参謀大尉。
前戦役で殉職《じゅんしょく》した
英雄ガリアンの娘
グロリエ
新生アルマダ帝国第十三皇女。
通称“戦狂姫”
グードルデン
氷狼族の青年。
皇国の反攻作戦で先導を
務めることになる

新生アルマダ帝国
天狼山脈
雷霆《らいてい》
ウィルマグス
帝国軍
パラティオン要塞
グードルデン第一軍団の進路
アルトデステニア皇国
白狼山脈
ヴァーミッテ
龍虎戦役関連図
新生アルマダ帝国
白狼山脈
ウィルマグス
（パラティオン）
ヴァーミッテ
ギルツ北原
ブラオン荒原
ゼフント川
大樹海
ヒュアツィンテ
聖山
グラオン湾
ヘルミナ
アルフィウム
コロンホルム
ネイベル
山脈
ノートルアグレ
ハイアー
ウンフェア川
グラスディア
平原
ライヒ平原
ブライ湿原
フェーゲリア
峡谷連帯
アグロイア
ロッゾ高地
ハイラント
ニーズヘッグ
リンドヴルム
レムリア海
アグノシア
リドルヴェル川
聖都
ネーブル
ウォルドヌング
ヘイムヴェル川
キストゥール川
北イクシード
山脈
フローセ山地
ミラ平原
アルカディス湖
運河都市
ライヒエトゥーム
皇都
シャイネ高山湖群
ロトバル
スヴァローグ
ミステル川
ベルシュタイン
山脈
グリッツ山地
ローイエ高原
サイキュウ
（西宮）
レジア＝コート
アルカンス
盆地
ロアベーア川
西方諸国
アルゲント半島
テンペル連山
ファイルフェ川
エッシェン
バッハ
トーレラント
平地
ツアルト平原
ベイフェル
アウルム半島
シャグリス
エルノシア
アルトデステニア皇国

目次

それは愚《おろ》かしくも心の浮き立つような時代だった。

何もかもが目まぐるしく入れ替わり、誰もが明日へ明日へと突き進んだ。

今の平穏な時代しか知らない者たちから見れば、野蛮《やばん》で獰猛《どうもう》で、救いのない時代だったように思えるかもしれないが、当時の自分たちはそんなことを露《つゆ》ほども考えず、その日その日の変化に適応しようと躍起《やっき》になっていたものだ。

人が成長するように、国が栄《さか》え滅びるように、時代もまた成長し、栄え、滅ぶ。

いつか自分たちのこの文明も、第一次文明のように滅びるだろう。

人によっては、それについて幾《いく》らでも言いたいことがあるだろうが、滅びもまた必要なことなのだと私は思う。

この文明を苗床《なえどこ》にして、新たな文明が花開く。それは親から子へと続く生命の連鎖《れんさ》のように、この世界の中で生きる文明にとって自然なことだとは思えないだろうか。


——統一暦三三二一年黒の第五月　皇国星天軍元帥《せいてんぐんげんすい》　イドリアス・ガラハ・アーデン

第一章　皇都にて

明るい光の中で、彼は優しく微笑《ほほえ》んでいた。

少女の総《すべ》てを受け容《い》れるように、少女の背負う重荷を受け容れるように。

他の誰にもできない、彼だけの笑顔。

この国で生まれ、この国で育ち、それ故《ゆえ》に、少女とその重い役割を知る者には決して浮かべることができない彼の表情に、彼女は惹《ひ》かれた。

知らぬ故に少女自身を見詰め、理解できぬが故に少女自身を理解しようとする彼の姿に心打たれた。

役目を果たし、彼の内なる世界で揺蕩《たゆた》う彼女を呼び起こした声。

久しく聞いていなかった名前。

姉以外の誰もが口にしなかった彼女の名を、彼は呼んでくれた。

あの声を聞き、自分は自分なのだと思えた。

抱き上げられ、自分は此処《ここ》にいてもいいのだと思えた。

リリシア、と。あの人に呼んでもらえるのなら、他に何もいらない。

巫女姫の肩書きさえ、彼の隣に侍《はべ》るための道具に過ぎないのだから――


皇都イクシード。

当代皇王とその支持貴族によって戦火に晒《さら》された皇国最大の都市は、新たな皇国の主である一人の青年の出現によって再びその栄華《えいが》を取り戻そうとしていた。

都市外へと疎開《そかい》していた住民たちが我が家へと帰り、鎧戸《よろいど》を固く閉じていた商店は次々と店を開く。学校や公園には子どもたちのはしゃぐ声が蘇《よみがえ》り、路面列車や乗合馬車、乗合魔動車には明るい表情の住民たちの姿があった。

住民や商店を相手にする卸《おろし》業者の隊商もまた皇都へと舞い戻り、市場は多くの人々で賑わっている。呼び込みや値段交渉の声は幾重《いくえ》にも重なり、とある屋台の商店主は、懐《なつ》かしささえ感じるその喧騒《けんそう》に目尻《めじり》を濡《ぬ》らした。

そんな彼の屋台に、真昼間から酒を楽しむ二人の男がいた。

「皇太子殿下は北に向かわれたそうだのう……」

「んだ。帝国のグロ――何とかというお姫さまが軍隊を引き連れて攻めてきたらしい」

「おうおう、おっかねぇなぁ。そういや、うちの婿《むこ》の実家が確か北の方での、向こうの旦《だん》那《な》が今年は雪が早いとか言っておったわ」

「んだら、皇太子さまのお帰りも早いかもしれんな」

「だと良いのう。お城には巫女姫さましかおらんで、さぞ寂《さび》しかろう」

「大層めんこい子じゃったに、皇太子さまもさぞかし向こうで心配しとるじゃろ」

「そりゃそうだ」

呵々《かか》と笑い、祝《いわい》の酒を酌《く》み交わす二人。彼らは今朝方皇都に荷物を届けに来た商会の人間だった。

大分《だいぶ》老《お》いを重ねた彼らにしてみれば、皇太子も巫女姫も孫と言っていい程の年齢だ。皇太子に対する忠誠心も巫女姫に対する崇敬《すうけい》の念もあるが、まず彼らに対して抱くのは若い雛鳥《ひなどり》に向ける愛情だった。見ていて思わず微笑んでしまうようなそれだ。

できるならば、雛《ひな》たちには健《すこ》やかに過ごして貰《もら》いたいと思う。

この皇都を襲った未曾有《みぞう》の惨禍《さんか》に終止符を打ち、今また外からの脅威《きょうい》に立ち向かっている皇太子。

その皇太子を支える宿命を負い、ただ一人広大な皇城に残された巫女姫。

人々は、彼ら自身が考えているよりも彼らのことを想っていた。

幸せな夢だった。

今は遠く北の大地にいるあの人が、自分の隣にいる夢。

だからだろう、目が覚めたときに酷《ひど》く虚《むな》しい気持ちになったのは。

隣に誰もおらず、目を開けてもただ窓掛けが朝日に揺れるばかり。

その向こうに見える清々《すがすが》しいまでの青空さえ、憎く思えた。

「起きよう……」

上半身を起こし、ともすれば沈み込む思考を晴らそうと、少し強く頭を振る。

さらさらとした薄絹《うすぎぬ》の夜着《よぎ》が肌に擦《こす》れた。身体を締め付ける下着は安眠に良くない、と神殿付きの女官に教えられて以来、就寝時には下着を着けなくなった。それから大分《だいぶ》経つから、鋭敏《えいびん》な素肌《すはだ》を夜着が擦るのも慣れた感触だ。

肩からずり落ちた夜着を整えることもせず、彼女は寝台の上に座り込む。

透けるように白い肌と艶《つや》やかな翡翠《ひすい》の髪、そして身に纏《まと》う衣《ころも》は薄い夜着だけという非現実的なまでに扇情《せんじょう》的な姿は、間違いなく世の男どもが夢想してやまない理想の女の姿だった。それが今年十四になったばかりの少女が具現化しているとは、彼らとて想像できないだろう。

だが、少女自身がそうあろうとしている訳ではない。

彼女は、自分が心の底から想うたった一人の男のためにこの姿を手に入れた。彼女にとって最も大切なのはその男であり、自身の容姿など所詮《しょせん》副次的なものだった。

以前から美しく在《あ》りたいという気持ちはある。

しかしその願いは人から『美しくあるべき』と教えられたからこそで、彼女が自ら見付けた願望ではなかった。

彼女が本当の意味で自分の容姿に気を配るようになったのは、やはりあの青年に心惹《ひ》かれてからだろう。

雪のような素肌《すはだ》に布の跡がつかないようにと夜着《よぎ》を選び、それこそ件《くだん》の青年以外の異性に見せることはないであろう身体の隅々《すみずみ》にまで目を配る日々。神殿にいた頃から付いてくれている女官など、少女のそんな姿に「あらあら」と嬉しそうに笑《え》みを浮かべたほどだ。

元々の資質もあったのだろうが、今の少女は絵画に残しても誰一人異論を唱えることができないほど美しくなった。

未成熟であるが故《ゆえ》に滲《にじ》み出る艶《つや》。

熟《う》れきった者にも、成熟の途上にある者にもない独特の艶気《つやけ》は、密かに後宮《こうきゅう》の職員たちの間で噂になっていた。

「あんなにも可憐《かれん》な巫女姫さまを娶《めと》られる摂政《せっしょう》殿下は大陸一の果報者」

そう後宮の者たちが評するのも無理はない。

少なくとも今の少女は、皇都近くの離宮にいるもう一人の女性——美しく在《あ》ることこそが存在意義の『蕾《つぼみ》の姫』に匹敵《ひってき》するだけの麗姿《れいし》を持っているのだから。

「レクティファール様は、今何をしていらっしゃるのでしょう」

そんな彼女だが、浮かぶ表情は憂《うれ》いを多分に秘めたものだった。

こんこんと部屋に響いた軽い音に振り返る最中も、その憂いが消えることはない。

そして、どうぞ、と音の主を招き入れる声もまた、何処《どこ》と無く沈んでいた。

「失礼します、猊下《げいか》」

音も立てずに扉を開け、一つお辞儀《じぎ》をした女官。重厚そうな扉だが、閉める音もなかった。

「おはようございます、お目覚めでしたか」

「メチェリ、おはよう」

メチェリと呼ばれた女官は、隙《すき》のない所作で少女――リリシアの座る寝台へと歩み寄る。

深い紫の髪を頭頂部で一纏《まと》めにし、端整《たんせい》な顔立ちの彼女であるが、何よりも一番人の目を引くのはその鋭い眼だろう。まるで抜き身の刃のようと評されるその眼は、今は主人であるリリシアをじっと見詰めていた。

「いい夢を見ていたのだけど、やっぱり夢は夢だった。起きたら少し寂《さび》しくなってしまったの」

「良い夢ほど現実との落差に虚《むな》しさを覚えるものです。――おそらく、これから幾度《いくど》も同じ経験をなさるでしょう」

「ええ、きっとそうでしょうね」

リリシアはうっすらと笑《え》んだ。

確かに笑っていながら、しかし感情を窺《うかが》うことのできない空虚《くうきょ》と言う他ないその顔に、メチェリは眉をぴくりと跳《は》ね上げた。

「猊下《げいか》……」

呼んではみたものの、続ける言葉が無いメチェリ。

彼女は後宮を守る皇族最後の盾《たて》──『機甲乙女騎士団《パンツァール・メイディス・オルデ》』の一員として多くの妃《きさき》を見てきたが、これほど若い第一妃候補は初めてだった。それどころか、皇太子と正式に婚儀《こんぎ》を行っていない妃〝候補〟を迎えたことも初めての経験で、リリシアとどのように接するべきか悩む部分も未だに多い。

メチェリの懊悩《おうのう》を悟ったか、リリシアは小さく微笑んで言った。

「沐浴《もくよく》の準備をお願い」

「はい」

両手を揃え、頭《こうべ》を垂れるメチェリ。

近衛《このえ》軍侍女大尉としてリリシア付き侍女頭《がしら》を任されて以来、彼女はずっと悩み続けていた。

この少女の笑顔が、どうしても泣き顔に見えたから。

沐浴《もくよく》を済ませたリリシアは、朝食までの時間を中庭にある大聖堂で過ごしていた。

後宮の中心にある中庭は広く、そこに点在する庭園では多くの樹木草花が皇妃たちの目を楽しませている。

石造りの遺跡庭園もあれば、イズモ様式の枯山水《かれさんすい》もあり、さらには南国の気候を再現した温室もある。中庭の中央近くの湖には多くの野鳥が訪れ、さらには庭園で放し飼いにされている鳥たちも季節相応の姿を見せてくれた。

しかし、そんな優美な印象とは裏腹に、後宮とはただ皇王とその妃が暮らすだけの施設ではない。皇王と皇族を守る最後の砦《とりで》だ。その証拠に、この後宮で働く二〇〇〇人の侍女女官は総《すべ》て、近衛軍の軍人、『機甲乙女騎士団《パンツァール・メイディス・オルデ》』の団員だった。

洗濯物を洗う侍女、後宮内を掃除する女官、庭師たちでさえも『機甲乙女騎士団《パンツァール・メイディス・オルデ》』の一員。

彼女たちはいずれも男を知らず、騎士団の名の通り〝乙女《おとめ》〟としてこの後宮で働き続けている。

そして、近衛軍部隊で最も平均年齢が低い。その所以《ゆえん》は男を知り、その名を〝乙女〟から〝女〟へと変えた女性はこの騎士団から別部隊へと異動になるからだ。

近衛軍は個人の恋愛に口を出さないが、結婚せずとも〝女〟になれば『機甲乙女騎士団《パンツァール・メイディス・オルデ》』に所属することはできなくなる。それは後宮にいるべき男が皇王と、女皇の配偶者のみで、彼らの手が付いた場合を考慮してのことだった。

女皇の配偶者の手が付いた場合、それは問題にはならない。生まれてくる子どもには皇族としての資格は当然無く、ただの私生児に過ぎない。

だが、皇王の手が付いた場合はどうなるか。

これは言うまでもなく、皇族名簿に記載される立場となる。無論、母親の意向によっては名簿に記載されること無く生涯を閉じることもあるだろう、だが、母親である団員が皇妃となれば子どもは準皇族となり、有力な貴族に養子として出される場合も考えられる。

そんなとき、父親が皇王でないと発覚したらどうなるか。

これまでも皇王の手が付き皇妃や側妃《そくひ》となった団員は存在した。それらの産んだ子どもたちは貴族や有力な名家の養子となっており、万が一父親が別に存在するとなれば、間違いなく皇王家の権威は大きく傷付くことになる。

いや、実はこれまでの歴史でそのような事例が一度だけ存在した。

当時は『機甲乙女騎士団《パンツァール・メイディス・オルデ》』が存在せず、近衛《このえ》軍の女性のみの部隊が後宮の警護役だった。

ときの皇王はその中の一人を見初《みそ》め、召し上げた。

皇王の手が付いた時点では、確かにその団員は男を知らず、近衛軍を統括《とうかつ》する皇王府もまた、皇王の意向に沿って彼女の皇妃入りを認めたのだ。

彼女はやがて皇王の子どもを身篭《みごも》り、出産。

しかし、その後の検査にてとんでもない事態が発生したのだ。

皇妃の産んだ子が、皇王の子ではないと発覚したのだ。

皇国の象徴たるべき皇妃の一人が、あろうことか他の男と姦通《かんつう》していた――皇王府も政府も、他の皇族も大いに揺れた。

議会は荒れ、流れた噂によって国民も動揺した。

何よりも、皇王自身が心に多大な衝撃を受け、床に伏せてしまった。

皇妃は後宮から離宮へと移され、蟄居《ちっきょ》。後に病死。

皇妃の元上司である近衛軍総司令官は責任を取って辞任し、その数日後、自宅で自刃。

皇妃の実家も夜逃げ同然に国を出奔《しゅっぽん》し、この事件は皇国史上最悪の不祥事《ふしょうじ》となってしまった。

だが、皇王府と近衛軍の捜査によって明かされた真実は、大して珍しくも無いことだった。

皇妃となった女性には、幼馴染《おさななじみ》の許嫁《いいなづけ》がいたのだ。

幼少の頃に結婚の約束を交わしており、それは両家も承知の上。

ある家具職人の弟子になっていた男が社会的に自立したら、正式に夫婦となる予定であった。

しかし、近衛軍に属していた女は皇王に見初《みそ》められ、流されるままその愛を受けてしまった。

それだけであればただ手が付いただけ、女が身を引けば大きな問題にはならなかったはずだ。だが、女の実家が欲を出してしまった。皇王から娘の皇妃入りを求められた際、それを受けてしまったのだ。

女は悲しみを押し殺し、家のため後宮へと上った。

だが、悲しみは癒《い》えることなく、彼女は独り立ちし、一人前の家具職人となっていた幼馴染《おさななじみ》に家具を頼みたいと願った。そして、当時は皇王の許可さえあれば一部の部外者も立ち入ることができた後宮内へと彼を招き入れた。

元近衛《このえ》軍の女には、後宮内の警備の穴を突くことなど難しいことではなかった。

彼女は幼馴染と、後宮内で密通《みっつう》した。

幾度《いくど》も、幾度も、新しい家具を作りたいと、少し家具に手を入れたいと言い、男を招いた。

おそらく、彼女と幼馴染の密通に気付いていた近衛軍の軍人もいただろう。

だが、彼女の境遇に同情した元同僚たちは、その密通を上司に報告することも、止めることもしなかった。

そして、あの後宮史上最悪の事件が起きた。

事件後、すぐに近衛軍は『機甲乙女騎士団《パンツァール・メイディス・オルデ》』を設立。所属団員の厳正な選抜と厳格な服務規程を定め、このような事件が二度と発生しないよう現在の後宮の形へと制度を切り替えた。

例外なく、一切の部外者の立ち入りを禁止。

皇妃たちには専属の護衛隊を付け、いかなる状況下であっても傍《そば》を離れることがない警備体制を作り上げた。これは皇妃自身が望んでも覆《くつがえ》らない。

実際、リリシアが就寝している隣の部屋には、常時一個分隊の護衛が待機しており、彼女の行動を監視し続けていた。

今このとき、リリシアが礼拝《れいはい》を行っている最中も、護衛隊は大聖堂の中に散らばり己の職務を果たしていたのだ。

「侍女大尉殿、本日の予定のことなのですが……」

礼拝堂の入口近くに立ち、礼拝のため祭壇の前で跪《ひざまず》くリリシアの姿を視界の端に捉えていたメチェリの下に一人の部下が駆け寄ってきた。メチェリと同じく侍女服姿だが、襟《えり》元《もと》の階級章は准尉《じゅんい》のものだった。

「どうした、何か予定に変更か？」

「は、実は――」

メチェリの耳に口を寄せ、囁《ささや》く准尉。

その言葉を聞いたメチェリの目は大きく見開かれ、表情は強張《こわば》った。

「まさか、パールフェル妃殿下が……」

「どうなさいますか？　司令部からは猊下《げいか》の意向を是《ぜ》とせよとの命令が届いておりますが……」

准尉の問いに、メチェリは疲れたように頭を振った。

「ならば、猊下《げいか》に直接伺うしかあるまい。――今上陛下の第一妃、パールフェル殿下がお会いしたいと仰っていると」

◇◇◇

リリシアの答えは是《ぜ》だった。

今上皇王は公的に未だ皇王である。

ならばその妃《きさき》は後宮を退いても皇王第一妃であり、未だ正式な皇妃ではないリリシアにその誘いを断ることはできない。

ただ、パールフェルの誘いよりも前に決められていた予定に関しては、これを優先することにした。

予定とは今回の騒乱で傷付いた国民の慰撫《いぶ》であり、都市外に建設された難民避難施設の慰問《いもん》を行ったり、神殿の運営する病院などに足を運んで入院患者を見舞うことだった。

これをパールフェル側に打診すると、すぐに承諾するとの返事がきた。

本人もリリシアと同じく、国民のために少しでも行動したいと願っている。

すでに国民からの敬意を受けるには汚れ過ぎているパールフェルだが、リリシアに毅然《きぜん》とした態度を示すことで、第一妃の在《あ》り方を教えたのかもしれない。国民の象徴《しょうちょう》である皇妃としての役割は未だ果たす積《つ》もりでいるらしい。

パールフェル自身は今回の騒動で罪を犯してはいないが、実家グリマルディ侯爵《こうしゃく》家が事実上の取り潰《つぶ》しとなった現在、皇妃としての実権など何一つ持ってはいないのだ。

それでも皇妃としての毅然とした在り方を忘れないパールフェルに、リリシアは密かに憧憬《しょうけい》の念を抱いた。

自分があのように振る舞える日はいつになるだろうか。そんなことを考えた。

難民の避難施設に着いたリリシアはまず、一緒に運んできた支援物資の配布から始めた。

これは皇王府が用意したものだったが、リリシアが運び、そして配布することで、国民の意識に「リリシア〝皇妃〟は自分たちの味方」という印象を植え付けようとしていた。

民を騙《だま》すようだとリリシアは思ったが、それで幸せを得る民が過半を占めるならやるべきだとも思った。

総《すべ》てを救うほどの力はない。

なら、救えるだけの人々は救うべきだ。リリシアはそう決断した。

そういう意味では、レクティファールよりもリリシアの方が余程《よほど》政治的判断を的確に行えるのかもしれない。

政治は民のためにある。

リリシアの趣味嗜好《しこう》や矜持《きょうじ》のためにあるのではないのだ。

「おお……お妃さま……」

「皇太子さまといい、此度《こたび》の皇族様方は慈悲《じひ》深い方ばかりじゃ……」

今朝焼いたばかりのパンを配り歩くリリシアの手を握り締め、涙さえ流す老夫婦。夫は車椅子に乗ったまま幾度《いくど》もむせび、妻は歩くための杖を地面に放り出してリリシアの前に膝《ひざ》を突いていた。

「お二人とも、これまで大きな苦労を掛けました。以後、皆様の安寧《あんねい》はわたしと、摂政殿下が保障いたします」

「リリシア様……ありがとうございます……！」

「皇太子さまの御武運、この老骨たちにも祈らせて下さい……」

「ありがとうございます。殿下はきっと、皆様のお心を剣鎧《けんがい》として勝ちましょう」

優しく微笑むリリシア。

老夫婦だけではない、周囲の人々さえ彼女の言葉に声を詰まらせた。

今上皇王によって大きな傷を受けた人々。

彼らは皇王家に対して不信感を抱きながらも、同時に皇王家を信じたいという願望を抱いていた。

二〇〇〇年の間に人々の間に芽生《めば》えた皇王家への崇敬《すうけい》の念は、一度の裏切りで消えるものではない。

裏切られても、それでも信じたいと願う人々の心を、リリシアは感じた。

「皆様――」

だから、彼女はもう一度自分たちを信じて欲しいと言うつもりだった。

しかし、その言葉は突然の怒声に掻《か》き消された。

「この裏切り者！」

一人の若い女性が、真っ赤に血走った目でリリシアを睨《にら》みつけながら叫び、人垣《ひとがき》を割って現れた。

リリシアの周囲にいた人々は口々に女性の不敬《ふけい》を詰《なじ》ったが、当のリリシアがそれを制した。

「――」

「反論しないの？　やっぱり裏切り者なのね！　あんたたちは！」

女性はぱさついた赤茶色の髪を振り乱し、リリシアの襟元《えりもと》を掴んだ。

護衛のメチェリ以下数名が侍女服の中に隠し持っていた短剣を抜こうとしたが、リリシアの咎《とが》めるような眼差《まなざ》しによって動きを止める。

「遅すぎるのよ！　あんたたちがあと三日早ければ、あの子は死なずに済んだのに！　あの人は殺されずに済んだのに！」

「――」

唾《つば》を飛ばし、今にもリリシアの喉笛《のどぶえ》に喰らいつきそうなほど、女性の眼は狂気と悲しみに満ちていた。

リリシアは反論もせず、黙って罵声《ばせい》を受け止める。

「知ってる⁉ あの子は優しくて賢くて、いつも私の作るご飯を美味しいって食べてくれたのよ！ あの人はぶっきらぼうだけど真面目で、他の兵士さんたちにも頼りにされていたのよ！」

女性は、皇都守備を担当していた皇国軍兵士の妻だった。

彼女の夫は支持貴族軍が皇都を占拠したあとも傭兵たちの無法を取り締まっていた、住人たちの信頼も篤《あつ》い実直な兵士だった。いつか助けが来ると信じ、同僚たちと街を守り続けていた。

だが、そんな兵士は当然傭兵たちに恨《うら》まれる。

職務中幾度《いくど》も暴行を受け、怪我《けが》をしない日はなかった。

それでも彼は心配する妻に大丈夫だと告げ、毎日の仕事に向かった。

そして、レクティファールによる皇都奪還《だっかん》の三日前。

彼は自宅への帰路、傭兵たちに尾行された。

家族を人質に取って彼に立場を知らしめてやろうという傭兵たちの、唾棄《だき》すべき策だった。

彼が自宅に辿《たど》り着いたとき、扉が開いたことを確認した傭兵たちは一斉に彼の家に踏み込んだ。

多勢に無勢。そう言う他ない。

彼は何人もの傭兵たちに取り押さえられ、家族を人質に取られた。

抵抗は、そこで止《や》んだ。

彼は家族の安全を求めたが、傭兵たちがそれを呑むはずはない。

このとき皇都を支配していたのは彼ら支持貴族軍であり、近衛《このえ》さえ彼らには手出しできなかった。

傭兵たちは下卑《げび》た笑い声を上げながら、彼の前で妻を陵辱《りょうじょく》した。

やめてくれと叫ぶ彼の言葉にも、やめてという妻の悲鳴にも、泣き叫ぶ子どもの声にも耳を貸さず、傭兵たちは幾度も妻の身を穢《けが》した。

自分たちこそが支配者であると誇示するため、都市外を包囲する始原貴族軍の威圧から一時的にせよ逃れるため、彼らは己の欲望を晴らした。

そんな悲劇が二時間ほど続いただろうか。

子どもを押さえ付けていた傭兵が油断した隙《すき》に、子どもが拘束から抜け出した。

子どもは助けを呼ぼうと家の外に飛び出し――

「私の目の前で、傭兵に斬り殺されたわ！」

事件の発覚を恐れたのか、それとも急変した事態に動揺しただけなのか。

傭兵たちは子どもを斬り殺し、それに怒りの声を上げた父親の首を落とした。

「あの人の首は、床に押さえ付けられていた私の目の前まで転がってきたわ！　そして彼の首は私の目を見て、動かなくなった！」

それから三日間、彼女は延々《えんえん》と傭兵たちの慰《なぐさ》み者にされた。

家族の思い出の詰まった家に監禁《かんきん》され、そこで昼夜を問わず嬲《なぶ》られた。

心が何度も砕《くだ》けそうになった。

そのたび、傭兵たちへの怒りで持ち堪《こた》えた。

いつか復讐してやると思い、必死で耐えた。

「あんたたちが来たのは、あの人の首が腐《くさ》り始めた頃……！」

突如騒がしくなった皇都。

慌てた傭兵たちはこの三日間一度も衣服を身に着けることができなかった彼女を放り出し、逃げるように家を飛び出した。

その直後、傭兵たちの悲鳴が聞こえた。みっともない声だった。

命乞《ご》いの声も聞こえた。

しかし、彼女の心は晴れない。

この手で殺してやると思い、陵辱《りょうじょく》された姿のまま夫の剣を持ち出した。

そして玄関の扉を開けた彼女は、これまで散々自分を穢《けが》した傭兵たちの死体と対面した。

一人だけ生き残った傭兵は既に拘束されており、彼女の夫とは違う軍装の兵士たちに連行されるところだった。

彼女は奇声を上げ、その傭兵に斬りかかった。

「でも、殺せなかった！」

彼女はすぐに一人の女性兵士に取り押さえられ、剣を取り上げられた。

殺す、殺すと叫び続ける彼女に対して傭兵たちを屠《ほふ》った兵士たちは沈痛な表情を浮かべ、魔法によって彼女の意識を刈り取った。

次に目覚めたとき、彼女は皇都の病院だった。

家族を失った悲しみと、復讐を果たせなかった虚《むな》しさ以外、何も残っていなかった。

「だから私はずっとあんたたちを追い続けた！」

慰問《いもん》の予定は、慰問先以外に知らされていない。

警備上の問題だが、それは女性にとって不都合以外の何物でも無かった。

リリシアが現れたと聞いてその場に向かっても、既にリリシアの姿はなく。そんなことを何度も繰り返した。

そして今日、ようやくリリシアの慰問の情報を掴み、想いを遂げるためにここへ現れた。

「これは、あんたたち皇族が招いたこと！　自分たちさえ律することができなかったあんたたちが人を支配しようとしたからこんなことになった！」

女性が懐から短剣を取り出す。

きらりと輝く白刃《はくじん》に、リリシアの蒼褪《あおざ》めた顔が映った。

「猊下《げいか》をお守りせよ！」

メチェリたちが慌ててリリシアから女性を引き剥《は》がそうとする。

しかし、女性の動きの方が僅《わず》かに速い。

「報《むく》いなのよ！　これはッ‼」

女性は短剣を逆手《さかて》に構える。

そこに至り、リリシアは女性の真意に気付いた。

彼女は――

「――ッ！　だめぇぇぇぇぇぇぇぇぇぇぇぇぇぇぇッ‼」

「民の血に塗《まみ》れ、地獄に堕《お》ちろッ‼」

自分の喉に、短剣を突き刺した。

「ああ……あああ……」

真っ青な顔で女を見るリリシア。

その目の前で、女は咳《せ》き込んだ。

「ごぶっ……」

噴《ふ》き出す鮮血。

女性は血の泡を吐きながら、リリシアの目を睨《にら》み続ける。

崩れ落ちそうになる女性の身体をリリシアが支えようとするが、彼女の力では支えきれなかった。共に地面に倒れ込んでしまう。

リリシアはメチェリたちが治癒魔法の術式を編んでいることに気付いたが、もう間に合わないと悟る。既に、女性の目から生気は抜け落ちていた。

ただ、その唇だけが震えるように音を紡《つむ》いでいる。

リリシアは意を決し、女性の口元に耳を寄せた。

「ちの……あかが、あんたら……には……おにあい……」

「――――！」

リリシアの頬《ほお》を伝った血が、口に入り、錆《さび》のような味を感じさせる。

他の誰にも聞こえなかったその言葉が、嘲笑《ちょうしょう》を浮かべたまま息絶えた女性の遺言《ゆいごん》だった。

◇　◇　◇

予定を取りやめようというメチェリたちの言葉に、返り血を浴びたままのリリシアは力無く首を横に振った。

ここで退いては、きっと彼女の言う通りになってしまう。そう感じたのだ。

リリシアは急ぎ後宮に戻って着替え、次の予定へと向かう。

その足取りは重く、メチェリたちは護衛以外にも心を砕《くだ》かねばならなかった。

それでも何とか予定を消化し、ついにパールフェルとの面会に漕《こ》ぎ着けた。

だが、その頃にはもう、リリシアの目にあの女性と会うまで確かにあった眩《まぶ》しい輝きはない。

まるで生きる屍《しかばね》のような空虚な瞳で、パールフェルの待つ離宮へと向かうこととなった。

リリシアがパールフェルに抱いた最初の印象は、『儚《はかな》い』。

パールフェルがリリシアに抱いた最初の印象は、『脆《もろ》い』。

お互いに疲れ切った表情で、二人は離宮の庭園にて対面した。

「こうして顔を合わせるのは二度目ですね、猊下《げいか》」

「はい、先日は碌《ろく》にお話しする時間もありませんでしたから……」

パールフェルは喪服である黒衣を纏《まと》い、面紗《めんしゃ》の向こうからリリシアを見詰めてきた。

その瞳に在《あ》るのは、ただ諦念《ていねん》と疲労のみ。

他の多くの皇妃が実家へと帰参する中、ただ一人帰る場所もなくレクティファールが用意した離宮へと下がることしかできなかった彼女にとって、これまでの総《すべ》てがただ疲れるだけのことだったのだろう。

この国で彼女の味方は殆《ほとん》どいない。

いや、総てが敵と言っても過言ではないはずだ。

此度《こたび》の騒乱の原因は、間違いなく彼女の夫にあるのだから。

「今日は、猊下にお伝えしたいことがあってお招きいたしました。ご多忙の中、ご足労頂き感謝いたします」

深々と頭を下げるパールフェル。

イズモの血を色濃く受け継いでいるらしい黒髪が、面紗の向こうに見えた。

「こちらこそ、ご挨拶《あいさつ》に伺おうと思っていながら、此度の遅参、お許し下さい」

リリシアも謝罪の言葉と共に頭を下げる。

立場としてはリリシアの方が上であるが、パールフェルは皇妃であり、リリシアにとって義母のようなものだ。礼を失する態度は取れない。

パールフェルはリリシアの言葉に苦笑し、テーブルの上に置かれたお茶を勧めた。

「亡き陛下がよくわたくしに送ってくださった茶葉です。向こう見ずなところもあった陛下ですが、わたくしたち妃《きさき》にはお優しい方でした」

「――頂きます」

そっとお茶を口に運ぶリリシア。

香りも良く、口に含んだお茶から広がる味わいも深く、芳醇《ほうじゅん》だった。

恐らくリリシアが知らない種類の茶葉だが、一口で彼女の心を掴んだ。

「イズモ産の落葉茶と申します。お気に召されましたか?」

「はい……とても……」

パールフェルはリリシアの答えに微笑み、自分も一口お茶を含んだ。

しばし懐《なつ》かしげに磁碗《じわん》の中を見詰め、庭園へと目を移した。

「お話ししたいことというのは、陛下のことです」

「はい」

リリシアは居住まいを正した。

いつか来ると思っていた話題だが、やはり感情が波立つ。

先程の女性の姿が、幾度《いくど》も心にちらついた。

「世では陛下は裏切り者、愚皇《ぐおう》と呼ばれているようですね」

「はい……」

答えながら、俯《うつむ》くリリシア。

民にとって全く正当な評だが、目の前の女性にとってはまた別だ。

「お気になさらず、猊下《げいか》が気に病む必要はありません」

パールフェルは諦めきった表情で、リリシアを慰《なぐさ》める。しかし、その目に映る悲しみは大きく、隠しきれていない。

「陛下のなしたことを思えば、わたくしたちが犯した罪を思えば、確かに正しい言葉です。民たちに何と言って詫《わ》びればいいのか、正直考えつきません」

パールフェルが表に立てば、民たちの怒りは再燃する。

レクティファールはそれを恐れ、騒動の罪をグリマルディ侯と当代皇王に被《かぶ》せることで事態の鎮静化を図った。

だからこそ、パールフェルは民に石もて追われること無く、この離宮で静かに暮らしていられる。

「ですが、摂政殿下にだけは陛下のお心を知って頂きたいのです。されど、わたくしが殿下の下に参じれば、下衆《げす》の勘繰《かんぐ》りをする者も現れましょう。殿下の評判に傷を付けることにもなりかねません」

「だから、殿下が北にいる間に、わたしをお呼びに……？」

「ええ」

パールフェルはレクティファールが北に向かっている間に、総《すべ》ての決着を付けるつもりだった。

これからの皇国の舵《かじ》取りを少しでも容易にするため、そして、亡き夫の願いを叶えるために。

「陛下は――あの方はこの国を心から愛しておられました」

リリシアは黙り込み、パールフェルの言葉をひたすら受け止める。

「北の帝国、西の連合国、どちらも我が国にとって大いなる脅威《きょうい》。東のイズモとて、〈天《あま》照《てらす》〉を擁《よう》し油断ならない相手です」

パールフェルは静かに続けた。

「ですが、先代陛下はそれらの国々と友誼《ゆうぎ》を結ぶことに執心《しゅうしん》され、我が夫はそんな父親の姿勢を批判し続けていました。そんな弱腰《よわごし》では相手に付け入られると」

それは、確かに先代皇王の外交姿勢の一側面だった。

事実、帝国は先代皇王の外交姿勢で勢い付き、こうして大規模な軍を差し向けてきたのだ。

「だから、あの方は自分がこの国を守るのだと」

父が頼りないのなら、自分がこの国を守る。今上皇王はそう決意した。

現れたはずの〝白〟を害したという噂も、そこに原因があるのだろう。

皇太子たる〝白〟の教育は当代の皇王が担当する。

ならば、当然当代皇王の政治姿勢が〝白〟に色濃く継承されることになるだろう。

つまり、父の薫陶《くんとう》を受けた〝白〟が皇王となれば、この国はこれまでと変わらず他国に対して弱腰《よわごし》で居続ける。

だから彼は、〝白〟を廃して自らが立った。それが事実では無いとしても、人々はそう思った。

「今から思えば、先代陛下のお考えも理解できます。ですが、当時の夫にも、わたくしにもそれができなかった。先代陛下は国を滅ぼしてしまう、本気でそう思っておりました」

守りたい。

そう願い、今上皇王は権力を求めた。

誰にも虐《しいた》げられることのない、絶対的な権力を。

「――陛下はその想いを、貴族たちに利用されたのかも知れません」

先代皇王の御代《みよ》、非主流派であった今上皇王の支持貴族。

彼らは権力を手に入れるため、今上皇王を誑《たぶら》かした。

「貴族たちは言葉巧《たく》みに陛下を陥《おとしい》れました。言っても信じては貰《もら》えないでしょうが、多くの忠臣を遠ざけたのは陛下の意志ではなく、彼らの思惑だったのです。彼らの忠誠心は見事なれど、今は陛下の想いの妨げになる、と」

今上皇王は彼ら忠臣を疎《うと》みはした。

だが、その皇国への愛情に疑いなど持たなかった。

だから、いつか分かり合えると思い続けていた。

今上皇王にとって、彼らが敵となる理由など、ありはしなかったのだ。

「結果として、陛下は多くの忠臣を遠ざけ、自分の成すべきことに協力的な者たちを権力の座に就けました」

この処遇は、一時的なものとなるはずだった。

今上皇王の願いを忠臣たちが理解することができれば、すぐにでも中央に呼び戻すつもりだった。

「ですが、事態は最悪な方向へと動き始めました」

それは、連合の侵攻と、始原貴族の皇王に対する裏切り。

「陛下は、このとき壊れてしまわれたのかもしれません」

疎《うと》み、それでも信じていた始原貴族の裏切り。

だが、その始原貴族もまた、今上皇王に裏切られたと思っていた。

彼らの行き違いは、致命的な齟齬《そご》となって皇国に未曾有《みぞう》の惨禍《さんか》をもたらす。

「陛下は何としても連合の侵攻を阻止《そし》しようと軍を集めました。しかし、その策も失敗だったのでしょう。このとき陛下が胸襟《きょうきん》を開いて始原貴族たちと話し合っていれば事態は好転していたかもしれません。ですが、始原貴族を信じられなくなっていた陛下は、自らを支持する貴族たちに軍を集めさせ、それを連合にぶつけた」

結果は、惨敗《ざんぱい》。

さらに今上皇王の思惑を超え、始原貴族たちも軍を発する動きを見せ始めた。

「始原貴族たちの裏切り、陛下はそれを嘆《なげ》いておられました。そして幾度《いくど》も敗退を重ねる自らの軍、既に陛下のお心は限界でした」

　やがて連合が皇都を包囲したとき、今上皇王は命を落とした。

　それから始まったのは、まさに悲劇としか言いようの無い出来事だった。

「陛下がお隠れあそばされたとき、わたくしは『やはり』と思っておりました。ですが、陛下がどのようにして命を落としたのか、未だ真実は分かりません。自ら命を絶ったのか、貴族の謀反《むほん》によって弑《しい》されたのか、或《ある》いはそれ以外の何かが起きたのか」

　パールフェルはリリシアに向き直り、再び頭《こうべ》を垂れた。

「陛下の罪は消えません。ですが、陛下の願いだけは殿下にお伝え頂きたいのです。あの方は間違いなくこの国を愛し、守りたかった。その想いだけは、殿下に受け継いで頂きたいのです」

　皇太子たる〝白〟の教育は当代皇王の役目。

　ならば、レクティファールに歴代皇王の想いを繋げるのは今上皇王であってほしいと
パールフェルは思った。

「どうか、殿下にお伝え下さい。この国の皇王は、ただ一人の例外もなく皇国を愛していたと」

「――――」

　リリシアは瞑目《めいもく》する。

　頷《うなず》くことはできる。

だが、それは民の想いを踏み躙《にじ》ることにはならないだろうか。

今上皇王の想いを肯定することは、民たちの苦しみを肯定することにはならないだろうか。

「どうか、お願いします」

パールフェルは震える声で懇願《こんがん》する。

彼女にとって、これが妻として夫にできる最後のことだった。

それは、リリシアにも理解できた。

「──分かりました」

「あ、ありがとうございます……！」

そして、ここで自分にできることは、ここで頷いた罪を背負うこと。

あの女性の血を纏《まと》い、生き続けること。

「我が名に誓って、陛下の想い、殿下にお伝えいたします」

あの方のため、罪を背負い続けること。

「きっと、レクティファール殿下も理解してくださるでしょう」

民たちの怨嗟《えんさ》を受けながら、微笑み続けること。

第二章　戦いの兆《きざ》し

そうリーデが声を掛けられたのは、司令室にもっとも近い士官用食堂でのことだった。遅い昼食、早目の夕食、どちらとも言えるような時間帯に食堂に訪れたにも拘《かか》わらず、そこは随分と盛況であった。この戦役で何度目かの限定休戦。要塞内は設備の補修や負傷者の後送《こうそう》のために戦闘中とは別種の忙しさがある。

「こっちだ」

リーデが視線を巡らせると、奥まった一席で手を振る男の姿があった。

砲兵参謀。陸軍砲兵科大佐の階級章と兵科章を着用した吸血族の男だ。

「摂政付参謀《さんぼう》」

「――何か御用ですか？」

自分の食事の載った角盆《かくぼん》を抱え、リーデは砲兵参謀の下に近付く。

そこには、砲兵参謀の他に何人かいた。いずれも金色の参謀飾緒《しょくしょ》を着けた主任参謀たちである。

「一緒にどうかと思ってな。——殿下のご様子も聞いておきたい」

砲兵参謀は声を落として答え、立場上、リーデはその求めに応じることを選択するしかなかった。

摂政付参謀は、摂政と他の軍人の間を取り持つことも役目の一つである。

「機兵参謀殿も、おられたのですか」

「——たまには、な」

リーデは主任参謀たちの中に、機兵参謀の姿があることに少しだけ驚いた。

これまでの印象からすれば、こういった場で同僚と同じ席に座り、食事をとるなんて想像できない。

「どういった心境の変化かは分からないが、機兵参謀の方から声を掛けてきたんだ。前まではどれだけ誘っても、袖《そで》にされてたんだがなぁ」

騎兵参謀が蒸し芋を頰張《ほおば》りながら、感慨《かんがい》深げに呟《つぶや》く。人間種の中年男性で、この集まりの中では最先任であった。

「殿下に色々教えてもらったのです」

機兵参謀の言葉に、リーデの眉がぴくりと動く。不快ではないが、理解できない。

「色々、ね」

龍族女性の航空参謀が面白そうに目を細め、貝練麺《ばいねめん》を突き匙《さじ》に刺したまま喉を鳴らした。

「せいぜい手篭《てご》めにされないよう気を付けなさい。メリエラ様は嫉妬《しっと》深そうよ」

同じ龍族として思うところがあるのか、航空参謀《さんぼう》の言葉は何とも不穏な響きを帯びていた。

彼女自身は紅龍公の一族に属するが、龍族の基本的気質に関してはどの一族でもさほど違いはない。

「――そういうことではない」

機兵参謀は同僚の言葉を否定すると、無言で自分の焼飯を口に放り込む。その様子を黙って見ていた他の参謀たちは、無言でリーデに席を勧めた。

「失礼します」

勧められた席に座り、リーデは湯気《ゆげ》を立てる牛乳粥《がゆ》に匙《さじ》を入れた。食事が充実しているのは皇国軍の特徴の一つとして挙げられている。他国への研修旅行に出る機会のある参謀たちは、その評価の正しさを自身の経験から理解している。

前線で温かい食事をとることができる軍隊が、果たしてどれだけ存在しているのか。

熱感知を防ぐために遮熱布《しゃねつふ》で覆った炊事所《すいじ》が、皇国軍の前線には点在しているのだ。対して帝国軍は、凍り付いた缶詰を人肌で溶かして食べるようなことも珍しくない。

「それで、殿下のことなのだが」

砲兵参謀の言葉に、リーデは顔を上げる。彼女の上司たちが揃って自分に目を向けている光景は、さながら査問会《さもんかい》のようだと彼女は思った。

「ご様子はどうだ」

「特に変化はありません。いつもと同じように過ごしておられます」

戦闘後に行われた身体検査を終え、執務室に戻ってきたレクティファールは、戦いに赴《おもむ》く前とさしたる違いはなかった。

すでに一度実戦に出ているからなのか、〈皇剣〉の持つ力なのか、リーデにはその理由は分からない。ただ、レクティファールがあの戦闘の前後で大きな変化を見せていないということだけが、彼女にとっての事実であった。

「あの子たちは――」

機兵参謀が口を開くと、周囲の視線はそちらに集中した。リーデもまた、同じように機兵参謀に目を向ける。

「殿下に、それ以外の総《すべ》てにさえも感謝するという感情もまだ理解できていない。だから、私が代わって感謝していたと、伝えて貰《もら》えないだろうか」

リーデは、機兵参謀の表情を見、そこに微かな羞恥《しゅうち》を見出した。

何故だろうと考え、あの戦闘前の出来事が原因なのだと理解した。

「参謀ご自身がお伝えください。殿下は参謀の望みを叶えたのでしょうが、それは殿下ご自身の願いでもあったからです。人に感謝することは、決して恥じることではありません」

「そうだぞ機兵参謀。殿下が君の同胞を救ったのは事実、それを嬉しいと思うのなら、そう伝えればいい」

騎兵参謀《さんぼう》が肉団子を頬張《ほおば》りながらリーデに追従する。面白そうだから、というだけではないだろう。参謀たちの間には、機兵参謀というある種の幼さを残した同僚を見守る仲間意識があった。

「そうね。誰だってお礼を言われれば嬉しい。言った方も相手が喜べば嬉しいし、いいこと尽くめでしょう」

航空参謀が笑《え》みを浮かべ、騎兵参謀に同調する。

「それで、摂政付参謀。殿下のこれからの予定は？」

砲兵参謀がリーデに問う。

リーデは、レクティファールの予定を脳裏に浮かべ、その内容を答えた。

「今日はこれから皇都より持ち込まれた書類の決裁などを行うそうです。小官はその間、レクティファール様にお渡しする資料の整理を」

「では、今日はずっと執務室におられるのだな」

騎兵参謀の表情はひどく明るい。航空参謀も同じような表情を浮かべ、機兵参謀だけがいつもの無表情であった。

「――――」

機兵参謀は何も言わない。

ただ、何度もリーデの顔を窺《うかが》い、食事の手がその都度《つど》止まった。

「機兵参謀殿」

リーデはその姿に呆れてしまった。

理路整然と思考を制御し、失敗もなく、ただ妥当《だとう》な結果のみを得られるはずの機人族が何故——と思った。

「お手隙《てすき》なら、我軍の自動人形部隊に関する資料を頂けませんか。可能なら直接殿下にご説明頂ければ……」

ただ、参謀として正しいことを選ぶなら、こう口にするべきだと思った。

自動人形部隊は軍の中にあってある種特異な位置にある。リーデもそれなりに知識はあるが、実際にそれらの部隊の運用方法を研究している本職の機兵参謀が説明した方が良いだろう。

「——分かった。では、一七〇〇に伺う」

「了解しました。殿下にお伝えいたします」

リーデは何故か、精神的な疲労を感じ、溜息《ためいき》を吐《つ》いた。

レクティファールは食事から戻ったリーデに微かな違和感を覚えた。

小さく会釈する態度や所作そのものに変わりはない。だが、レクティファールをじっと見詰めるようなその視線がこれまでとは僅《わず》かに違っているように思える。

そう、敢《あ》えて言葉にするならば、これまでの視線が監視で、今の視線は何かを試すような、摂政としてのレクティファールではなく、レクティファールという個人を見ているかのような視線だった。

だが、その直感を口にして説明することはできないし、仮に説明できたとしてそれが問題であるかと問われれば、否《いな》である。

そのリーデ・アーデンという参謀《さんぼう》からしてみれば、レクティファールという男は常に監視対象であって考試対象でもあった。当然、レクティファールの一挙手一投足に注目してそれを然《しか》るべき相手に報告する必要があるだろう。

それに、自分勝手に戦場に飛び出した男を見る目としては、まだ優しさがあるのではないだろうか。

徹底して冷たい視線を向けられるのだろうと思っていたレクティファールにとって、むしろ幸運だったと言って良い。しかし、幸運だから何かをするということもない。

「――仕事をしても？」

「どうぞ」

ただそれだけの言葉を交わして、レクティファールは執務机に積まれた書類の決裁を始める。

「参謀、ここから北方総軍司令部に書簡《しょかん》を届けるとしたら、どれくらい掛かる？」

「飛竜を使って最短で一日というところでしょうか」

「ふむ」

レクティファールは手元の書類に花押《かおう》を書き入れながら、思案するように唸《うな》る。

近衛《このえ》軍から派遣されてきた秘書役の下士官たちが忙《せわ》しなくレクティファールの周囲を動き回り、決裁待ちの書類を持ってきたかと思えば、決裁の終わった別の書類を抱えて執務室を出ていく。

普段であればメリエラが顔を出すこともあるが、戦闘で傷を負ったこともあり、今日は一日ウィリィアと共に静養している。

「何かございましたか」

「うん、まあ、そんな所で」

レクティファールはひらひらと一枚の紙を揺らし、リーデの興味を引き付けた。

「北方総軍からの援軍編成の行程表です。これによると、やはり万単位の援軍編成には時間がかかるようで」

師団規模の援軍となれば、移動一つとってもそれなりの準備を要する。それは送り出す側も、受け容《い》れる側も同じだ。

特に、北方総軍は帝国軍の別働隊を警戒して国境全体に神経を尖《とが》らせている。

いくら山脈によって守られた国境とはいえ、ものごとに絶対はない。

ゼレーヴェ川、ギルツ北原、ノルティアス川の上流。北方国境の要衝《ようしょう》といえばその辺りだが、皇国と北東部で国境を接しているヴィストーレ半島国家群は、先の内乱の際に帝国側に利する行動を見せていた前科がある。

いまでこそ皇国側に擦り寄る態度を見せているが、いつ手のひらを返すか分かったものではないのだ。

「〈トゥーム〉の海軍陸戦師団にも動員を掛けて、ようやく総《すべ》ての拠点に兵力を手当てしているのが現状です。〈カティーナ〉にも予備兵力を置かなくてはなりませんし、ギルツの国境線だって警戒態勢を維持しなくてはなりません」

皇国陸軍でもっとも大きな兵力を持つ北方総軍であるが、その数は担当区域に比《ひ》して十分とは言い切れない。

ただそれは、東西南北中央と、総てを見ても同じことなのだ。

「――まったく、せめてあと五万でも兵力があれば随分と楽になるのですが」

五万、四個師団の編成に関しては、既に予算が下りている。

しかし、その新規師団を戦力化するまで、最低でも一年。旧貴族軍と既存《きぞん》師団から人員を割《さ》いてもそれだけ掛かるのだ。

「ううむ。やはり帝国軍が勝負をかけてくること自体が予想外でした」

元帥府《げんすい》の見解として、帝国軍が数十万規模の大兵力を対皇国の東方戦線に投入する可能性は、内乱の直前までなら決して高くはなかった。

〈パラティオン要塞〉は数万程度の兵力では陥《お》ちず、十万程度の敵であれば独力で対処できる。数十万の兵力を投入するとなれば、その予兆を捉えることは容易《たやす》く、またそれに対処する時間は得られる——はずだった。

内乱で混乱せず、また北方総軍司令官が帝国側に内通していなければ、その通りになっただろう。

「言っても仕方のないことですけどね」

北方総軍と同じように、元帥府も参謀本部《さんぼう》も、さらに政府ですら頭を抱えている。

いっそ南や東から師団を引き抜くという案も出たのだが、北方と西方、南方と東方の師団では編成が違いすぎる。

北方と西方で一個師団の兵力はほぼ全兵科の揃った一万前後だが、南方と東方は防御行動を大前提として支援兵科の比率が大きく、兵数も五〇〇〇から六〇〇〇でしかない。それに、装備もだいぶ異なる。

何より、練度《れんど》が違う。南方と東方は新兵の比率が大きく、その点でも不安が大きい。

「あ、この書類見積もり間違ってる。一ギルだって無駄にはできないのになぁ……」

いそいそと書類の不備を指摘する一文を書き入れるレクティファールの姿に、リーデはなんとも言えない表情を浮かべる。

「殿下、一つよろしいでしょうか」

「なんでしょう。――う」

レクティファールは書類箱を一つ片付けると、次の書類箱の蓋《ふた》を開く。

ぎっしりと詰まった書類に、レクティファールの動きが一瞬止まった。

「一七〇〇に機兵参謀が面会を、と」

「ほう」

もしかしたら見間違いかもしれないと書類箱をそっと閉じ、再度開くレクティファール。

やはり、中身の量は変わっていない。

「――――」

しぶしぶと言った様子で書類を手に取るレクティファール。

リーデは呆れたように目を閉じ、頭を振った。

「何か問題でも」

「いえ、先日の戦闘のことで。一言謝意を伝えたいと」

リーデはレクティファールの手元に自分の用意した書類束《たば》を置いた。

煉瓦《れんが》と同じ程の厚さを持つ書類の束に、レクティファールの表情が強張《こわば》る。

「そ、それは何とも律儀《りちぎ》なことで」

書類束を脇にずらすレクティファール。リーデはそれを冷静に元の位置に戻した。

「――参謀《さんぼう》」

「はい、殿下」

リーデは更にもう一束追加した。

「実は私のことお嫌いで?」

「いえ、そのようなことはございません」

答え、リーデは最後の一束を重ねた。


「失礼します」

機兵参謀が執務室に入ると、レクティファールは書類と表示窓の中に埋もれていた。

リーデの姿がないことにほんの少しだけ驚いた彼女だが、四六時中付き従っているだけが参謀ではないと思い直した。

「失礼します、大佐殿」

「ああ、すまない」

彼女は忙《せわ》しなく部屋を出ていく近衛《このえ》軍兵士に道を空ける。

それと入れ替わるように別の下士官が書類の束を抱えて入室し、機兵参謀はその光景にわずかに目を瞠《みは》る。

「お忙しいのであれば、また後日お伺いしますが」

「いえ、構いませんとも」

レクティファールは目を通した書類束《たば》を綴《つづ》ると、その表紙に花押《かおう》を書き入れる。先ほど入室し、レクティファールの傍《かたわ》らで待機していた下士官がそれを抱え、足早に執務室を出ていった。

「ええと……それで、機兵参謀は何か御用だったのでは？」

レクティファールは黒筆を置くと、機兵参謀に向き直る。

仕事の谷間になったのか、部屋の中にはレクティファールと機兵参謀の二人だけが残された。

「はい、殿下」

機兵参謀はレクティファールの執務机の正面に立つと、深々と腰を折った。

「このたびは、同胞を救っていただいて感謝の言葉もありません。以降、殿下の御為《おんため》に粉骨砕身《ふんこつさいしん》職務に励む所存《しょぞん》です」

機兵参謀の声音《こわね》は常と何ら変わりのない平坦なものだった。

しかし、そこに篭《こ》められた感情は隠し切れるものではない。

「自分の役目を果たしただけです。あなたと同じように」

レクティファールは一枚の書類を手に取り、その内容を確認して機兵参謀《さんぼう》に差し出した。

「保護した機人族の処遇について、皇都から回答がありました」

機兵参謀は差し出された書類に目を通した。

書かれていた内容は、彼女が望んだ通りのものであった。

「我国は彼らの意志を確認し、亡命者として扱うことを決定しました。帝国からは『鹵獲《ろかく》した備品』の返還を求める声もあったようですが、我国にそんなものは存在しませんので」

レクティファールは更にもう一枚の書類を機兵参謀に手渡し、そこに署名を求めた。

「それと、君が立候補した彼らの保護責任者ですが、他に適当な人物がいないということで、こちらも許可が下りました。補助金等の申請は追々やってもらうとして、とりあえずその承諾書に署名をお願いします」

手続上、このやり取りは内務院の官僚が行うべきことであった。ただ、レクティファールは機兵参謀の内心を慮《おもんぱか》り、彼自身が直《じか》にこれらの事実を伝えることで彼女の不安を取り除こうと考えた。

「彼らのこと、よろしくお願いしますね。イレスティア・バーバンティ大佐」

「――――は」

機兵参謀、皇国陸軍機兵大佐イレスティア・バーバンティは、やはりいつもの表情で敬
「殿下……」

礼した。

ただ、ほんの少しだけ微笑んでいたように、レクティファールには見えた。

◇◇◇

グロリエは天幕の自分の席に座り、気怠《けだる》そうに頬杖《ほおづえ》をついていた。そんなグロリエを、背後に立った祖母カリーナがじっと見詰めている。

先程から上がってくる報告は、いずれも〈パラティオン要塞〉を形成している堡塁《ほるい》や砲《ほう》塁《るい》のどれどれを陥落《かんらく》させたとか、どの部隊がどの地点まで進出したとか、或《あ》いはどの部隊がどこで全滅したなどといった代わり映《ば》えのしないものばかりだ。

あの青年が要塞に入ってから目立って要塞側の戦術が変わったということもなく、彼女がここに来てから延々《えんえん》と続けてきた「お決まりの軍事運動」を繰り返している。

先ごろの自動人形部隊の強襲《きょうしゅう》によって皇国側の動きに変化が現れたということもなく、限定休戦以降も相変わらずであった。

しかし、それに対して帝国側が有効な対抗手段を講じることができたということもまたなく。こちらも決まった数の兵士たちを要塞に献上しているような格好だった。

これを無意味だとは彼女とて思っていない。

決まりきった動きは相手の思考を麻痺《まひ》させ、突発事態に際して取りうる手段の幅《はば》を大いに制限するだろう。さらに膨大な鉄と血を代償に、要塞の防備を日々塹壕《ざんごう》一つ、鉄条網一枚と薄皮一枚ずつ剥《は》いでいる。その薄皮一枚が戦場で明暗を分けることを、彼女は祖母から嫌になるほど教え込まれた。

だからこそ、あの強襲以降は今日のような退屈そのものの日々に耐えている。

自分が出て行って要塞を切り裂きたいと祖母に言ったこともある。だが、幾《いく》ら強大な力を持つ個人であっても、所詮《しょせん》個は群《むれ》に勝てない。もしも個が群に勝てるとしたら、今頃この世界は大きな力を持つ種族のどれかに支配されていただろう。

グロリエも、確かに龍人族としては優秀だ。しかしその『龍殺し』としての力を除外したとき、彼女が一武人としてどの程度の実力を有しているか、彼女の祖母は良く知っていた。なまじ大きな力を持ってしまったため、力を除いた戦い方というものが理解できないという弊害《へいがい》がグロリエにはあった。

確かに軍将としてはそれなりに才能もあり、経験もある。ただその精神面には常に驕傲《きょうごう》があり、相手を自分の下に見るという痼疾《こしつ》がある。

これが今まで彼女の命を脅《おびや》かさなかったのは、単純にその弱点を本人よりも理解している祖母がいたから、そして、グロリエが祖母だけは自分よりも上の存在だと認め、無条件に従っていたからだ。

ただ、カリーナも既に齢《よわい》六〇を超えようとしている。帝国の人間種の平均寿命まであと一〇年と少し、軍務に耐えられるのはあと五、六年が限度だろう。それまでに何とか、孫娘に〝退《ひ》く〟ということを覚えさせたいとカリーナは考えていた。

そんなとき現れた次期〈アルトデステニア皇国〉皇王——レクティファール・ルイツ＝ロルド・エルヴィッヒ。

帝国の民にとっては伝説や神話の存在に等しい概念《がいねん》兵器の使い手と相対し、刃を交えれば、グロリエも幾《いく》らかの遠謀《えんぼう》を身をもって覚えるのではないかと密かにカリーナは期待していた。

（一番頼りになるのが敵とは……情けないと嘆《なげ》くべきか、血は争えないと喜ぶべきか）

カリーナ自身、二五年前の戦争で皇国相手に『龍殺し』の力を磨き、揮《ふる》った女傑《じょけつ》である。生憎《あいにく》と皇王自身を戦場に引き摺《ず》り出すことは叶わなかったが、その権威によって束《たば》ねられた皇国軍の精強さは骨身に沁《し》みている。西方戦線ではグロリエの心に良い変化を与えるような敵手には出会えなかったが、東方戦線ならば或《ある》いは——敵に期待するということに可笑《おか》しみを覚えながらも、カリーナは孫娘の不機嫌そうな背中を見守り続ける。

「お婆さま」

グロリエに呼ばれ、カリーナは「はい」とだけ答えた。

「何故、余《よ》は皇女なのだろうな」

「――何故、といいますと？」

グロリエはカリーナの淹《い》れた酒精《しゅせい》入りの紅茶を口に含むと、その香りを味わってから嚥《えん》下《か》する。

帝室御用達の茶葉は確かに香り高く美味であったが、グロリエの表情は決して明るくない。

「単に自分の気に入った男と会うために、これだけの血を必要とする。別段、あれと夫婦になろうとは思ってはいないし、そんなことを考えれば兄姉たちが何をするか分かったものじゃない」

グロリエ自身は帝王の地位などにさしたる興味を持っていない。

だが、彼女が本気で手を伸ばせば、届く場所にそれはあるのだ。

「いっそ、亡命でもしてみるか」

自軍の機人族たちが皇国側に亡命したことを、グロリエは祖母から伝えられた。

それ自体は何の不思議もない。ただ、自分たちが生を全うできる国に逃げ延びたというだけのことだ。人形種であるグロリエがどれだけ他種族のことを思い、行動しても、末端までその意識を通すことは不可能に近い。

グロリエに近い第三軍集団ならば他種族もそれなりの待遇を受けられるが、帝国軍の他の軍集団ではそうはいかない。

「羨《うらや》ましいのだ、余《よ》は」

人ならざる者の娘だと、孫だと、不当に貶《おとし》められることには慣れた。慣れたが、何も感じない訳ではない。何故、と思うことは今でもある。

「お婆さまも、母上も、立派な人だ。だが、我が帝国にはそれを許容する器がない。あの男と言葉を交わして、心底それを実感した」

グロリエも、帝国が唯一絶対の正義であるなどとは思えない。多くの民を虐《しいた》げ、他国を脅かすことでしか国家の形を保てない国が、正しいとはどうしても思えない。

「皇国が正しいとは余も思っていないし、おそらく、あの男も同じだろう。あの国は、いずれ帝国と同じ道を辿《たど》る可能性を孕《はら》んでいる」

何のために皇国があるのか、それを皇国の民が忘れる日がいつか訪れる。いくら長命な種族の多い国とはいえ、無限の寿命を持っている訳ではない。一部の長命種が記憶を残していても、民の大多数がそれを忘れれば同じことだ。

「自身の行動がどんな未来を作るのか。こんなことを考えたことはなかった」

ここで皇国軍を破り、幾《いく》らかの領土を得たとして、果たして帝国は生き残ることができるのか。

渇望《かつぼう》した凍らぬ土地と輝く海を得て、果たしてこの国はどんな未来を得るのか。

「お婆さま、この大陸の向こうには、我国よりも巨大な国が幾つもあるのだろう？」

「はい。この大陸総《すべ》ての国々の力を結集してもなお敵わぬ国が、わたしの知るだけでも三つ。帝国だけで考えるなら、両手両足の指よりも多いでしょう」

大陸の覇者。

そんな夢想を抱いているのはもう、ほんの一部の者たちだけだ。

帝国でさえ、一部の開明派《かいめいは》貴族は、自国の危うさに警鐘《けいしょう》を鳴らしている。

その貴族の中には、帝族に連《つら》なる公爵家《こうしゃくけ》さえ含まれていた。

「大陸外の国々と交易を行なっている貴族や商会は、それなりに他大陸の情報を得ています。わたしも、知り合いの伝手《つて》を辿《たど》ってそれなりに……」

帝国内にも、急速な拡大の弊害《へいがい》が噴《ふ》き出し始めた。

かつて帝国に併呑《へいどん》された国々、種族の間で再独立を図ろうという動きが活発化しているのである。

何故そんな状況になったのか、グロリエにさえ理解できた。余りにも短い期間で勢力を拡大したため、制圧地域の平和的な安定化という手順を踏まなかったのだ。

やったことといえば、武力を盾《たて》にして、ときに行使して反乱の芽を潰《つぶ》し、二度と同じことが起きないよう常に圧力を加え続けること。

抑圧された力は蓄積し続け、その一部が各地で噴出している。グロリエは自国の現状をそう考えていた。

「やはり無茶だったか。皇国でさえ、二〇〇〇年の間に得た領土はほんの僅《わず》かだ。あれだけの軍事力を持ちながら、自国を繁栄させる手段を国内に求め続けてきた」

豊富な資源を持ち、それらを活用する手段を持っていたからこそ実現できた繁栄。

レクティファールはグロリエとの会談で、その繁栄の手段を供与するとまで言い切った。

それが皇国を守る手段であると知っていたのだ。

「何故、皇国の民に理解できたことが我国の連中には分からないのだ……！」

カリーナは、その疑問に関する答えを幾つか持っていた。

〈イズモ神州連合〉という世界に冠たる貿易国と隣り合っていたため、建国後すぐに他大陸へと目を向け始めたこと。

多くの力のある種族を擁《よう》し、彼らが皇王に従うことで権力の集中ができたこと。

最大の敵である人間種が同族同士の争いによって纏《まと》まることができず、その間に国内を安定化させることができたこと。

皇国の民が、元々国家という意識が希薄《きはく》で、それ故《ゆえ》に先入観なく皇国という国家に馴染《なじ》むことができたこと。

長命種たちが自分たちの知る歴史をほぼ正確に後世に伝えることができたこと。

そして何より、皇国がかつて虐《しいた》げられ続けた者たちで構成される国であること。

「どうすればいいのだ、余《よ》は」

これまで抱かなかった疑問。

祖母の願い通り、グロリエは間違いなく成長していた。そして成長したために苦悩していた。

「勝つ、それはいい。だが、勝ったあとでどうすればいい」

カリーナはグロリエの背後で、薄《うっす》らと笑《え》みを浮かべた。

一度の邂逅《かいこう》でここまで相手を成長させる男、なかなか良い相手が孫娘にできたと喜んでいたのだ。

（これでやっと一歩ね。ただの将ならば勝つことを考えればいいけれど、グロリエの立場なら勝ったあと、負けたあとのことも見通さなくてはならない）

グロリエには優秀な家臣団がいる。カリーナの時代から仕える家臣たちで、彼らの存在がグロリエの至らない部分を補っていた。

戦勝後の事後処理など、本来であれば戦闘そのものの結果より重視しなくてはならない部分だった。

国家兵力を動員した戦いは、その大小を問わず勝てば終わりなのではない。勝つことが始まりなのだ。戦術的にも戦略的にも。

「レクティファールは、今頃何をしているのだろうな……」

遠くを見詰めるように呟《つぶや》き、グロリエはある意味で自分に最もよく似た境遇の男を想う。

巨大な力を持ち、巨大な兵力を従え、巨大な敵と戦う。

ただ一つの決定的な違いは、各々の立場。

皇族と帝族。

共に国家と共に生き、国家と共に死ぬ者たちである。

「元帥《げんすい》殿下、第四戦線より報告が参りました」

「――入れ」

グロリエが許可を出すと、貴族らしい身形《みなり》の良い青年が天幕に姿を見せる。

青年士官は一礼すると、規則通りの言葉でグロリエに報告を始めた。

「ご報告申し上げます！」

「うむ」

その内容は、やはり代わり映《ば》えのしないものであった。

帝国軍はじりじりと要塞に近付き、その代償として多くの鉄と血を支払っている。

「――以上です！」

「よろしい、師団長に一層の精励《せいれい》を求めると伝えるよう」

「はっ」

青年士官は敬礼し、天幕をあとにした。

足音が遠ざかったことを確認したグロリエが小さく溜息《ためいき》を吐《つ》いたとき、天幕が風で揺れる。

ごうごうと、地鳴りのような音が二人の耳を苛《さいな》む。

カリーナは肌を刺すような寒気に少しだけ眉を顰《ひそ》め、呟《つぶや》いた。

「吹雪《ふぶ》くかもしれませんね」

彼女の予感は当たった。

◇◇◇

轟《ごう》と耳の側で鳴る風の音は、先程からずっとそこにある。

飛行眼鏡に次々とぶつかる雪も、先程からずっと変わらない。

そして、目的地を見失ったという事実も相変わらずだった。

「ちっ、方位が分かっても現在地が分からなきゃ意味ないか」

竜騎兵バルクノインは首から下げた方位磁針で方位を測り、それを同じく首から下げていた地図と照らし合わせる。しかし、吹雪《ふぶき》で周囲が全く見えなくなってしまった現状においては、その行為は平素の数分の一程度の意味しかなかった。

進んでいる方向さえも、風で流されているため正確に判別できない。

相方の鼻先は間違いなく北に向いている。だが、山のせいで乱れた風に流されてはそれに逆らい、逆に追い遣《や》られては方向を戻すということを繰り返しており、すでに北に向いているということにどれだけの意味があるというのかさえ、彼には分からない。

航空騎兵として、方位を見失ったときの対処法も、自身の現在位置を見失ったときの対処法も習得している。

晴れていれば時間と太陽の位置、或《ある》いは星の位置でおおよその方向が分かるし、周囲の風景が見えれば現在の位置も地図と照らし合わせることで見当がつく。

だが、吹雪の中では、そのいずれの手段も使えない。

本来であれば、こんな荒天下で偵察飛行をするということ自体が、無茶の部類に入る。

そんな無茶が可能なのは、おそらく各偵察飛行隊の中に必ず在籍している数人の龍族か、雲の上まで上がることができる大型の飛竜だけだ。

山の天候は変わり易い。だからこそ、バルクノインも天候悪化の兆候を掴んだ時点で引き返すべきであった。

その判断を下せなかったことが、彼の未熟さを示しているのかもしれない。

「しかし寒いな」

自分と飛竜の身を守る魔法障壁《しょうへき》を張ることは、竜騎兵にとって必須の技能だ。彼も当然使えるが、その障壁の総出力、必要な場所に的確に障壁を張る技量はやはり経験に左右される。温度を遮断《しゃだん》する術式と物理的に風を遮断する術式の比率を上手く調整できるかどうか、竜騎兵の技量を測る基準の一種と言ってもいい。

その基準からすれば、彼は未だ半人前にもなっていない。

障壁《しょうへき》を形成する粒体魔素《りゅうたいまそ》の密度が低く、風も温度も遮断しきれていない。さらには効果範囲の設定が甘く、必要のない場所まで障壁で覆っていて効率が悪い。

これが一人前以上の竜騎兵になると、自分の身体と相棒である飛竜の身体だけを障壁で守るようになり、使用する魔力も術式が占める意識内容量も最低限に抑えることが可能になる。

バルクノインは先輩たちに散々未熟者扱いされたことを思い出し、実際その通りだったのだと結論付けるしかなかった。

先任騎兵たちは彼を莫迦《ばか》にしていたのではない。単に事実を告げていただけだった。

「――戻ったら、頭下げて色々教わるか」

それなりに上手くやっている――そんな慢心《まんしん》を圧《へ》し折られ、バルクノインは己の技量に対する自信を完全に失ってしまった。

だが、ここで終わるつもりはない。

バルクノインはこの経験を糧《かて》にして、いつか同じだけの、もっと強い吹雪《ふぶき》の中をこの相棒とともに自由に飛び回ってみせると決意した。

「そのためには、戻らないと……」

地図を確認し、取るべき針路を選ぶ。

「頑張《がんば》れ相棒、あと少しだ」

バルクノインの言葉に、カルテンが甲高《かんだか》い鳴き声を返した。

飛竜としては若い部類に入るカルテンにとって、吹雪の中を飛ぶことは恐ろしく体力を消耗《しょうもう》する難事《なんじ》だ。それでも主人にして相棒であるバルクノインの意志に従い、彼は力強く翼を打ち続ける。

雲の上を飛べればこれ程苦労することはないだろう。しかし、騎兵騎竜揃って未熟者の彼らにそんな技量はない。

偵察騎と言えば高高度を飛行し敵情をつぶさに観察することが仕事だが、一つの現実として、実際にそこまでの技量に到達するのに早くても一〇年掛かる。訓練を除いた飛行時間が二〇〇時間足らずのバルクノインには、まだまだ先の話だ。

「雲の上、どんな世界なんだろうな……」

彼は雪に隠れた灰色の天を見上げて呟《つぶや》く。映像としてなら見たこともあるが、部隊の先任に聞けば映像などで推《お》し量《はか》れるような世界ではないという。空を往《い》く者たちを隔《へだ》てる一つの大きな壁、それが分厚い雲だった。

ほぅ、と溜息《ためいき》にも似た吐息を漏らすバルクノイン。

「っと、頑張れ相棒！」

だが、すぐに風に煽《あお》られたカルテンを御《ぎょ》するために全身を駆使する羽目になった。上下さえも曖昧《あいまい》になりそうな運動を繰り返し、何とか安定を取り戻す。

再び吐息を漏らした。今度は安堵《あんど》のものだが。

「頼むぜ、本当に」

バルクノインはやや肩を落としてカルテンを撫《な》でる。

姿勢を崩して墜落《ついらく》、となれば自動的に遭難《そうなん》である。

装具の中には緊急事態用の生存装備も当然含まれているが、流石《さすが》に雪山で何日も生き延びることができるほど多くの装備がある訳でもない。

それに、天狼《てんろう》山脈も白狼《はくろう》山脈も、皇国政府と協定を結んだ二つの氷狼《ひょうろう》族がそれぞれ支配している。止《や》むに止《や》まれぬ事情があったとはいえ、協定に準じた入山許可を得ていないバルクノインがどのような扱いを受けるか甚《はなは》だ不透明だった。

助けてもらえるのかもしれないが、逆に殺される可能性もまた否定できない。

皇国側は両部族の実質的自治領である両山脈に関して、許可された者以外の人物を山に立ち入らせず、両部族から協力を求められたときはそれを可能な限り受け入れる。

逆に両部族は許可された者以外の入山者――主に帝国側からの入山者、不法入国者や軍の部隊――を敵として排除し、両山脈を通過させせない。

こと雪山に関する限り、両部族に優る戦闘能力を有する種族はほんの一握りに過ぎない。氷狼といえば、『雪と氷の世界の王者』と呼ばれることもある種族なのだ。大きな力を持つ神族、魔族、龍族の三種族さえ、雪山で氷狼族と戦おうとしない。

氷狼族は雪と氷の世界では、自身と相性のいい微精霊を操り、気候さえ制御することができる。吹雪《ふぶき》を起こすことも、また防ぐこともできる。

そんな力を持つ彼らが部族総《すべ》てを挙げて戦えば、たとえ数十万の軍勢でもその力を発揮できず万年雪の下で乾いた死体の群れとなるだろう。元々雪山は、その環境に適応した種以外ではとても戦闘などできたものではない。

氷狼族を始めとして、氷竜《ひょうりゅう》、蒼鹿《そうか》、雪豹《ゆきひょう》、氷虎《ひょうこ》など、氷と雪の厳しい環境を縄張りとしている種族は、皇国国内でも珍しいものではない。

帝国が意固地《いこじ》になったように〈パラティオン要塞〉を攻めるのも、何度もそれらの種族に痛い目を見せられたからだった。

帝国軍とて莫迦《ばか》ではない。要塞以外の、皇国側の防備が緩《ゆる》い場所を攻めようとしたこともある。その都度《つど》彼らの縄張りを侵《おか》し、千単位の兵力を失うことになった。

他の、もう少し穏やかな環境であれば生き残れたかもしれない彼らだが、厳しい寒さの中で動けなくなれば、待っているのは死である。

寒さに強い帝国軍でも、限度はあるのだ。

山脈の地理に疎《うと》い帝国軍は、その行程を全うできずに全軍遭難《そうなん》することになるだろう。

「うお、本当にまずい」

バルクノインは氷狼族との協定を思い出し、ぶるりと身体を震わせる。

協定の中には遭難者の人命を守るという条文もあるが、それも許可されて入山した者の話。バルクノインには当て嵌《は》まらない。

「――本当に頼むぜ相棒」

凍死であればまだ綺麗な死体になれる。だが、氷狼《ひょうろう》族に食い散らかされてばらばらになるのは御免《ごめん》だ。

知恵ある者どもの一である氷狼族が人を食らうとは思えないが、身体機能的に食えないことはないだろう。自分だって、感情の面を無視すれば、人肉を食べられないことはないのだから。

(でもやべぇな、これじゃあ生き残っても査問会《さもんかい》行きじゃ……)

自分の未来に暗澹《あんたん》とした雲が漂い始め、希望に溢《あふ》れていたはずの人生が狂い始めたのを感じ、バルクノインは手綱《たづな》を持つ手が震えた。

この震えが寒さによるものであると自分に言い聞かせ、彼は前を見る。その先に明るい未来があると信じて――

「――お？」

本当に明るい未来があった。

いや、正確には吹雪《ふぶき》の中でも煌々《こうこう》と輝く光が見えた。

幾筋もの光が天に向かって伸び、蠢《うごめ》いている。

（探照灯《たんしょうとう》か……？）

飛竜乗りがあの光を知らない訳がない。

帝国の領空侵入と空襲に備えて、ヴァーミッテ空軍基地にも、〈ヴァーミッテ〉そのものにも設置されている設備だからだ。

夜間無視界飛行訓練では、あの光を目標に飛んだこともある。

だから、あれが何処《どこ》かの軍事施設から照射されている探照灯であると気付いた。

そして、国境近辺であれだけの探照灯を一所に設置している施設は一つ。

「やった！　〈パラティオン〉だ！」

迷人《まよいびと》がようやく安住の地を見付けたかのように光に向かって突き進むバルクノイン。カルテンも探照灯の光を認めていたらしく、主人の手綱《たづな》に従ってぐんと加速した。

飛竜といえど、休む場所は必要なのだ。

しかし、彼らは一つ大きな事実を見落としていた。

見落としていたというよりは、無意識のうちにその可能性を除外していたというべきかもしれない。

皇国と帝国の国境線に存在する大規模な軍事施設は一つではなく、二つである。

彼は喜び勇んで吹雪の中を飛んで、探照灯の照射元を視界に捉えてそれに思い至る。

「違う……〈パラティオン〉じゃないッ⁉」

円を描くように造られた城壁とその中に内包された都市部。

整然と並んだ建物は、どう考えても軍事施設ではなく、民間の施設。

彼の知る〈パラティオン要塞〉はあのような形状ではない。そもそも〈パラティオン要塞〉は純軍事要塞であり、都市部分を持つ要塞都市ではない。街に匹敵《ひってき》するような生活施設はあるものの、都市そのものを内包している訳ではないはずだ。

〈じゃあ……〉

〈ヴァーミッテ〉に戻ってきたのか。

要塞都市〈ヴァーミッテ〉は帝国との戦いにおいて北の守りを司る要衝《ようしょう》。〈パラティオン要塞〉は純軍事要塞であるが故《ゆえ》に、それを支える後方の都市が必要不可欠だった。そのために、地理的に好条件であった〈ヴァーミッテ〉は北の守りを支える要塞都市化され、〈パラティオン要塞〉と並んで皇国の北を守護する防人《さきもり》となった。

その〈ヴァーミッテ〉は、都市部を円形の城壁で覆っている都市だ。

だからバルクノインは眼下に広がる都市を、自分の飛び立った基地のある〈ヴァーミッテ〉であると考えた。

しかし、その考えもすぐに否定される。

〈ヴァーミッテ〉と彼が考えた都市の横に、巨大な影が存在したからだ。彼が出発するとき、そんなものはなかった。

南に向いて傾斜した塔。

神代《かみよ》の時代に存在した、人々の天空の住処《すみか》を地上に落としたという天を穿《うが》つ神滅《じんめつ》の槍《やり》。

〈神屠りの槍《ガングニール》〉……！」

そうとしか表現できないそれは、都市と比較してみれば確かに小さい。だが、上空から見てもその姿を判別できるほど巨大な建造物が、僅《わず》か数時間で都市の横に現れるはずがなかった。

だから彼は、自らの持つ常識と知識に従ってその要塞都市を〈ヴァーミッテ〉ではないと判断したのだ。

しかし、ならばこの目の前の都市は何だ。

「――‼」

あった。

たった一箇所。今まで自分が飛んでいた時間で到達できる大規模要塞都市が。

「〈ウィルマグス〉‼」

帝国の対皇国戦線の要《かなめ》。皇国の喉元に突き付けられた鋒《きっさき》。

幾《いく》らでも呼び方はあるが、それは間違いなく敵の支配する都市の呼び名である。

バルクノインは全身から血の気が失せていく音を聞いた。

寒さに震えていた自分の身体に、まだ温かい血が流れていたことに、彼は少しだけ驚いた。

「くそっ」

バルクノインは光の正体を確かめるために下げていた高度を一気に引き上げる。

騎竜の鼻先を空に向けると、身体が地面に引っ張られる。太腿《ふともも》で竜の胴を強く挟み、限界まで身体を倒してそれに耐えた。

帝国の対空探測儀の性能が劣悪であるということは知っている。しかもこの吹雪《ふぶき》では、探測波が多少妨害されているとも考えて良いだろう。大気中にも粒体魔素《りゅうたいまそ》は含まれるから、探測波は大気状態に左右される。その「ゆらぎ」ともいえる探測波の穴を埋める技術は元々魔法技術で他国に劣る帝国にはなかった。

その代わりに、魔法を用いない兵器の開発では他国の追随《ついずい》を許さない。驚くべき速度で次々と新技術を編み出しているのが帝国だった。

おそらく、〈ウィルマグス〉にあるあの巨大建造物もその一つ。

バルクノインは偵察騎としての役目を全うするため、装具の中から写真機を取り出した。

雪が次々と屈曲硝子《くっきょくがらす》を汚し、それを拭《ぬぐ》いながら彼は巨大建造物を覗《のぞ》き窓に収めた。焦点《しょうてん》を合わせ、ぼやける視界を整えると一気に遮光器《しゃこうき》を切った。

「でかい……」

被写体の威容《いよう》に圧倒され、バルクノインは思わず本音を漏らした。

「巡洋艦……いや、戦艦級の大きさじゃないか」

空軍の飛竜乗りとして、合同訓練で海軍の戦龍母艦に着艦したことはある。

その際、目にした海軍の重戦艦と同じだけの威圧感を、目の前の塔は持っていた。

「――落ち着け、俺の仕事は驚くことじゃない」

バルクノインは呼吸を整え、訓練通りに写真機を構え直す。

そのまま何度も遮光釦《しゃこうぼたん》を押し、カルテンを駆って様々な角度で構造物を捉える。

敵に察知されるかもしれないという恐怖は常に彼の頭の中にあった。だが、青年軍人にありがちな『自分が国家を守っている』という英雄意識がそれを麻痺《まひ》させた。

そんな健気《けなげ》さが、歳若い皇国軍人の特徴の一つであるかもしれない。

皇王のため、国家のため、そして、自分が失いたくないもののため。

確固たる現実として虐《しいた》げられた歴史を持ち、今なお生存を脅かされ続けている国の軍人たち。彼らが自分たちの役目を自覚し続けていられることは、間違いなく幸運だった。

（これは、何だ？）

自問し、バルクノインはそれを振り払った。答えは、彼が出すものではない。軍の専門家たちが、彼の写真を分析して出すものだ。

自分の写しているものが重要なものではないという冷めた意識はある。しかし、これが皇国に対して帝国が持ち出した切り札であるかもしれないという意識もあった。

だから、バルクノインは初志を貫いた。

何度も写真機の把手《とって》を巻き、遮光器《しゃこうき》を切る。敵が来る、敵が来るという恐怖を「英雄」という甘美な麻薬で抑え込んで、彼はひたすら自分の仕事を果たした。

やがて、受光紙《じゅこうし》を一巻き使い切ったところで彼は写真機を仕舞い込み、その空域からの離脱を図る。

カルテンの鼻先を〈パラティオン要塞〉の方角へと向け、バルクノインは内心で喝采《かっさい》を上げた。

上手くいった、敵が自分に気付いた様子はない、無事に帰れると彼は思った。

だが、その期待はあっさり裏切られる。

バルクノインにとって心底耳障りな警報が眼下の要塞都市中に響き渡った。

「空襲警報……敵が来る！」

地上を照らしていた探照灯《たんしょうとう》までもが一気に上空へと向けられ、バルクノインを追い掛けてきた。

離脱するためには、高度を下げることはできない、ならば――

「皇国航空騎兵嘗《な》めんなよっ‼」

意識内に魔法術式を展開。同時に彼の周囲に光を帯びた粒体魔素《りゅうたいまそ》が飛び交う。

蛍《ほたる》のように、雪のように舞う魔力の光の中で、バルクノインは生存へ向けて意識の総《すべ》てを傾けた。

「術式確認」

そこに魔力を流し込み、彼は撃発呪文を唱えて魔法を顕在化させる。

「〈加速《イクセラレイズ》〉ッ！」

粒体魔素《りゅうたいまそ》が、バルクノインの意思に従ってその前方に魔法陣を描き上げる。

その魔法陣を通過した瞬間、彼とその騎竜の身体は大きく加速した。

続けて前方に次々と現れる魔法陣を潜《くぐ》り抜け、軋《きし》む身体と意識をねじ伏せてバルクノインは雪空を翔《か》ける。

カルテン自慢の健翼と加速魔法、そして未熟ながらも今まで自分が培《つちか》ってきた航空騎兵としての技量。

それらを駆使して〈ウィルマグス〉から上がってきた邀撃騎《ようげき》との生死を賭けた追撃戦が始まった。

◇　◇　◇

〈ウィルマグス〉上空に侵入した正体不明の飛行物体を失探《しったん》したとグロリエに報告が齎《もたら》さ

れるのは、それから二時間後。〈パラティオン要塞〉に降り立った重傷の騎兵と騎竜が持っていた写真機の写真が現像されて、要塞司令部に提出されたのとほぼ同時だった。

奇《く》しくも、皇国と帝国は数分と時間を違《たが》えずに「決戦近し」という認識を抱いた。


偵察騎が持ち帰った写真は要塞司令部で分析を受け、すぐにその正体が発覚した。

数名の幕僚《ばくりょう》を伴い、提出された報告書を手に、ガラハは戦闘指揮で疲れきった身体を引き摺《ず》ってレクティファールの執務室へと向かう。

衛兵の誰何《すいか》を受け、身分証を提示して執務室のある区画へと入った。

衛兵の気が緩《ゆる》んでいないことに深い満足を抱き、ガラハは規則正しい足音を立てて廊下を進んでいく。途中何度か敬礼を受けたが、その都度《つど》しっかりと答礼した。

ガラハ・ド・ラグダナという男は、こういったところで生真面目であった。

「さて、摂政殿下の機嫌は如何《いかが》なものか」

「特に問題があったという話は聞いておりませんが、この話を聞けば多少は悪くなるでしょう」

ガラハに同行している幕僚の一人、砲兵参謀《さんぼう》が司令官の言葉に答える。

「悪くなる、で済めば御《おん》の字《じ》。むしろ歓迎すべきことだ」

取り乱して余計なことをされるくらいならば、多少不機嫌になっても大人しくしてくれていた方が幾倍もました。

あの戦闘のときのように、自分が前線に出ると言い出さなければなお良い。

「才能があるというわけではない、俺にはそう見えるが……お前たちはどうだ？」

司令官の問い掛けに、幕僚たちは互いの顔を見合わせる。

下手な言葉は不敬《ふけい》となる。そんな内心が表情に表れていた。

「──あの摂政が、自分の評価を口にしただけで不敬だ何だのと騒ぐように見えるか？」

ガラハの言葉に、幕僚たちは納得したように何度も頷《うなず》く。

その幕僚の中で最初に口を開いたのは、顔に大きな傷跡を持つ歩兵参謀だった。

「小官は、殿下は才よりも、機に恵まれていると考えます」

機会に恵まれる。それも才能といえばその通りだが、軍人としては単なる才能として考えるより、一種の直感に優れていると考えた方が自然だ。

機会は、同じ場にいれば誰にでも平等である。

それを掴むか逃すか、気付くか気付かないか、そこに差が生まれるのだ。

「確かに、殿下は軍人として良き将ですが、非凡というほどのものではありませんな」

子どものような体躯《たいく》を持つ小人族の情報参謀が相槌《あいづち》を打ち、何名かの参謀が同じように頷く。

「もっとも、将の将としてはそれで十分では？」

紺碧《こんぺき》の髪を持つ水棲《すいせい》族の女性、魔導参謀が微笑む。

「将の将には、ただ将を扱うだけの器と能力があれば良いのです。軍才も武才も、平凡でよろしいではありませんか」

「確かに、我らが殿下に求めることは、我らを的確に使うことだけ。それ以外の万事は、我々を始めとする臣下が請け負えば良い」

黒い口髭《くちひげ》を撫《な》で、戦務参謀《さんぼう》が笑い声を上げる。

隣を歩く兵站《へいたん》参謀の肩を叩き、上機嫌に肩を揺らした。

「貴様ら、揃いも揃って殿下贔屓《びいき》か」

ガラハは苦笑交じりの曖昧《あいまい》な表情で、幕僚《ばくりょう》たちを一人ひとり見回す。

多種多様な種族が暮らす皇国らしく、誰一人として同じ種族の者はいない。

「そういう閣下《かっか》も、いえ、閣下こそ一番の殿下贔屓ではございませんか」

気象参謀が口の端を持ち上げると、その場の全員が笑い声を上げた。

笑いの種にされたガラハは少し不機嫌になりながらも、決してそれを否定することはなかった。

「——貴様らが言ったのだ。将の将たるに十分な能力を持っていると」

ならば、嫌う必要もない。

それだけで十分だった。

当初、余計な口出しをされては困るという幕僚の意見を容《い》れて司令施設とは少し離れた場所に摂政の執務室を作ったのだが、今となっては君臣の意思の疎通《そつう》を不便にしたという負の結果しか感じられなかった。

さらに言うなら、この疲れているときに階段を何回も上ることはガラハに不機嫌の種を蒔《ま》くことにしかならない。

「くそ、俺も老《お》いたか」

もし次に摂政が要塞に居座ることになったら、今度はもう少し近くに執務室を作ってやると決意し、彼はようやく辿《たど》り着いた摂政執務室の扉を叩いた。背後の幕僚たちが先ほどまで浮かべていた穏やかな表情を一瞬で掻《か》き消し、優秀な参謀としての顔を見せる。

そして、僅《わず》かの間。

「どうぞ」

しかし、すぐに彼のよく知る若い女の声が入室を許可した。

リーデの声だ。

ガラハはその口調から、リーデの機嫌が決して良くないことを悟った。

（まったく……だから未熟なのだ）

親友の忘れ形見《がたみ》。同時に、実の娘のように思っている存在の未熟さに、ガラハは密かに嘆息《たんそく》した。

背後の幕僚《ばくりょう》のうち、何人がそれに気付いただろうか。

ガラハはそんな益体《やくたい》もないことを考えながら扉を開け、部屋に入る。全員が揃ったところで最後に入室した戦務幕僚が扉を閉めた。

「夜分遅く失礼いたします、摂政殿下」

参謀《さんぼう》たちの整列を待ち、敬礼。幕僚たちは直立不動の態勢を取り、頭をレクティファールに向ける。

自分に注目する全員に視線を一巡させ、レクティファールは静かに答礼した。

「ご苦労。楽にしろ」

「はッ」

答礼を受け、ガラハはレクティファールの下へと一歩進む。幕僚たちは、肩幅に足を開いて「休め」の姿勢に移った。

レクティファールはガラハの背後に立つ参謀たちの姿を一人ひとり確認すると、「付いて来るように」と一言告げて、執務室の一角にある会議用の大机に移動した。

「難しい話をするのだろう？」

「はッ、ご賢察《けんさつ》の通りです」

上座に座ったレクティファールとその背後に立つリーデ。

対面に回ったガラハはレクティファールの問いに答え、情報参謀に〈パラティオン要塞〉から帝国領〈ウィルマグス〉までの地域を記した地図を大机に広げるよう指示した。

彼自身は頭《こうべ》を垂れながら、先の偵察騎の齎《もたら》した報告書をレクティファールに差し出す。

それをリーデが受け取り、封筒から取り出すとレクティファールに手渡した。

レクティファールは報告書を開き、その内容を確かめる。

若き摂政の眉がぴくりと動き、「これは……良くない」と独語したことに、ガラハたちはほっと安堵《あんど》の息を漏らす。

レクティファールはこの事態を危険なものと認識している。それだけで十分合格点だ。

そんなガラハたちの内心を知らないまま、レクティファールは報告書を机に置いて口を開く。

「軌道《きどう》が見えた。列車砲……それとも攻城砲か。構造から考えるに、だいぶ大型のようだが」

レクティファールはその報告書に添付された写真を一瞥《いちべつ》すると、すぐにそう呟《つぶや》いた。

ガラハたちは内心驚いた。軍事的には一般人より少々優る程度の知識しかないと聞いていた摂政が、その正体を一瞬で看破《かんぱ》したことにだ。

列車砲自体はそう稀少《きしょう》なものではないが、写真の中から必要な情報を抜き出し、それを基に新たな情報を構築することはそれなりの経験を必要とする。

皇太子となる前の経歴は不明だが、もしかすると同業者だったのではないかとさえ思った。人伝に聞いた評価などあてにならないものはないとも実感した。

「その通りにございます、殿下」

「ならば前置きはよい。これはどの程度の脅威《きょうい》だ」

報告書を指でかつんと叩き、レクティファールはガラハと、その背後に並ぶ幕僚《ばくりょう》たちを見る。

ガラハは自分がこの執務室に直接訪れた理由を、レクティファールがほぼ正確に推察していると確信した。

理解と話が早くて助かる——内心笑《え》みを浮かべ、ガラハは机上の地図の一点を、軍司令官にそれぞれ下賜《かし》されている指揮杖で指し示した。

「この巨大攻城砲が確認された地点はここ——帝国の要塞都市〈ウィルマグス〉の近郊。この写真を撮った者の報告を信じるならば、砲身はこの要塞に向けて固定されています。おそらく旋回《せんかい》砲塔とするには巨大過ぎたのでしょう。写真を分析する限り、この砲に回転砲座はありません」

砲兵参謀《さんぼう》たちが写真を分析して得た結果だ。

同じ大きさのものを皇国が建造しても、結果はそう変わらない。

皇都に配備されている対艦装甲列車に搭載されているものが、旋回《せんかい》式の陸上砲台としては皇国最大のものであった。

「予想される威力《いりょく》は如何《いか》程《ほど》だ」

レクティファールはガラハの言葉に頷《うなず》き、リーデに議事を記録するよう指示を出す。

リーデはその指示通りに記録を取り始めた。

「こちらが、写真から推測した攻城砲の諸元《しょげん》です」

ガラハは報告書の一枚をレクティファールに示した。そこには要塞防衛軍の砲術士官数名と砲兵参謀が休む間も惜《お》しんでまとめた分析結果が記されている。

「砲身長、口径を周辺物との比較で計算、さらに構造から使用炸薬《さくやく》量を推量しました」

「うん」

レクティファールはその諸元表を覗《のぞ》き込み、ガラハの説明に耳を傾ける。

「結論を述べるならば、この砲は我が要塞の持つ対物障壁《しょうへき》を貫き、要塞そのものに打撃を与えることが可能かと思われます」

ガラハは一呼吸置き、更に続ける。

「純然たる質量弾頭であろうとも、これだけの巨砲から放たれれば、それを完全に防ぐことはできません。口径だけを見るなら、世界中のどこにもこれと同じだけのものはないでしょう」

ただ、同等以上の威力というだけなら、幾つか存在する。

「そうか」

レクティファールは背凭《せもた》れに大きく背中を預け、仰《の》け反《ぞ》るように天井を見た。

リーデがちらりとレクティファールを見たが、その瞳は観察以上の色を見せていない。

彼が次にどんな言葉を発するのか、深い興味を抱いているようだった。

「伊達《だて》に何百年もこの要塞に血を支払っていないということか……」

レクティファールは天井を見上げたまま独りごちた。

〈パラティオン要塞〉の持つ対物理防御能力を正確に把握している帝国だからこそ、あれ程馬鹿げた兵器を実用化したのだろう。通用すると確信できないままに建造が可能なほど小さいものではない。

完全に固定されている以上、この〈パラティオン要塞〉を突破する、ただそれだけのための兵器のはずだ。列車の軌道《きどう》は、おそらく分解しきれない基礎構造を運ぶためのものだろう。

一から組み立てるよりも、列車の体裁を整えた方が輸送はし易い。

「ふむ」

さて、どうするべきか——レクティファールは思考を巡らせる。

帝国側がこれだけの切り札を用意していたことに気付かなかったことは、軍の怠慢《たいまん》であろう。

しかし、安易に軍を責めることはできない。

内乱によって政府が混乱していた中で、軍だけが十全に機能していたと考える方が不自然だ。

特に、北方総軍司令部に関しては前司令官の件もある。意図的に隠蔽《いんぺい》されていたと考えるのが妥当《だとう》だ。

ならば、今罰を与えるのは適当ではない。

「──殿下」

「うん、済まない」

思考の底に沈み込んだレクティファールを引き上げたのはリーデの声だった。

僅《わず》かな時間とはいえ、自分の世界に没頭してしまった。

レクティファールはリーデに一言謝罪すると、ガラハたちを正面に見据え、威儀《いぎ》を正す。

「策は？」

自分が優秀な指揮官ではないことを知っているレクティファールは、専門家であるガラハたちに問う。自分がすべきことは戦術を考えることではない。戦術を用いる指揮官を選び、その決断を支持することだ。

（それでいい）

ガラハは満足気に微笑むと、背後の歩兵参謀《さんぼう》に目配せする。

「失礼します」

そう断り、歩兵参謀が地図に一本の線を書き込んだ。

「これが策です。殿下」

ガラハがレクティファールに示したのは、たった一本の線。

天嶮白狼山脈《てんけんはくろう》を越える一本の線であった。

「――なるほど」

記された線を認め、レクティファールは頷《うなず》く。

その一本の線で総《すべ》てを察したらしいレクティファールの仕草に、ガラハは心の底から微笑んだ。本当に話が早い。油断するとこちらの思考総てを読まれてしまうような錯覚《さっかく》さえある。

面白い。

面白い。

面白い。

ガラハの中にあるダークエルフとしての本能が、レクティファールの持つ『同質』に惹《ひ》かれる。

戦いを戦いとして見るのではなく、当たり前の営みとして認識する。

戦いを疎《うと》んで何が平穏か、戦いから逃げて何が平和か、戦いを否定して何が安寧《あんねい》か。

戦いを知らずして、戦いの先にあるものが見えるはずもない。

受け容《い》れる必要はない。認める必要もない。ただ、理解すればいい。

戦いとは、戦争とは、決して消えてなくなることはない。

「殿下は軍人としてもやっていけますな。まるで驚かれることを知らぬようです」

ガラハは滅多《めった》に口にしない褒《ほ》め言葉をレクティファールに贈った。

それは、ガラハの望む答えを得た主君に対する賞賛だ。

「なに、故郷の偉人が何人か同じような策を過去に行っているだけだ。目新しければ驚く」

レクティファールはことも無げに答えるが、ガラハはその言葉に強い興味を抱いた。

彼が知る限り、同じ策を用いた偉人など皇国にはいない。それどころか、大陸のどこを探してもこんな策を採った者はいないはずだ。

少しでも作戦の成功率を引き上げようと過去の資料を探したが、一部が似た策はあっても、同じ策はなかった。

「ほう、是非《ぜひ》その将の名を伺いたいものですな。小官の記憶にはない」

「ふむ」

ガラハの言葉に、レクティファールは少しだけ悲しげに目を伏せた。

そんなレクティファールの表情を見たガラハが訝《いぶか》しげに目を細めると、彼はすぐに不敵な笑《え》みを浮かべて見せた。

一瞬だけ浮かんだ表情を糊塗《こと》するかのような笑顔だった。

「――名前は忘れた、すまないな」

その言葉に答えようと口を開いたガラハだが、結局言葉にならない音が漏れただけだった。

レクティファールの瞳が、微かに龍の瞳に見えた。その瞳がガラハの舌を凍り付かせたのだ。

いや、ガラハの心がそう感じただけなのかもしれない。ここから先には決して踏み込むべきではないと。

「――いえ、小官も忘れているだけかもしれません」

ガラハは退《ひ》いた。

別段恐怖が勝ったという訳ではない。ただ、ここで論じるべきことではないと思い直しただけだ。

楽しみは一度で終わらせるには勿体《もったい》無い。

ガラハは気を取り直し、レクティファールに真っ直ぐに目を向ける。

「ですが、この策には大きな問題が一つございます。殿下にこうして御目通《おめどお》りを願ったのはその解決のため……」

レクティファールは再び首肯《しゅこう》した。

ガラハの存念《ぞんねん》は理解している。

静かに、感情を感じさせない声でレクティファールは言う。

「白狼《はくろう》山脈を越える。それはすなわち、我が皇国が帝国領へと侵攻するということ――帝国建国以来、一度たりとも帝国を侵さなかった我が国が、初めて帝国に直接刃を叩き付ける」

帝国は皇国を侮り切っている。

建国以来一度も領土を侵されなかったから、紛争の結果として領土の割譲《かつじょう》を求められなかったから。――自分たちは、負けていないから。

「何とも、都合のいいことだ。しかし――」

しかし、その油断をレクティファールは突く。

「良い、大いに良い。むしろ先代皇王陛下が我々に残してくれた千載一遇《せんざいいちぐう》の好機と私は考える」

帝国の国民は、皇国が自分たちの国土を侵《おか》すなど考えてもいないだろう。

その危険性が十分あるにも拘《かか》わらず、生まれたときから一度も侵されてないというだけで。

しかし、寿命の短い人間種の国家では、皇国にとってほんの少しだけ昔という数百年の時間は歴史という名に変わる。

皇国が我が帝国に侵攻してこないのは歴史が証明している、と彼らは思っているだろう。

実に拙《つたな》い国防政策だ。というよりも、攻撃に偏重《へんちょう》し過ぎていると言うべきか。

相手を攻めるのなら、相手に攻められることも考えるべきだ。

自分にできることは、相手もまた、それを実行する可能性があるのだから。

「彼らは我らを甘く見過ぎた。いや、嘗《かつ》ての帝国の姿を夢想した彼らの目は欲に曇《くも》っていたということだろう」

広大な国土、強大な軍事力、それらが帝国を支えてきた。そして、成長させてきた。

それを否定することはレクティファールにもできない。

だが、一度でもレクティファールの治める皇国に血を払わせた時点で、帝国は紛《まご》う事無き——

「敵だ」

レクティファールという男は、その基本的性質として敵以外の存在に対しては甘い。

味方であれば、そして守るべき対象であれば自分の総《すべ》てを懸けて守る意思がある。

それは翻《ひるがえ》って、敵と認識した相手に対しては、自分の総てを懸けて攻撃する意思があるということでもある。

必要とあらば、全力で相手を叩く。

当たり前でありながら、多くの人々が忘れた考え方。

殴られたのなら、次からは殴られないようにあらゆる手を尽くすという、殄戮《てんりく》の意思。

「我はアルトデステニア皇国摂政レクティファール」

それは権利であり、義務である。

国主は、国家を護持するために、あらゆる選択肢を選ぶ権利と、義務を負っているのだ。

「我が宿命はこの国家を守ること、この国の民を安寧《あんねい》の内に看取《みと》ること、子らが成長し、男が田畑を耕し、女が子を育て、老《お》いし者が笑顔で死ねる国をこの世に造るが役割」

国家を守る。それくらいしなくては、守りたいあの女性《ひと》たちは笑顔を見せてくれないだろう。

小さな男だと笑われてもいい、手軽な喜びだと笑うなら笑え、だが、守ることとはそういうことだろう。

彼女たちが笑っている光景を思うだけで、この世界に屍山血河《しさんけつが》を創ることさえ容易《たやす》い。

それが正しいか、間違っているかは問題ではない。

必要であるか、必要でないか、それだけだ。

「私はもう諦めている」

そう、諦めた。

他の誰のためでもない、自分のために。

自分が想う、他人のために。

「この身は個に非《あら》ず、国であると。なれば諸君らも諦めよ、その身は個ではなく、この皇国の盾《たて》であり剣であると――

血で贖《あがな》う平和は虚《むな》しいと人は言う。

ならば、血で贖わない平和とは何だ。

レクティファールは血を代価に作られた平和しか知らない。

平和の礎《いしずえ》は、常に血ではないか。

他にあるというのなら、教えてくれ。

自分以外の余人《よじん》は、それを理解し、手に入れられるだけの知識を得たというのか。

「私は自分のために自分の守りたいものを守る。帝国が自分たちのために戦っているように、私も自分のために戦う。それを厭《いと》うならば、即刻ここで職を辞《じ》せ。私が直接辞表を受け取ってやる」

レクティファールはそう言ってガラハとその幕僚《ばくりょう》たちを睥睨《へいげい》した。

これがレクティファールの本来の性格といえるのか、定かではない。だが、この男の一側面であることは確かだ。

彼は元世界で味方を作らなかった、作れなかった。

だから、この世界で自分の傍《かたわ》らに立ってくれた女性たちを無条件に愛している。

その愛が一方的なものであると理解して尚《なお》、その愛が狂気よりも激しいと理解して尚、守りたいものを守り抜きたいと願う故《ゆえ》に。

「私は私の守るべきものを侵《おか》すあらゆるものを許さん」

これだけは、決して諦められない最後の一線。

他をどれだけ諦めても、諦めることを諦めても、これだけは諦める訳にはいかない。諦めることができなくなった。

あの温かい女性たちを守るため、そして、あの女性たちが守りたいと願うものを守るため。

レクティファールにとって、国家さえもが総《すべ》て手段。

国家を守ることもあの女性たちを守る手段、あの女性たちを守ることも自分の意地を満たすための手段、目的とはただ一つ。

あの女性たちを守りたいと思う自分の欲望を満たすこと。

レクティファールはあの骸《むくろ》夥《おびただ》しいミラ平原でそう思い始めた。

あの蛆虫《うじむし》で嘲笑《ちょうしょう》を浮かべた骸を見て、そしてここに来る途中で立ち寄った〈ニーズヘッグ〉で、メリエラとウィリィアの笑顔を見て確信した。

「帝国の増長、この辺りで叩き折る。私の命が必要ならば喜んで下そう」

レクティファールは大机の前に座るガラハと、その背後に整列する幕僚たちに向けて言い放った。

「帝国軍を討て」

第三章　戦いへ

『帝国軍討つべし』

そんな摂政令が要塞防衛軍を、ひいては皇国軍全体に響き渡った。

先代皇王の温和な対外政策から一転して苛烈《かれつ》な命令。

戸惑《とまど》う者も確かにいた。

だが、皇国中枢に向かうにつれ、その数は減った。

皇国の中枢を担う者たちは摂政の選択に確かな理《り》があると感じ、それを受け容《い》れた。

皇国は弱体化している。ここで少しでも退く素振りを見せれば、帝国はこれ幸いと皇国への攻勢を強めるだろう。

一度や二度なら皇国はそれを退けることもできる。だが、三度四度と繰り返されるであろうその攻勢を、弱った皇国が受け止めきれるか、考えるまでもない、間違いなく不可能だ。

今皇国に必要なのは傷を癒《いや》す時間、その時間を手に入れるには、血の代価を支払う必要があった。

摂政レクティファールが下した決断は、その血の代価を支払うこと。

帝国と皇国の民をその決断で殺し、その血でもって時間を買うこと。

そして皇国軍は、自らが主として戴《いただ》いた青年の決断を現実のものとするべく動き始めた。

◇　◇　◇

次々と舞い込んでくる書類の決裁、さらに参謀《さんぼう》たちから持ち込まれる作戦案の検討と確認で、レクティファールの一日が過ぎるようになった。

皇国は他国への侵攻を放棄している訳ではなかった。だが、先代皇王が慈愛《じあい》と融和《ゆうわ》を謳《うた》って他国との共存を目指したこともあり、ここ四〇〇年ほどは他国の領土を侵《おか》していない。

人間種であれば歴史の彼方《かなた》となるような時間だが、皇国の長命種族にとっては久しぶりという程度でしかない。軍はすぐに摂政の命令に対応し、〈パラティオン要塞〉へ増援部隊を差し向ける準備を整えつつあった。

予備役を招集し、辛《かろ》うじて編成の間に合った定数上限一杯、総勢二万の通常編成師団が二つ。自動人形と地龍《ちりゅう》を主戦力とし、中央総軍の指揮下にあった機龍《きりゅう》師団もまた、この火急の事態に増援部隊として組み込まれた。

なぜ、これだけの戦力が増援部隊として編成できたのか。それは、陸軍総司令部がガラハの報告をこの上なく重く受け止めたからだった。

レクティファールが一言「軍をよこせ」と言えば済む話ではあるのだが、レクティファールがそれを実行する前に、ガラハに止められたのだ。

「殿下のお力を借りずとも、小官が然るべき手順で増援を求めます。今の軍司令部が愚《おろ》か者の集まりではないこと、是非《ぜひ》殿下に知っていただきたい」

ガラハは、陸軍総司令部の失点をここで回復させようとした。

彼自身は中央の権力にそれほどの意味を見出していないが、総司令部の権威が失われれば、困るのは前線の兵士である。

君主に信頼されていない軍ほど虚《むな》しいものはなく、士気も当然下がる。特にレクティファールはその戦功から武断派として兵士たちに認識されており、そんな摂政に自分たちが信用されていないと思えば、自分たちの存在意義について疑問を抱いてしまう。

ガラハとその幕僚《ばくりょう》は、陸軍総司令部にその旨を書き添えて増援要請を行った。

陸軍元帥《げんすい》ゲルマクスは、その意図を正確に理解し、奥の手であった機龍師団さえも送り出すことを決めたのだ。

しかし、これでもう皇国に一切の余力はない。

通常の国防体制を維持した上で編成できる最大限の兵力が、その三個師団であった。

総兵力五万。

帝国軍の総数からすれば悲しいほどの寡兵《かへい》であるが、皇国の常識に当て嵌《は》めれば大兵力である。

だが、増援部隊の到着を待っている余裕はない。偵察騎が齎《もたら》した情報から、帝国の巨大攻城砲が発射間近であるということは分かっているからだ。

「こんなことなら、最初から首根っこ引っ掴んででも連れて来ればよかった」

兵站《へいたん》の関係もあって、レクティファールの連れてきた増援は、そのとき編成可能な限界ぎりぎりの数だったのだが、現状を考えれば、もう少し無茶をしても良かったのではないかと考えてしまう。

無論、今更口にした所で詮無《せんな》いことなのだが。

「やれることは総《すべ》てやらないとな」

レクティファールは本来皇都帰還後に行うはずだった軍の再編成に関する決裁も始めている。

予算の関係もあってレクティファール一人が急いだところで大した違いはないが、この戦いで皇国軍の被害は相当数に上るだろう。そのとき、事前に「軍再編」という名目の予算を充《あ》てておけば、急場凌《しの》ぎにはなる。

勝とうが負けようが、軍が膨大な予算を必要とすることに違いはない。

「これは、来年の予算編成が楽しみだ」

どの行政官庁も恐ろしい金額の予算を要求してくるだろう。

「変な抜け道使われないよう、事前に穴を塞いでおかないとな」

「――楽しそうですね、殿下」

無任所ゆえの悲しさか、リーデはまるで軍政官僚のような作業を続けている。

レクティファールの決断は、戦務関係でも多くの仕事を作り出した。

他国領土への侵攻。

それは軍事行動であるが、外交の一種でもある。軍の動きに対し、外務院が自分たちの領分で好き勝手に暴れさせる訳がない。陸軍総司令部、参謀《さんぼう》本部、軍務院に対し明確な行動計画書の提出を求め、担当者を辟易《へきえき》させているらしい。

他国への侵攻など、本来であれば極秘裏に進めるべきものである。外務院もそれを理解していながら、他国との関係悪化を懸念して拙速《せっそく》な行動を慎むよう軍に要求しているようだ。

ただし、外務院の一部にも、帝国の大攻勢が行われれば、ヴェストーレ半島、ギルツ北原方面の諸国が帝国側に回る可能性があることを認識し、それを防ぐ意味合いでの帝国領への逆侵攻は有効だと判断する動きもある。

軍事力は行使するために存在するものではない。

だが、持っているだけでも意味はない。

外交的な軍事力は、三つの要素を持って初めて完全で、強力な手札となる。

目に見える形の軍備。それを望むとき望む場所に配備する能力。そして、必要であれば軍事力を行使するという意思。

「楽しい、というか、ようやくといった感じですけどね」

リーデに決裁の終わった書類箱を手渡すと、彼女はそれを台車に積み込む。そして、近寄ってきた近衛兵《このえ》に目的地を伝え、台車を送り出した。

「ようやく、と言いますと」

リーデは新たな書類に取り掛かったレクティファールの姿を眺めながら、次の台車を用意した。これで既に九台目の台車であるが、書類はまだ次々と送られてくる。

皇都からの特別便は日に六度到着するが、そのほとんどがこういった書類を載せていた。

「簡単なことです。ようやく、我々は二〇〇〇年の軛《くびき》から解き放たれる」

まだ一年もこの国で暮らしていない自分が二〇〇〇年の歴史を語ることに可笑《おか》しみを感じながらも、レクティファールはそう言い切った。

彼にとって、この国はもう『今まで誰かが治めていた国』ではない。『これから自分が治める国』なのだ。

「結局、我々は『平和』という概念《がいねん》を戦いの向こうにしか見通すことができない生き物なのでしょう。戦っていないから平和なのだと、その程度しか認識できない」

ただもしかしたら、それこそが正しい意味での平和なのかもしれない。

平和じゃないことが戦いなのではなく、戦っていないことが平和なのだと。

「その認識が悪とは限りません」

「その通り」

レクティファールは数十の表示窓を開き、その中にリーデには読み取れない情報の羅列《られつ》を並べる。

〈皇剣〉が視覚情報を自動的に翻訳《ほんやく》し、レクティファールの意識上に数百の文字列を整列させた。

「でも、平和について……いいえ、あらゆる考えが正義であろうと、悪であろうと、国家間の紛争においてはさしたる意味はない」

「では、殿下にとっては何が正義で、何が悪なのですか？」

リーデは自分の質問そのものが大した意味を持っていないことに気付いていた。

正義も悪も所詮《しょせん》は主張であり、主張に正誤はない。まさに今レクティファールの話していたことだ。だが、それでも訊《き》かずにはおれなかった。レクティファール自身の思いと願いを知るために。

「正義と悪、ですか……」

表示窓を展開しては消し、また展開しては消し、レクティファールはリーデの問いの答えを考える。

そして、数秒間黙り込んだ後、口を開いた。

「相手の正義を圧《へ》し折ることができたら正義。相手に自分の信じる正義を圧し折られたら悪。そんなところでしょうかね」

正義と悪はどちらか一つだけでは存在できない。

どちらかの国家が正義を標榜《ひょうぼう》すれば、その相手は悪とされる。

「私だって、どこぞの国では『権力を嵩《かさ》に懸《か》けて人々を虐《しいた》げ、女を漁り、富を貪《むさぼ》る悪虐非道《あくぎゃくひどう》の魔王』ですし」

ひらりひらりと書類を振り、その合図を見て近付いてきた近衛《このえ》兵に書類を手渡すレクティファール。

「これを持って司令部へ。列車の時刻調整はあちらに訊《き》かないと」

「はッ」

近衛兵が敬礼して立ち去ると、レクティファールはリーデに向き直った。

「答えはそんな感じですが、まだ何かありますか？」

「――いえ」

リーデの返事に頷《うなず》き、レクティファールは仕事に戻った。

書類の山を崩し、適当な書類を手に取ると花押《かおう》を書き入れる。ついでに赤墨で一言を書き入れ、決裁済の箱にそれを放り込んだ。

そんな様子を横目に、リーデは要塞守備軍から上がってきた書類に目を通す。

ただ、目の前の文字を追っても、先ほどのレクティファールの答えが頭から離れない。

(確かに、国同士での戦いでは正義は単なる道具でしかない。だったら、父は……)

正義をなしたと言われた。

国に殉《じゅん》じ、人々を守ったと賞賛された。

正義の行いだと。幼い子どもが憧《あこが》れの視線を自分に向けてきたこともあった。

「英雄の子ども」

正義をなし、悪を誅《ちゅう》する英雄の子ども。それは世の道理をまだ知らない幼子《おさなご》たちには、絵本の中に登場する勇者たちと同じ存在に思えたのだろう。

この世は、物語のように「めでたしめでたし」で終わりを迎えるわけではないというのに。

(そのときはめでたしめでたし、でも、次の日は?)

どれだけ正しいことを行なっても、その行いはいずれ忘れ去られる。

どれだけ高潔な志を持っていようとも、それは必ず劣化《れっか》する。

皇国もいつか、劣化し、老化した国になるだろう。

ただそれが、他の国よりも遠い未来にあるだけだ。

(だったら、今滅んでも遅いか早いかの違いでしかない……?)

リーデは悶々《もんもん》としながら、ただ機械的に手を動かした。

「では、援軍はそのままの予定で構わないか」

「はい。三個師団ですから、纏《まと》まった兵力はこの作戦がどちらに転んでも無駄にはなりません。勝てば後詰め、負ければ――」

「〈ヴァーミッテ〉への増援か」

「はッ」

時間的余裕を持たない以上、レクティファールが増援部隊を待つことはできない。しかし、増援部隊の移動については当初の計画通りに実行されることが決まった。

ガラハはこれまでの経験から時間こそがこの作戦の最大の敵であると感じており、摂政に許可を仰《あお》いだ上で敢《あ》えて帝国軍に比べて圧倒的寡兵《かへい》である要塞防衛軍のみを使うと決断した。

摂政令からガラハの決断まで、僅《わず》か二日だった。

そして、ガラハは今日もまたレクティファールの下を訪れた。

レクティファールはガラハの真正面に座り、自分よりも遥《はる》かに多くの戦闘を経験してきたダークエルフの将に問いかけた。

「ガラハ、何か私に願うことがあるのではないか」

レクティファールは打ち合わせのために自らの公室に訪れたガラハに対し、そう切り出した。口調は静かで、その態度だけ見ればレクティファールを若造と侮る者はいないだろう。

ガラハは部屋の中で話を切り出されたことに幾《いく》らかの怒りを覚えた。今日は白龍の姫君とその従者が近衛《このえ》としてこの部屋にいる。ガラハの願いは、彼女たちにとって決して愉快なことではない。ここで口に出せば、間違いなく彼女たちの機嫌は損なわれ、ガラハに視線と殺気という無形の刃を突き付けるだろう。余計な仕事を増やした主君に対する憤《いきどお》りだった。もちろん、それが八つ当たりに近いものであることは自覚している。

しかし、レクティファールから話のきっかけを与えられた以上、無視することはできなかった。

ガラハは姫君たちの不機嫌が摂政自身に向かうことを願いつつ、重い口を開く。

「――帝国巨大攻城砲破壊作戦の際、私は白狼《はくろう》越えを担当する軍の指揮を執《と》りたいと考えております。しかし、それでは当要塞の守備が手薄になり、帝国側に我が軍の動きを察知されることにもなりかねません」

白狼山脈を越えるためには、山脈内を無数に走る渓谷《けいこく》を進むことになるのだが、その分時間は掛かる。山脈に住む先住たちの助けを借りられたとしてもある程度安全な道を選べば、丸二日は掛かるだろう。

大規模な軍を移動させるには、それ相応の経路を考えなくてはならない。そして、その経路には複数の予備も必要になる。

その間、要塞にガラハがいないと帝国側に感付かれることは避けたい。

帝国軍が良将ガラハを恐れているからこそ、帝国軍の攻撃はあの程度で済んでいるという面が確かにある。下手に相手の領分に深入りすれば、それを逆手《さかて》に取られて痛い目を見る。

実際にそういった目に遭った者たちからすれば、ガラハという存在はレクティファールよりもよほど始末に終えないのだ。

おそらく、帝国軍は摂政レクティファールの持つ〈皇剣〉を恐れていても、指揮官としてのレクティファール自身はそれ程脅威《きょうい》とは思っていないだろう。

確かに皇都では華々しい活躍を見せたが、それが総《すべ》てレクティファールの手柄ということもない。老練な四龍公と、彼らの持つ精強な軍。それらが揃ってようやく、あの皇都奪《だっ》還《かん》戦を実現することができた――そう帝国が判断しても、何ら不思議ではない。

だからこそ、帝国側がガラハたち白狼越えの軍に気付くことはどうしても避けたい。

とはいえ、少数の兵ではあの巨大な砲を崩すことは難しい。さらに、要塞都市〈ウィルマグス〉もまた、攻略目標となっている。

諸外国に手っ取り早く、そしてこの上なくわかりやすい形で皇国側の勝利を喧伝《けんでん》するためには、帝国側の領土を奪うだけではなく、その重要な戦略拠点を奪う必要があったのだ。

こちらの損害を抑えて要塞都市〈ウィルマグス〉を陥落《かんらく》させれば、しばらくはどの国も皇国に手出しすることはできない。

だが逆に言えば、失敗すれば皇国がより一層追い詰められることになる。

負けは許されない。

それ故《ゆえ》にレクティファールの命令で二万もの兵力が回されることになったが、それでは要塞の守備に穴ができてしまう。その穴に気付かれてしまうと、〈パラティオン要塞〉は大打撃を被《こうむ》るだろう。

それを避けるためには、一つ準備が少なくて済み、なおかつ効果的な策を講じなくてはならない。

「殿下に要塞前に陣を敷いてもらい、そこに帝国軍を引き付けて頂きとうございます」

摂政を囮《おとり》にして、攻撃を引き付ける。

その策にレクティファールは笑い、メリエラたちは気色《けしき》ばんだ。

「閣下《かっか》！　それは摂政殿下をいたずらに死地に追い込む策です！　閣下のお言葉は臣下としてのものではありません！」

メリエラが空圧を伴って吼《ほ》える。

瞳を龍眼へと変じさせながらの怒声は、空気を震わせ人の肺腑《はいふ》に良く響いた。

レクティファールでさえも、僅《わず》かに腰が引けた程だ。

「しかし、他に策はない。悠長に援軍を待てば要塞は敵攻城砲の威力《いりょく》の前に瓦礫《がれき》と化すだろう。あの威力に耐えうる術式に切り替えるには少なくとも四半年は掛かる。現状最も効果的かつ即効性のある策は、これしかない」

ガラハが要塞に残るという作戦も立てられたが、それでは要塞都市〈ウィルマグス〉を陥《お》とすことは難しいと判断された。これはガラハの戦術家としての能力を評価してのことで、選択の余地はなかった。

要塞の守りを考えれば、白狼《はくろう》越えは二万程度の兵しか回せない。

しかし、並の将ではたった二万の兵で要塞都市を陥落させるなどできる訳がない。

この作戦に参加できる将の中でもっとも優れた能力を持つ者を作戦担当者に充《あ》てる、作戦成功率を引き上げるためにも至極《しごく》当たり前のことだ。

それによって被《こうむ》るであろう不利益を少しでも減らすために更なる策を用いるとなれば、レクティファールに否《いな》はない。

たとえそれが自分の生命を懸けた大博打《おおばくち》であったとしても、だ。

「良い、中将の好きにせよ。戦の差配は任せたのだ、その中で必要だというのなら、私が帝国軍を引き付ける囮《おとり》になろう」

「レクト‼」

あまりにも自分の身を軽く見ているレクティファールに、メリエラが悲鳴に近い声を上げる。

メリエラの目尻《めじり》に浮かんだ涙は、レクティファールの目にもよく見えた。

だが、退《ひ》くことはできない。あとでどれだけ文句を言われることになっても、今悪者になるくらいで現状が打破できるというなら安いものだ。

「何度言えば分かるの！」

「何度目でしょうかねぇ」

完全にお互いの立場を忘れたその怒声に、密かにガラハは笑《え》みを零《こぼ》した。何とも愛されている青年だと。

「レクト……もとい殿下に何かあったら要塞どころの話ではありません！　危険に身を晒《さら》すことは国家を導く皇王の義務ではなく、皇国の藩塀《はんぺい》たる貴族の義務です！」

「それは、まあ、その通りなんだが……」

レクティファールはしどろもどろになって言い訳する。

これまでの態度を脱ぎ捨てた腰の低さだ。辛《かろ》うじて口調は維持しているが、忙《せわ》しなく目が泳いでいる。

「良いですか!?　殿下はそもそも摂政としての自覚が足りないのです！　ここに軍を率いてきたことは良しとしましょう。しかし帝国の姫と一対一で会談し、今度は帝国軍に対する囮《おとり》になる？　殿下は殿下の下にいる国民をどうお考えなのですか!?　いえそれだけではありません！　殿下は遠からず皇王となってこの国家を背負うことになるのですよ！　軍を率いて戦うなど将の職分、皇《おう》の職分ではありません！　さきの一戦とは訳が違うのです！　皇《おう》とは将を信じて用いることが役目、皇《おう》が将の真似事《まね》をして良い結果になったとして、それを後世に教訓として遺すお積もりですか⁉　もしもそうだというのなら甚《はなは》だしい勘違いです！　負の遺産です！　皇《おう》として臆病であれとは言いませんが、蛮勇《ばんゆう》と勇猛を履き違えたような行動は謹《つつし》んで下さい！　そもそも殿下の役目は国家を守ることであって一個の要塞を守ることではないでしょう⁉　確かに〈パラティオン〉が抜かれれば皇国本土に帝国軍が押し寄せることは必定《ひつじょう》、避けなくてはなりません。しかし殿下ご自身が前線に立つ必要はありません。いいですか、摂政とは――」

怒涛《どとう》の勢いだった。

反論する暇さえ与えられず、帝国の自動人形が装備していた機関砲のように連続で発射される言葉の弾丸。レクティファールは何とか反論の緒《いとぐち》を見付けようとしたが、元来持っているメリエラへの苦手意識に阻害《そがい》されてどうしても見付けられない。

いつの間にかメリエラの顔がどんどん近付いてきて、すでに口付けを交わすことさえ可能な距離になっている。

（いっそ、唇を奪ってみましょうかね。そうすれば口は開けない）

こういった考えが極々《ごくごく》真面目な思考の果てに出てくる辺りが、後の世に『好色』として名を残すことになってしまうレクティファールの一側面を表している。

（近くで見ても染みのない綺麗な肌をしているし、怒っていても可愛らしい――うん、大

変結構）

とはいえこのままではまずい。そろそろ誰かに助けてもらおうと部屋を見渡すレクティファール。

しかし、別の誰かと言っても、ウィリィアはメリエラの言葉にいちいち頷《うなず》きながらそろそろとその背後に移動しており、まるで説教の順番待ちといった感がある。いや、多分、絶対その通りなのだろう。その目は出来の悪い弟を叱《しか》る姉の目だった。

メリエラを怒らせた時点でウィリィアがレクティファールの味方になるはずもないのだが、実際その通りの姿を見せ付けられては苦笑するしかない。メリエラに不必要な心労を押し付けているという自覚があるだけに、なおさらだ。

（仲が良いのは素晴らしいことです）

ではリーデに、と背後を振り返るが既に誰もいない。

何処《どこ》へ行ったと探してみると、公室の応接区画で革椅子に座ったガラハに、紅茶と茶菓子を出していた。

ガラハはメリエラに対する説得をレクティファールに丸投げする腹積もりのようで、こちらにちらりと目を向けるとにやりと笑った。教え子の成長を確かめるような態度を取っているが、その内心は単に面倒ごとを押し付けることに成功したことへの安心感で満ちているだろう。

（笑いやがった……）

畜生《ちくしょう》てめぇ逃げやがったな――とガラハを睨《にら》むレクティファール。温和な彼でも、この裏切りは許せなかったらしい。

しかし、ガラハにお茶を出していたリーデが彼に一礼し、そろりそろりとウィリィアの後ろに立つのを認めると、レクティファールは瞠目《どうもく》した。

（なんと……！）

説教要員が増えた。

何故、どうしてと思うレクティファール。

「殿下！　聞いてますか⁉」

しかし、そんなレクティファールをメリエラは逃がさない。

リーデと言えば涼しい顔でレクティファールを見ており、諫言《かんげん》するのは参謀《さんぼう》として当たり前のことです、と言わんばかりの態度だ。

ああ、味方はいないのかと部屋を見渡すレクティファール。

しかし、現実は非常に厳しい。

彼は逃げることもできず、嵐のような説教に耐えるしかなかった。

結論から言えば、レクティファールは深夜まで及んだお説教に耐え抜き、根負けした三名から前線に立つことを承認させた。

しかしその条件として三名を自らの陣に置くことを認めさせられた。

敢《あ》えて勝ちか負けかで言えば、限りなく勝利に近い引き分けと言えるだろう。

この結果が次なる戦いでどのような結果を齎《もたら》すか、今の彼らに知る術《すべ》はない。

◇◇◇

〈ウィルマグス〉近傍《きんぼう》の上空に正体不明の飛行物体が現れたという報告を受けてから、グロリエの機嫌は目に見えて悪くなった。これが皇国側の偵察騎であるという確証はついぞ得られなかったが、彼女は最悪の事態を想定してことを推《お》し進める決断を下した。

〈雷霆《らいてい》〉の存在はついに皇国の知るところとなった。

当然、その危険性を正当に評価できるだけの頭脳を皇国が持っていれば、その破壊か奪取に動くだろう。グロリエが皇国の将であっても同じ判断を下す。

だが、帝国軍の中ではこの段階になってもそれに備えようという意見は極々《ごくごく》少数であった。

理由は大きく二つ。

一つ目、皇国側が〈雷霆《らいてい》〉に対して何らかの軍事的行動を起こすためには、どうしても〈パラティオン要塞〉前面に展開している帝国軍を突破しなくてはならない。

要塞の援護を受けられると仮定しても、それだけの打撃力が皇国軍にあるとは考えられなかったのだ。

〈ウィルマグス〉という都市は白狼《はくろう》山脈の山裾《やますそ》近くに建設されており、東の天狼《てんろう》山脈と西の白狼山脈の隙間《すきま》にある北西から南東に細長いファルベル平原からは、山脈を形成する山が邪魔になって直接その姿を見ることができない。

ファルベル平原にある〈パラティオン要塞〉の要塞砲も射程が足りず、大規模戦略級魔法による直接射撃も山脈があっては狙えない。

さらにいえば、大規模戦略級魔法ともなれば〈雷霆《らいてい》〉から至近距離にある〈ウィルマグス〉にも影響が出るだろう。非戦闘員が暮らしている街に向けてそんな魔法を放てば、周辺国が黙っていない。レクティファールが当代皇王の二の舞になることは明白だった。

二つ目、皇国軍の援軍は未だ姿を見せてない。

これが実効戦力として〈パラティオン要塞〉に入るのは、早くても一月近く掛かる。援軍が得られない以上、寡兵《かへい》をさらに分割して運用することは軍略上の常識として考えられなかった。仮に少数部隊を隠密機動させて帝国軍陣地を越えることができたとしても、実際に〈雷霆《らいてい》〉を陥落《かんらく》させるには圧倒的に戦力が足りない。

玉砕《ぎょくさい》覚悟の決死隊であったとしても、〈ウィルマグス〉には二個旅団五〇〇〇が予備戦力兼都市防衛戦力として残されている。これを撃破して〈雷霆《らいてい》〉に肉薄できるほどの戦力が隠密裏に帝国陣地を越えられるはずがないと彼らは判断した。

この判断が導き出されるまで、そう多くの時間は掛からなかった。

しかし、彼らは彼らなりの常識と経験に従い、グロリエの方針もあって皇国軍を寡兵《かへい》であっても油断ならざる敵であると仮定し、その上でこの答えを出した。

だからこそ、最終的にグロリエも彼らの判断を支持した。

彼女自身、皇国側が有効な対抗手段を持っていないと考えていたからだ。

というよりも、これまで必死に〈雷霆《らいてい》〉を隠してきたのは、皇国側にその存在を察知されて何らかの対処をされないようにするためだった。

〈雷霆《らいてい》〉の建造開始時期は皇国の内乱の最中であり、帝国としても最大の好機と見ていた。資材部品を運び込み、三ヵ月を掛けて完成間近となった。各試験はできるだけ同じ環境を再現した本国内の試験場で済ませ、必要最低限の試運転を行えばすぐにでも実効戦力として通用する。

実はこの時点で、帝国は皇国に対して九分九厘《くぶくりん》勝利を確信していた。だからこそグロリエを激戦区である西方戦線から引き抜き、皇国に止《とど》めを刺す役目を与えたのだ。

今更新たな皇王——正確には次期皇王——が出てきたところで何ができる。それが帝国軍の総意だったと言っていい。その中には、グロリエさえもが含まれていたのかもしれない。

それでも彼女が〈ウィルマグス〉駐留の五〇〇〇の防衛部隊に警戒態勢を下令《かれい》したのは、

つい数日前に顔を合わせた一人の青年の姿が脳裏から拭《ぬぐ》い去ることができなかったからだ。

それがどのような結論を彼女の前に差し出すのか――未だ刻《とき》は満ちていない。

◇◇◇

〈パラティオン要塞〉地下訓練場。

長辺一〇〇メイテル、短辺八〇メイテルの巨大空間は、日頃要塞防衛軍の守備兵が汗を散らして訓練に励む施設だ。しかし今、その訓練場を埋め尽くす声と汗は〈パラティオン要塞〉兵のものではない。

訓練に励む者たちの灰色の運動衣に縫《ぬ》い付けられた紋章は盾《たて》と交差する剣、そして中央に十字星を配した、近衛《このえ》軍摂政護衛部隊の紋章だった。

「――よし！　次、場内百周！　身体温めろ！」

『応ッ‼』

男女の別なく、訓練教官資格を持つ最先任下士官――中年の特務曹長の掛け声に応《こた》える近衛軍将兵。

訓練教官と訓練生以外の立場がない訓練である以上、そこには通常の階級すら関係なく、時間のある士官も参加して、彼らは来るべき戦いに向けて鈍りきった身体を作り直していた。

「走れ走れ走れ！　貴様らは近衛《このえ》だ！　近衛は最強であって初めて意味を持つ！　弱い近衛は近衛に非《あら》ず！」

『弱い近衛は近衛に非《あら》ず‼』

「強き近衛も近衛に非《あら》ず！」

『強き近衛も近衛に非《あら》ず‼』

「最強こそが近衛、至高こそが近衛！」

『最強こそが近衛！　至高こそが近衛‼』

「よぉし！　よく言った！　褒美《ほうび》に百周追加だ！　喜べ貴様ら！」

『おおぉッ！』

雄叫《おたけ》びを上げて近衛たちが走る。中には十周も走らないうちに足下が覚束《おぼつか》なくなる者もいるが、そういった者たちは仲間に抱えられて走る。

ここで仲間を見捨てるようであれば、教官に殴り付けられることは目に見えている。

全員で課せられた訓練を消化してこそ、この訓練の意味もあるのだ。

「おら！　そこで遅れてる奴がいるぞ！　肩を貸そうという者はいないのか！」

「ここにおりまぁすッ！」

答え、慌てて仲間の元に駆け寄る二名の近衛兵。彼らは呼吸さえ怪しくなった仲間を支えると、その仲間をぶら下げるようにして走り始める。

「今貴様が助けた仲間が、戦場では貴様を助けてくれる！　いいな！　貴様らは仲間を救うことで、未来の己を救っているのだ！」

『応ッ！』

「遅れてきたぞ！　ほらどんどん走れ！　晩飯までに終わらせろッ！」

『おおおおッ‼』

これまで近衛軍がしてきた訓練は正規軍のそれと変わらない。だが、実戦に出ても結局は手伝い戦と戦場を嘗《な》めていたことに変わりはない。

摂政殿下を守って最前線に立つということ数百年無かった栄誉に向けて、彼らが取り戻すべき〝感覚〟は多かった。

「わぁれら無比なる近衛軍ッ！」

『わぁれら無比なる近衛軍ッ‼』

「もう一度ぉッ！」

『わぁれら無比なる近衛軍ッ‼』

「まだまだ！」

『わぁれら無比なる近衛軍ッ‼』

地響きと雄叫《おたけ》びで空間を揺らしながら走り続ける近衛軍《このえ》。

そんな近衛軍将兵たちが走りつつも密かに注目している一角がある。

そこに立つのは二人の男女。

片や、白の髪を一本に束《たば》ね、動き易い近衛軍の運動着を纏《まと》った摂政レクティファール。

片や、日頃釦《ぼたん》ひとつ緩《ゆる》めず着用している陸軍の制服を脱ぎ、女性らしい肉感的な曲線を描くその身体を陸軍の訓練着に包んだ摂政付き大尉参謀《さんぼう》リーデ・アーデン。

どちらも細剣を構え、じりじりと相手の隙《すき》を窺《うかが》っている。

「――――」

万全の体温調整が可能な〈皇剣〉の機能故《ゆえ》か、汗一つ浮かんでいないレクティファール。

対してリーデの顔には幾つもの玉の汗が浮かんでいるものの、その表情は涼しい。

お互いに細剣を構えた腕は少しも乱れず、鋒《きっさき》の揺れも相手を誘う手段に過ぎない。呼吸に合わせて揺れる鋒、時折相手の呼吸を乱そうと揺れの拍子を変えてくるが、両者ともそれに乗るような性格では無かった。

自分の呼吸を相手のそれに同調させ、さながら一個の生命のようにそこに立つ二人。

近衛軍の将兵は訓練場を周回しながら、二人の闘いに注目せざるを得なかった。

別段二人の実力が高いということではない。腕に覚えのある現役の兵士や騎士であれば、二人に勝つことはそう難しいことではないだろう。ならば何故二人が注目を浴びているのか——

「おい、あの二人どれくらいあの状態だ」

「もう一時間半。見てるこっちが窒息《ちっそく》しそうだよ」

答えは至極《しごく》単純なものだ。

二人は一度も剣を交えることなく、ひたすら互いに剣を突き付けているから。言葉にすればそれだけのことだったが——

「何の訓練なんだ、あれ」

「知らん、騎士学校出の参謀様の考えることがオレたち兵隊に分かるかよぅ」

「まぁな」

「貴様らぁ！　あとで腕立て一〇〇回だッ！」

教官に怒鳴《どな》りつけられ、肩を竦《すく》ませる近衛兵二人。彼らは顔を見合わせ、自分たちが唯一与えられている返答を叫んだ。

「はい！　ありがたくお受けしますぅッ‼」

さらに半時間が経過した頃、リーデの首に掛けてあった時計が時報を告げた。

思わずその音に振り返る一部の近衛軍将兵。当然のように教官の怒号が轟き、罰《ばつ》として場内三百周とさらに腕立て伏せ三十回、腹筋三十回、屈伸三十回を合計十組が命じられる。

雄叫《おたけ》びのような悲鳴を上げながら走り始める近衛《このえ》軍将兵――連帯責任で今来たばかりの士官を含む全員――の中心で、リーデはゆっくりと細剣を下ろした。呼吸を整える彼女の前で、レクティファールも同じように深呼吸と浅呼吸を繰り返している。

息を整えたリーデが顔を上げると、レクティファールが手拭《てぬぐい》を差し出していた。

「ありがとうございます」

「いや、訓練に付き合って貰《もら》ったのはこちらの方ですし。当然でしょう」

さらに飲み物も手渡す。柑橘《かんきつ》系の果汁を搾《しぼ》ったものに砂糖と塩を少量溶かしたものだ。

レクティファールの許しを得て壁際に座り込み、吸筒《すいづつ》で飲み物を啜《すす》りながら、リーデは訓練中汗一つ掻《か》かなかった主君の顔を見上げる。近衛軍の訓練を眺めているその表情に、緊張から来る硬さは見られなかった。

場合によっては、あの帝国の戦狂《いくさぐる》いと真正面から戦うことになるかもしれないというのに、この落ち着きはどこから来るのだろうか。

(この間のような幸運が二度も三度も続くはずはないでしょうに)

今回の訓練も、実際に剣で打ち合うことを目的としたものではなかった。

レクティファール曰《いわ》く、戦場で緊張感と集中力を途切れさせないための訓練だという。常に張り詰めたままの緊張感は、個人差はあれども、そうそう長く持続できるものではない。それまで優勢であったにも拘《かか》わらず、集中力が途切れただけで一気に形勢をひっくり返されることもある。

〈皇剣〉を持っていようとも、使用者の集中力が途切れれば僅《わず》かなりとも隙《すき》は生まれる。

その隙が明暗を分ける可能性も否定できなかった。

（相手が相手だものね）

身体機能に関して言えば、〈皇剣〉の力で多少は上乗せもできる。

しかし、精神的な要素に関しては、〈皇剣〉の使用者の素質も無視できない。

だからこその集中力持続訓練だ。

「いやはや、意外と一瞬でも集中が乱れると感覚を戻すのは骨ですね。注意しないと」

特に盤上遊戯《ばんじょうゆうぎ》などではこの傾向が強いと、レクティファールは経験で知っている。

戦争は遊戯ではないが、戦争から遊戯的要素が完全に排除されることはありえない。遊戯的要素と賭博《とばく》的要素、この二つは戦争に欠かせないものだろう。

そして、この二つを如何《いか》にして制するかが勝敗を分けると言っていい。

レクティファールは先の戦いでこの二つを制し、望める最大限の成果を得た。

ただ、次も同じように勝てるとは限らない。常に勝ち続ける者はいない。

レクティファールも、いずれ敗北するときが来るだろう。

（だからこそ、負け方を覚えなくてはならない。勝つべきときに勝ち、負けるべきときに負ける。それくらい自分を使い分けられないと、まずい）

そう考えるからこそ、レクティファールはリーデを相手に先程のような訓練を行っていたのだ。メリエラやウィリィアという候補もいたのだが、彼女たちは地下訓練場ではなく要塞の南にある平原で訓練を行うという。

龍族と龍人族が真正面から全力で訓練するには、地下訓練場では狭いらしい。

（それを聞いてしまえば、訓練の相手を頼まなくて良かったたって思いますよねぇ……）

訓練で全く出てこなかった汗が一筋、額を滑り落ちた。

そもそも、参謀《さんぼう》であるリーデを相手にしているという点が彼のひ弱さ加減を如実《にょじつ》に表している。参謀とはいえ、リーデも『将は兵の規範たるべし』を基本方針としている騎士学校の出であるから、そこらの新米兵士よりはよほど体力的技能的に優れているのだが。

幹部が最良の兵士であってこそ兵士たちの信頼を得られるという考えの下、騎士学校の歩兵科では三昼夜ぶち抜きの登山行軍訓練が毎年夏に、同じく三昼夜ぶっ通しの孤島遭難《そうなん》訓練が毎年冬に行われているという。

勿論《もちろん》専攻している科ごとに催《もよお》される訓練は違うが、陸軍総合大演習と呼ばれる騎士学校全科と歩兵学校、騎兵学校、砲兵学校など各科兵学校合同の大演習の際は、もはや戦争と呼んでも過言ではない戦いが繰り広げられるらしい。

そのため、騎士学校参謀科卒業のリーデも、間違いなく〈皇剣〉を用いないレクティファールより強い。

強さの種類にも色々あるので、この場合は個人戦闘技能ということだが、他の技能でもレクティファールはほとんど負けているだろう。これが専門教育を受けた者とそうでない者との差ということだ。

(色々なものが一段落したら、何処《どこ》かの学校に裏口……もとい、潜《もぐ》り込ませてもらおうかな……)

ある種一般常識から最も遠い戦場という場所に出突《でずば》っ張りの今だからこそ、日常生活に支障が出ていないのだろう。このまま摂政や皇王として皇都で暮らすと、多分二度とこの世界の常識を知ることはできないかもしれない。

(それは遠慮したい)

常識のない君主など、道化というより害悪だ。そんな存在にはなりたくなかった。

そんなことになれば守りたい人も守れない。

「殿下」

近衛《このえ》軍の訓練風景を見ながら並列思考で別のことを考えていたレクティファールは、リーデの声で我に返った。

リーデは壁際に座り込んだまま、レクティファールをじっと見詰めている。

「何か」

摂政としての口調で答えると、並列に存在する思考の一つがその役割に沿った情報を走らせ始めた。

「随分と落ち着いていらっしゃるのですね。流石《さすが》、皇都奪還《だっかん》戦を演出したお方です」

褒《ほ》め言葉にしては淡々とした調子のリーデ。彼女らしいと言えばその通りかもしれない。

「──演出、演出か……確かにその程度のことしかできなかったな」

レクティファールはリーデの隣の壁に寄り掛かると、腕を組み、苦笑いと共にそう自《じ》嘲《ちょう》した。

リーデはその回答が不満だったのか、微かに眉を顰《ひそ》めた。

「謙遜《けんそん》も過ぎれば侮辱《ぶじょく》となるのです。立太子の数日後にあれだけの戦いを演じて、あの程度と仰られては……」

参謀《さんぼう》としての職責ではないのかもしれないが、君主の過《あやま》ちを正すも臣下の役目。リーデは顰《ひそ》めた眉をそのままにレクティファールを諫《いさ》める。

だが、レクティファールは困ったように笑うだけだ。気弱にさえ見えるその表情に、リーデは内心怒りさえ覚えた。

「謙遜じゃない。本当に、私のしたことはあの場にいて、メリエラの背に乗っていただけ。戦ったのは将兵、死んだのも将兵。そして、巻き込まれたのは民たち」

死ぬはずではなかった人々が死んだ。生きるべきであった人々が死んだ。

あの戦いは、間違いなくそんな面を持っていた。

今上皇王が少しでも分別のある者であったなら、皇王の傍《そば》に侍っていた者どもが真の臣下であったなら、あの戦はなかった。命を落とした皇国、連合の将兵も死なずに済んだ。そして、あの戦によって生じる損害を補填《ほてん》するために国庫が払底《ふってい》するようなこともなかっただろう。

さらに言うなら、戦いと直接関係なかった無辜《むこ》の市民が死ぬこともなかった。経済的にも人的にも、あの内乱は無用の争いだった。強《し》いて意味を持たせるのなら、レクティファールという存在を無理やりこの世界に認めさせることだけ。

しかしあれだけの人が死んだあと、馬鹿げた戦いを止めて傑物《けつぶつ》扱いされるのは、レクティファールにとって決して喜ばしいことではなかった。むしろ自分の無力さ、無能さを突き付けられたようなものだ。

「正直、あのとき君みたいな参謀がいたらと思います。あのときの作戦は、私の方針を貴族軍の幕僚《ばくりょう》たちが形にしてくれた。その方針の段階で、君みたいな専門家が意見を出してくれたら、もっとましな結果になったかもしれない」

「――それは、参謀というものを買い被《かぶ》り過ぎています」

リーデは吸筒《すいづつ》から口を離し、俯《うつむ》いた。

皇都奪還《だっかん》戦の戦闘詳報を基に、何度も擬似《ぎじ》演習を繰り返した。

しかし、そこから得られる結果は、レクティファールのそれと大差はなかった。

むしろ、劣っていた部分が多い。

「参謀《さんぼう》とは所詮《しょせん》考えるだけの生き物です。自分に権限がないから、好き勝手に考えるだけ考え、司令官に決断と責任を丸投げする。小官も、小官の父もそうです」

「お父上も参謀だったのか」

レクティファールは僅《わず》かに驚いたような声を発した。

騎士学校での成績や思考の癖《くせ》などは参謀として貸し出された際に聞かされていたが、個人的な情報までは知らなかった。聞けば答えてもらえたのだろうが、必要のないことだから説明しないのだろうと今まで何も聞かずにいた。

「ええ、すでに皇国に殉《じゅん》じましたが。この要塞から少し北に行った場所、今では軍事境界線の非武装地帯になっている場所で」

淡々と、自分の親のことではないかのように話すリーデ。

レクティファールにはその表情を見ることはできなかったが、それでも彼の目に困惑が見え隠れした。彼自身親という存在に特別な思い入れがある訳ではない。

この世界にこうして存在している以上、元世界の諸々はきっぱりと諦めた。

何より、この世界に親よりも大切な人たちができてしまった。実の親と彼女たち、どちらを選ぶかと問われれば——悩むことさえ今の彼にはあり得ない。

（なるほど、私も彼女も、根の部分では同じ種類の人間か）

血の繋がった実の親よりも大切なものを見付けてしまった。二人ともそういう種類の人間なのだ。レクティファールはそう思った。

「軍人になったのは父上の影響か」

「――ええ、きっと」

レクティファールにも分かるほど確かな逡巡《しゅんじゅん》の後、リーデは頷《うなず》いた。

その躊躇《ためら》いの中にどんな気持ちの葛藤《かっとう》があったのか、レクティファールは気付かなかった。

たとえ気付いていたとして、彼に何かできたということでもないのだが。

◇◇◇

ガラハが元々の要塞防衛軍と援軍から部隊を選抜して短期の慣熟訓練に入った頃、白狼《はくろう》山脈に皇国軍人の一団がいた。

彼らはいずれも厚い防寒着を身に纏《まと》い、入山許可の証である紋章を首から下げている。

その姿は個性に乏《とぼ》しく、遠目には男女の区別さえつかない。

しかし、彼らを遠望する者たちにとって個人の区別などどうでもいい。

一団を高みより観察する者たち――それは蒼銀《そうぎん》色の毛皮を持つ巨狼《きょろう》、人々に白狼山脈の先住と呼ばれる者たちだった。

彼らは一頭の氷狼《ひょうろう》を先頭に、音もなく山を下り始める。

身軽に、深い新雪に足を取られることさえなく、まるで飛ぶように山肌を駆け下りる彼ら。それはこの山脈で食物連鎖の頂点に立つ王者としての風格さえ漂う動きだった。

戦いの場が雪山である限り、彼らは最強と言っていい。

皇国建国以来、北からの侵入者を狩り続けた実績がそれを示していた。彼らは協定によってそれを役目としている。だが、彼らがそれを行うのは協定だけが原因ではない。彼らは、自分たちの領域に侵入する異分子を徹底して排除することを本能に従って行っているのだ。

それは皇国を構成するあらゆる種族が持つ本能だが、氷狼族が白狼《はくろう》山脈と天狼《てんろう》山脈を始めとした自治区以外で暮らさない理由はその本能にある。彼らの排他的《はいたてき》ともいえる本能は、他種族に比《ひ》して大きく強い。とても他種族を自治区に住まわせることができないほどに、だ。

それが種族を表す特徴となるほど、彼らの異分子に対する敵愾心《てきがいしん》は強い。〈パラティオン要塞〉の歴代司令官が就任後、真っ先にすることが彼らへの挨拶《あいさつ》であることは、その特徴を念頭に置いているからかもしれない。

やがて、山を駆け下りた氷狼たちは軍の集団をすぐ眼下に見下ろす崖《がけ》の上に到着した。

それに合わせた訳ではないだろうが、軍人の一人が懐から銀色に輝く小さな笛《ふえ》を取り出し、それを思い切り吹き鳴らす。その笛から放たれた音は人間種や大多数の混血種には聞こえない音だった。しかし、氷狼族にとっては山ひとつ越えても聞き取れる音だ。

単なる笛であればそれほど広い範囲に音は拡《ひろ》がらないが、この笛は内部に術式を刻んだ魔導具。皇王家が氷狼族と接触を図りたいときに限り使用されるものだった。

つまり、この笛を鳴らした者は皇王家が認めた使者ということになる。

氷狼族たちは、その音に応《こた》えるように崖を飛び降りた。

摂政レクティファールより白狼山脈に住まう先住たちへの使いを仰《おお》せつかったその軍人たちは、十数歩先の純白の世界に音もなく現れた若い男に目を奪われた。十数頭の氷狼を従え、軍人たちを睥睨《へいげい》している。

蒼銀《そうぎん》色の毛皮の厚掛け、同じく蒼銀《そうぎん》色の髪、白皙《はくせき》の端整《たんせい》な顔立ち、そして、切れ長の碧眼《へきがん》。

纏《まと》う雰囲気は王者のそれで、他者から隔絶《かくぜつ》した気配が自然と頭を下げさせる。

どこか、主君レクティファールと似た雰囲気を持つ青年を前にして、軍人たちは頭《こうべ》を垂れた。そうしなければならないという強迫観念を抱かせるほど、青年の持つ威圧感は強かった。

「小官は皇国摂政レクティファール殿下より使者の任を仰せつかりました、皇国陸軍参謀《さんぼう》少佐、ハンスリー・ビドウィックと申します。白狼山脈の先住の長、氷狼アロンズ様とお見受けいたします」

「ああ、確かにワシがアロンズだ。皇国の使者よ」

喋《しゃべ》るだけで空気が凍り付く、そんな声だった。

人間的な温《ぬく》もりを一切持たないその声音《こわね》、なるほど氷狼《ひょうろう》族の一部族を率いる族長に相応《ふさわ》しい。

条件次第では龍でも神でも殺せる相手と交渉しなくてはならない自分の不幸を呪いながら、ビドウィックは口を開いた。声が震えているのは寒さのせいだと自分を奮い立たせる。

「我が主、摂政レクティファール殿下より、アロンズ殿に書がございます」

「うむ」

ビドウィックは集団から一歩進み出て、懐から一通の封書を取り出すと、それを差し出した。

それを見て頷《うなず》いたアロンズが軽く手を振る。

すると、封書がひとりでに浮き上がり、ゆるりと宙を走ってアロンズの手に収まった。

無言で封書の封印を切るアロンズ。こうして封書という形で皇国の代表から何らかの接触があるのは、久しぶりのことだった。

おそらく二五年ぶりのことだろう。

「――ほう」

ざっと書状を眺めたアロンズは、微かに声を漏らした。

摂政という珍しい相手からの書状には、それ以上に酷《ひど》く珍しい文面が記されていた。

『一つ、白狼《はくろう》山脈を軍が通過することを容認して欲しい』

『一つ、二万人の兵が行軍可能な最短経路を教えて欲しい』

『一つ、軍の先導をして欲しい』

『そして、この三つの条件を果たすならば、戦後然《しか》るべき対価を用意する』

『逆に果たされない場合も、然るべき対価を用意する』

完全なる脅し、ビドウィックが事前にこの内容を知っていれば、間違いなく逃げ出していただろう。

「──然るべき対価、か」

アロンズは無表情のままビドウィックを見据える。

氷狼族族長の厳寒の視線に晒《さら》された憐《あわ》れな使者は、身動きひとつできない。元々氷狼族は幻想種の一種だが、彼らと同格の幻想種など片手の指で足りる程しか存在しない。

そのどれもが、強大な力を持つ種族として恐れられていた。少なくとも、ビドウィックのようなごく一般的な混血種が一対一で相対して平然としていられるような相手ではない。

だからだろう、次の瞬間放たれた言葉にビドウィックは凍り付いた。

「摂政殿は我らを脅そうというのか、使者殿」

まさか、と思った。

あの摂政はこの状況で氷狼族に喧嘩《けんか》を売るような馬鹿な真似《まね》をする人物ではない。付き合いなどなく、人物評も直接顔を合わせたことのある同僚からの又聞きだが、仮にそのような人物であれば皇都は救われず、とうの昔に灰燼《かいじん》と化していたはずだ。

皇国軍の将兵は、大なり小なりビドウィックと同じような印象をレクティファールに対して抱いている。次期皇王という存在に都合のいい幻想を抱いていると言ってもいいだろう。

だが、アロンズは違う。

摂政とは皇国の代表であり象徴であるという認識しかない。

皇国と氷狼《ひょうろう》族の間には協定がある。だが逆に言えば、皇国がそれに記された条項に反していないからこそ彼らもまた協定に反しないだけの関係にすぎない。消極的不干渉とでもいうべきその関係は、一方が迂闊《うかつ》にも歩み寄るだけで簡単に崩れ去るほど脆《もろ》いものだ。

そもそも、氷狼族は皇国がどうなろうと知ったことではない。彼らにとってのあらゆる繋がりは閉鎖《へいさ》された部族内でほぼ完結しているのだから、国家というものに対しての帰属意識が芽生《めば》えるはずもないのだ。

同部族という身内とそれ以外という異分子。彼らはそれだけで十分生きていけるし、これまで皇国もそれを認めてきた。

皇国としては白狼《はくろう》山脈が天然の要害であり続ければ良い――これまではそうだった。

「我らは皇国がどうなろうと構わない。帝国に滅ぼされようが自ら滅びようが、この山々が我らのものである限りはな」

アロンズもそのつもりだった。

氷狼族は皇国に干渉しない。協定に協力を求める権利が保証されていても、これまでそれを行使したことはなかった。

不干渉を貫き、必要なときさだけ必要な分の繋がりを持っていればそれでいい。

「北の蛮人《ばんじん》共とて、わざわざこのような雪山に攻め入ろうとは思うまい。彼らが求めるような富も栄誉も、この山では手に入らないのだから」

痛手《いたで》しか得るもののない戦いを望むものがいるとは、アロンズには、いや、氷狼族には到底思えなかった。

しかし、彼らはそれが自分たち氷狼族だけの常識であることに気付いていない。

人には、富や栄誉があるかもしれないというだけで十分だと気付かない。

種族の性格上不必要な富を求めず、自給自足が完全に確立された氷狼族の社会で過ごしてきたからこその、ある種の弊害《へいがい》。彼らは自分自身が人間種にとっての富と栄誉そのものであることを知らなかった。

氷狼族の肝《きも》は万病に効き、その毛皮は寒さを完全に遮断《しゃだん》する上にいつまでも美しい光沢を保ち続ける。牙や骨は帝国にとって喉から手が出るほど欲しい最上級の魔法素材で、彼らの身体はその毛一本に至るまで万金に匹敵《ひってき》する値打ちがあった。

だが、本人たちはそれに決して気付かないし、そもそも気付けない。

二五年前の紛争で皇国軍の龍族が犠牲になったとき、その遺骸《いがい》を争うように奪い合った帝国兵がいたことも彼らは知らない。遺品を剥《は》ぎ取るだけではなく、その骸《むくろ》そのものまで奪い去る帝国兵。余りにも凄惨《せいさん》なその光景を、皇国の兵士たちは戦慄《せんりつ》と共に記憶している。ビドウィックもまた、その一人だった。

「アロンズ殿は帝国を甘く見ておられる！　彼らは確かに我々と同じように国と国家を愛していましょう。ですが、彼らの愛情はときとして恐ろしいほどに狂い、敵を容易に蹂躙《じゅうりん》いたします。アロンズ殿は白狼《はくろう》山脈氷狼《ひょうろう》族の族長、一族を守るためにどうか……！」

ここでアロンズに断られるようなことになってしまうと、皇国軍は絶望的な敵中突破を実行しなくてはならない。

皇国の興廃《こうはい》が懸かった戦いともなれば、摂政レクティファール自身も再び最前線に立つことになるだろう。それが最も兵士の士気を高め、最も作戦の成功率を高めるからだ。

しかし、そうなれば皇国は二重の意味で存亡の危機に立たされる。

今度は撤退の二文字は存在しない。

要塞を狙う〈ムジョルニア〉を破壊しない限り、皇国に未来はないのだ。レクティファール以下の全軍が死兵となって帝国に挑むしかない。

たとえ戦いに勝っても、摂政を喪《うしな》えば遠からず皇国は内外からの侵食で滅びる。逆に摂政が生き残っても戦いに負けてしまえば帝国は皇国本土を蹂躙《じゅうりん》し、大いに皇国の寿命を縮めるだろう。

この戦い、どうあっても負けられないのだ。勝てば生き、負ければ滅ぶ。ビドウィックはその双肩《そうけん》にのしかかる皇国五〇〇〇万の民の生命を感じ、神に匹敵《ひってき》する力を持った神獣《しんじゅう》に食い下がる。

しかし、アロンズはこれで話は終わりだと言わんばかりに、ビドウィックに背を向けた。

「――我らの縄張りを通過することは認めよう。それ以上はせぬ」

それはアロンズにとって最大の譲歩であっただろう。

ビドウィックがどれだけの覚悟で自分に物申したのか、分からない彼ではない。ろくに力も持たない混血種が自分に楯突《たてつ》くということは、それ以上の難題が別の場所にあるということだ。

その難題を放置して一族に害が及べば、それはアロンズにとって単なる判断違いでは済まない。彼自身の長い生涯を総《すべ》て否定することと同義である。

だから、譲歩した。

一族のため、自分自身のために。

しかし、ビドウィックは引き下がらない。引き下がれないだけの理由がある。

「アロンズ殿！」

二万の兵士が道案内もなく、大して土地勘の無い雪山に踏み入って無事でいられる訳がない。単に通過を許可されたとしても、安全な道がどこにあるか、その確信を軍は持っていない。

ある程度目星を付けていても、天候の変化でその道が使えなくなることも考えられる。雪崩《なだれ》や地割れで道が寸断されることも考えられるのだ。

何よりも時間こそが最も重視される現状、軍が道に迷うようなことになればそれこそ一大事だ。

摂政率いる囮《おとり》の要塞部隊は、主力である二万の兵を欠いた状態で帝国軍から正面衝突するか、敵攻城砲の発射を手を拱《こまね》いて見ているしかない。どちらにせよ、勝利は絶望的だ。

ビドウィックは自分に与えられた役目を全うするため、その場を立ち去ろうとするアロンズに手を伸ばす。ここで行かせては皇国が終わる。そう思った。

しかし、アロンズの歩を止めたのはビドウィックではなかった。

「――グードルデンか」

グードルデンと呼ばれた一頭の氷狼《ひょうろう》が、アロンズの前に立ち塞がったのだ。

氷狼としては珍しい黒に近い毛並み。それが雪景色の中で一際《ひときわ》目立っている。

(変異個体……むしろ先祖返りか)

ビドウィックは黒い氷狼の姿を見、そんな感想を抱いた。

氷狼は、もともとは雪山以外で暮らしていた魔狼《まろう》が雪山に適応した種であると考えられている。

雪山であれば他の強力な種はほとんど存在しない。種を守るために敢《あ》えて厳しい環境へと自らを置いた者たちの末裔《まつえい》が、今の氷狼族だ。

氷狼は狼の姿のまま、流暢《りゅうちょう》に言葉を発した。若い男の声だった。

「――族長、私とて先の戦いで父母を喪《うしな》った身、帝国の残忍さと執念深さはよく知っています。だからこそ、もう一度考え直してもらいたい。我々も彼らと同じように存亡の危機に瀕《ひん》しているのです」

アロンズはグードルデンを睨《にら》むようなことはしなかった。しかし、感情のない極寒の視線が貫くように差し向けられる。

黒い毛並みの氷狼は、その視線を真正面から受け止めた。

「確かにお前の両親は、あの戦でこの山を越えようとした帝国軍と戦い見事散った。たった二頭で帝国軍の侵攻を断念させた勇者よ。ワシとて彼らを尊敬し、一族を守る英霊《えいれい》として崇《あが》めている。お前を一族の子として育てたのも、彼らの心意気に応《こた》えるためだ。だが、此度《こたび》の戦、帝国軍は我らが縄張りに手を出してはいない。我らには戦う理由がない」

「いいえ、あります、族長」

グードルデンはアロンズの言葉を即座に否定する。他の氷狼たちが微かに身体を震わせて驚きを示した。

二五を超えたばかりと氷狼族の中では未だ若いグードルデンが、既に一〇〇年近く生きているアロンズにこれほどまで食い下がるとは予想だにしていなかったのだ。

黒い毛並みは偉大なる先祖の証。そして両親は英霊《えいれい》。故《ゆえ》にグードルデンは一族によって大切に育てられた。

もっとも深くグードルデンに愛情を傾けていたのは、アロンズであった。

「私とて子の親、我が子が老《お》いて死ねる世界を作る義務がございます。義務を果たせるかどうかは別にしても、義務を怠《おこた》ることは決して許容できません」

グードルデンは一族の里に妻子がいる。子のいずれも黒い毛並みを持っていないが、その内に秘めた力は、アロンズにも一目置かれるほどのものだ。

だが、それも未来あってのこと。ここで帝国が勝つことになれば、自分たち一族がそう遠くない未来に滅びることは彼にはよく分かっていた。

「ふん、よく山を下りて人里に出入していたやんちゃ坊主故の言葉か、人間種のことはよく知っていると見える」

父母を殺し、自分たちの数を大きく減らしながらも、その仇敵《きゅうてき》の死体さえ持ち去った人間種がどんな存在か、グードルデンは実際に自分の目で確かめたことがある。〈ウィルマグス〉に人の姿をとって潜《もぐ》り込んだのだ。そのとき彼が見た人間種は、自分たちと同じように家族を持ち、一族を持ち、社会を持つ知恵ある者以外の何ものでも無かった。

だから理解した。

彼らも譲《ゆず》れない何かがある、それ故に戦うのだと。

そして戦うからこそ、狂ってしまうのだと。

「族長、仮に一族が此度《こたび》の摂政の求めに応じないというのであれば、私が個人として彼らの求めに応じます」

「一族の決定に逆らうと言うか」

アロンズはやはり表情を変えずにグードルデンを見下ろす、その光景を離れた場所から見ることになったビドウィックは、両者の間に横たわる高密度の殺気に気付き、震えた。

幻想種有数の力を持つ氷狼族。その力の一端を見せつけられた。

しばしの沈黙が続き、次に口を開いたのはアロンズだった。

「よかろう。此度の一件、貴様にすべて委《ゆだ》ねる。貴様に万が一のことあらば、妻と子は一族が面倒見よう」

彼はほんの少しだけ微笑み、ぴくりとも動かないグードルデンを一瞥《いちべつ》してその場を立ち去った。すぐに氷狼の姿を取り戻し、山を駆け登っていく。

グードルデン以外の氷狼たちもアロンズに続いて姿を消し、やがてその場に残ったのはグードルデンと使者の一団のみ。

彼らはここで、ようやく互いに目を合わせた。

呆然《ぼうぜん》としたままの使者たちを見て、グードルデンが鋭い牙を見せて笑う。

「――そういうことだ。さっさと戻って軍を連れてきてもらおう。俺の妻子の未来が懸かっているからな」

しかし、ビドウィックはグードルデンに問わずにはいられなかった。

「何故、そこまで……我らのために……」

「短期的にはお前らのために見えるが、俺が欲しい結果はお前らのためじゃない」

グードルデンはビドウィックに歩み寄り、その顔を見上げた。

そして次の瞬間、彼の姿は長身の青年のものへと変化する。

「帝国が勝てば俺の妻や子どもは毛の一本まで奴らに毟《むし》り取られる。――仮にお前の子どもが同じような目に遭うとしたら、お前はそれを許せるのか」

線の細い身体ではあったが、身長が高い分弱々しいという印象はない。

何よりも、その切れ長の目が恐ろしいほどに鋭く、その場の全員を睥睨《へいげい》している。

ビドウィックはそんなグードルデンに見詰められ、アロンズと相対したときのように脂汗《あぶらあせ》を滲《にじ》ませた。その原因の総《すべ》てを解き明かすには時間がかかる。

「――私に、子どもはいない。妻はいるが……子どもは授からなかった」

妻が子どもができないことで大いに悩み、一人で泣いていることをビドウィックは妻の母から聞かされている。

魔法によって不妊《ふにん》という概念《がいねん》が打ち崩されようとしていることは彼も知り及んでいるが、

実用化まではまだ数十年掛かるだろう。

ビドウィックは、子どもを諦めつつ、それ以上に妻への愛情を確かなものにしていた。自分の連れ合いはあの女しかいない。そう思っている。

「そうか……ならお前の細君《さいくん》でもいい。お前の帰りを待っている細君が帝国に殺され、髪の毛一つ残さず奪い尽くされるのを許せるか」

グードルデンは帝国の人々の行動そのものを非難しても、彼ら自身を否定するつもりはなかった。

彼の両親の血肉は、きっと帝国の誰かの家族を養ったのだろう。

ひょっとしたら、死ぬはずだった誰かが、今も生きているのかもしれない。

それでも――

「我が一族に墓は無いが、死んだ者の牙はその家族を守護する大切な品として扱われている。だが、俺の両親は一欠片として俺の手元に残っていない。思い出さえもな」

両親が死に、誰かが生き延びた。

そのことについて、今更仇《かたき》を討とうは思わない。

しかし、両親と同じく新たに妻子が奪われるかもしれないという現実。それを甘んじて受けるかどうかは全く別の問題だ。

「摂政殿には勝ってもらわなくてはならない。少なくとも、俺と俺の家族のためにはそうして貰《もら》う」

グードルデンはそう言い、ビドウィックに背を向ける。

ビドウィックはその背に声を掛けた。

「今の妻なら、私が無事に帰っても大して喜ばないだろう。だが……」

子ができなかったことで、夫婦仲があまり良いとは言えない。ビドウィックがどれだけ妻を想っても、それを重荷として感じてしまうのだ。

妻にはビドウィック家の跡取りを産めなかったという引け目があり、ビドウィック自身には軍務に追われてそんな妻を支えられなかった引け目がある。

しかし、これまでの妻との思い出は彼にとってどんなものにも代え難《がた》い。

「一緒にいられたなら、いつかあの日のように戻れると信じている」

あの、気恥ずかしくも温かい日々。

付き合い始めて最初に街に連れ出したとき、彼女は靴の踵《かかと》を折ってしまった。ビドウィックが背負って家まで送り届け、予定を変更して彼女の手料理を食べた。

その味が自分の好みだった。

結婚式の日、緊張で腹痛になった自分にずっと付き添ってくれた。懐《なつ》かしい友人や親戚たちと言葉を交わしたかっただろうに、何よりも自分を優先してくれた。

初めて身体を重ねた翌日。軍の非常招集を受けて深夜に出かける自分を、彼女は笑顔で送り出してくれた。隠し切れない不安に身を震わせる彼女を、彼は力一杯抱きしめた。

「だから、力を貸して欲しい。私は、妻がこの世で一番大切なんだ」

「心得た」

グードルデンは小さく微笑み、ビドウィックに手を差し出した。

◇◇◇

氷狼族《ひょうろう》の協力が得られたという報告は、すぐさまガラハとレクティファールの元に届いた。

その報告を受け、レクティファールは今回の一連の軍事行動を、先導を務める氷狼族の名を取り『グードルデン作戦』と名付けた。ガラハに作戦名を授けるように要請されたレクティファールが、殆《ほとん》ど思い付きで名付けた名前だが、関係者には意外と好評だった。『グードルデン』が、古代語で『守護する者』を意味する言葉が変化したものであったからだ。

「皇国の存亡を賭《と》した戦い。これ以上の名はそうないでしょう」

ガラハがそう言った通り、軍以外からも作戦名について異論は出なかった。むしろレクティファールの方が恐縮してしまうほど賞賛された。

作戦名も決まり、ガラハは自らが率いることになる皇国第一軍団——皇国軍において軍団は臨時編成のみの単位、平時編成では師団の上に軍が位置する――の訓練の仕上げに入り、レクティファールは少しでも〈皇剣〉の力を引き出すべく寝る間も惜《お》しんで修練に励む。

最前線に立つとはいえレクティファール自身が戦うことはないと思われたが、このとき彼は妙な予感を覚えていた。

あの獰猛《どうもう》な帝国の虎姫《とらひめ》が、自分という獲物を前にして足踏みするだろうか、と。

今の彼が〈皇剣〉を使用して使える魔法は多くない。

グロリエとの会談の際、暴漢から身を守るために使用した指向力量操作・粒子運動操作複合型攻撃魔法とそれの応用魔法。さらに初歩的な対物理・魔力防御魔法と治癒魔法が幾つか。

そして、グロリエの〈神殺しの神剣《ディヴィン・スライヤー》〉に対抗するために急遽《きゅうきょ》〈皇剣〉の情報を基に組み上げた魔法である。

ただ、〈皇剣〉の出力が桁違いであることは間違いなく、応急的に組み上げたものとしては例外的に、実戦に十分耐えられるものだ。

レクティファールはグロリエとの戦いを決意してから、彼女の持つ〈神殺しの神剣《ディヴィン・スライヤー》〉の能力を徹底して調査した。

皇国側の持つ資料と〈皇剣〉の情報を合わせ、ようやくその概要を掴んだのは調査開始から僅《わず》か一日後。〈皇剣〉の膨大な記録の中にレクティファールの求めていた情報があったのだ。

グロリエとの会談の際、彼女が〈神殺しの神剣《ディヴィン・スライヤー》〉を使用していたこともその情報を補強した。

〈神殺しの神剣《ディヴィン・スライヤー》〉の持つ『断裂』の能力とは、『無』を司る冥界《めいかい》の力を術式に拠《よ》ってこの世界に顕《あらわ》し、物質間——存在と存在の間といってもいい——の因果を断ち切ること。存在と存在の間に『無』、つまり〝何もない〟空間を発現させ、その存在の因果を断裂させることだ。

当然、物理的にも魔法的にもこれを防御することはできない。

魔法もまたこの世界に存在する以上は、〝無〟で断ち切ることができる。

さらに、〝何もない〟空間はあらゆるものを通さない為、能力的には防御手段としても非常に優秀だった。

その汎《はん》断裂兵装の弱点といえば、〝何もない〟空間が〝存在する〟という矛盾を世界が即座に修復してしまうため、効果は修復までのほぼ一瞬に止《とど》まるということ。術式の複雑さと使用する魔力の多さ故《ゆえ》に発動装置そのものが巨大化してしまうこと、そしてその巨大化した装置でも、術式の使用には稼働時間や出力に多くの制限があること。

その情報を基に、レクティファールは対策を立てる。〈皇剣〉の持つ四界の力を使用することで〝何もない〟空間を作り出すことが可能であると結論付け、それを自分の意思で発動できる段階にまで昇華させた。

〝何もない〟空間によって断ち切られるなら、同じく〝何もない〟空間をぶつける。

そこに〝何もない〟以上、切り裂く因果は存在しないということだ。

当たり前だが、その発動を専門にしている〈神殺しの神剣《ディヴィン・スライヤー》〉と初心者の使う〈皇剣〉では発動できる魔法の出力に差が出る。〈神殺しの神剣《ディヴィン・スライヤー》〉の発動範囲が限りなく二次元に近い〝面〟であるのに対し、〈皇剣〉のそれは小さな〝点〟に過ぎない。

その一点を見定める為には膨大な計算が必要になる。その為レクティファールは〈皇剣〉の持つ演算機能を如何《いか》にして効率良く運用するか大いに悩むことになった。

使えはする、だが、使いこなせはしない。

未だ〈皇剣〉初心者のレクティファールにとり、グロリエとの戦いは非常に厳しいものと言わざるをえなかった。

まさに命懸け、お互いに生死を賭けることになりそうだ。


「――で、レクトはわたしに何の用事があるのかしら」

ガラハのグードルデン第一軍団の出陣式を翌日に控えたこの夜、レクティファールは珍しくメリエラを夜の散歩に誘った。

当然、〈パラティオン要塞〉の夜は冷える。寒さに強い二人でも、分厚い厚掛けで身体を覆っていた。

彼らは二人並んで〈パラティオン要塞〉の第一長城の最上部に立ち、澄み切った夜空に浮かぶ月を見上げていた。

今日見える月は、五つだ。

「何って……何だろう？」

首を傾げるレクティファール。ふと思い立って誘ってはみたが、それ以上考えていなかった。

なんとも彼らしいと言えるかもしれない。

「もう……わたしとしては散歩に誘ってくれただけでも嬉しいけど、やっぱりもうちょっと気を使うこと覚えて欲しいわ」

そう言って頬《ほお》を膨らませるメリエラだが、その表情は嬉しそうだ。レクティファールとの久し振りの逢瀬《おうせ》。たとえ眼下が戦場であり、多くの屍《しかばね》が横たわっている場所だとしても、彼女には関係ない。

ただ目の前の婚約者を想い、その支えになりたいと思った。

「今度からは気を付けましょう」

白い息が、微笑んだレクティファールの口から漏れ出た。同じように笑ったメリエラの口からも白い息。これでも厳しい寒さというにはまだ少し早いのだが、十分に寒い。二人

は少しだけ身を寄せた。

「こういうときは戦いに怯《おび》える恋人……ううん、婚約者に気を使って口付けの一つもするものだと思う」

「まだ早いと私は思いますが。そういうことはもうちょっと雰囲気の良い場所と時期にやるものだと……」

すでに口付け程度なら交わしている仲だが、それでも場と状況を選ぶことくらいはする。

そうしなければ、メリエラの機嫌が悪くなるのだ。

「普通の恋人たちはね。わたしたち、明日明後日にはあの先にいる怖いお姫さまと殺し合いするのよ。生きて迎える最期の夜かもしれないっていうのに、ここで男を見せなくてどうするの」

わたし怒ってます、と言わんばかりにぶんむくれる御年《おんとし》二三歳のメリエラ。そんな怖いお姫さまを前に、レクティファールは苦笑した。

「私が生きているのなら君は死んでいない。そして君が生きているなら私も死んでいない。そうでしょう」

メリエラの冷たくなった頬《ほお》を撫《な》で、金色の瞳を覗《のぞ》き込み、レクティファールは言う。

戦場に似合わない穏やかな空気が二人を包み込み、それが一層の異質感を周囲に撒《ま》き散らしている。

二人の護衛として少し離れた場所に待機する近衛兵《このえ》からすれば、二人の様子は間違いなく仲睦《なかむつ》まじい恋人のそれである。

正しく、多くの死が量産される場所であるということ。

しかし近衛兵は二人の姿とここが屍々累々《しるいるい》の戦場であるという現実の落差に吐き気を覚え、顔を顰《しか》めた。

ただ、もしかしたら、それこそが君主とその妃《きさき》の逢瀬《おうせ》に相応《ふさわ》しいのかもしれないと思う。

近衛兵は吐き気を呑み込み、二人に目を向けた。

「でも、それなら二人一緒に死ぬ可能性はあるじゃない」

「ああそうか、そういえばそうです」

やはり笑ったままのレクティファール。

メリエラはむくれている自分を少し恥ずかしく思いながらも、怒っているという態度を崩さない。

自分が主導権を持ち続けることが、男女のやりとりでは大切だと教えられているのだ。

相手に主導権を握られれば、黒龍宮での二の舞になる。あの日の翌朝は、様々な自分の醜態《しゅうたい》を目の当たりにする羽目になった。

「わたしはあなたを守り切る。でも、いざとなったらあなたはわたしを見捨てなければいけないのよ」

皇《おう》だから、自分の為に臣下を見捨てることも必要だとメリエラは言う。

それに対するレクティファールの答えは非常に明確だった。他に答えなどなかった。

彼は少し緊張しながらもそれを隠し、メリエラの冷たくなった頬《ほお》を撫《な》でながら言った。

「皇《おう》なら臣下を見捨てるでしょう。でも、男なら大事な女性は見捨てない。多分」

これが彼の精一杯の見栄だ。

「――――ッ、お、お馬鹿さまね、本当に」

「あっはっは、だから馬鹿に様付けても尊敬語にはならないと……」

さらにむくれるメリエラ。

本当にひどい顔で、先程よりも頬が赤かった。

でも、目は少しだけ嬉しそうに潤《うる》んでいた。

「本音を言うなら、明日は皇《おう》としての役割だけで済めばいいと思っている。だけど、そう簡単にはいかないでしょう。あの姫さまはなかなかに手強い」

あの一戦で無事に戻れたのは、運が良かったからだろう。

今度も同じだけの運を掴めるか分からない以上、警戒を怠《おこた》ることはできない。

負ければ、目の前の女性がいなくなる。

「そりゃそうでしょう。西方戦線の戦狂姫って言ったら有名よ」

西方戦線を一気に西へと押し出した功績は他の帝族の追随《ついずい》を許さないものだ。

そのせいで余計な敵も作ったが、それだけの実力があることは間違いない。

「怖い怖い、ああ、本当に怖い」

「怖いならわたしが退治してあげるわよ」

メリエラが挑戦的な笑み《え》でレクティファールを見上げる。

〈龍殺し〉が相手ではあるが、レクティファールが倒せというならできる気がした。

だが、レクティファールは頭を振る。

「賭け事は少ない方がいい。戦い自体が賭博《とばく》みたいなものだから、これ以上の賭けは御免《ごめん》です」

メリエラはレクティファールの言い分に納得した様子を見せたものの、やはりというか一言釘《くぎ》を刺した。

「そう、まあ、どちらにしろ必要になったら出るけど」

レクティファールを危険に晒《さら》したまま黙って見ているつもりはない。それがたとえ主人の意思に反することであったとしても、主《あるじ》のためならばそれを実行する。龍族の女とはそういった気質を持っていた。

「なるべくそうならないよう祈りたいものですが、祈る相手がいない」
・歴代皇王に祈っても、この世界出身者ではないレクティファールの願いを叶えてくれるかどうかは疑問だ。

もっと願いの幅《はば》が広く、皇国を勝たせて下さいという祈りなら聞いてくれるかもしれないが。

「祈るのはリリシアの仕事よ。あなたは祈るより頭と身体と〈皇剣〉を使いなさい」

「了解、我が姫さま」

レクティファールは少し崩した敬礼でメリエラに答える。

メリエラはそれを見て可笑《おか》しそうに笑った。

「わたし、その内お妃《きさき》さまになるんだから」

だから、勝とう。

勝って未来を夢見よう。

未だ夢想の域を出ないこの願いを叶えよう。

「皇都に帰ったら婚礼の儀の衣裳《いしょう》選び始めるからね、ちゃんと時間取ってよ」

すでに何人かの皇王家御用達《ごようたし》の製図師に話を出してある。戦いが終わる頃には、幾つか意匠《いしょう》案ができているだろう。

「――頑張《がんば》ります」

メリエラの張り切りように嫌な予感を覚えたレクティファール。目を逸《そ》らそうとするが、メリエラに睨《にら》まれた。

「ちょっと、今微妙に目を逸《そ》らしたわね。こっち向きなさい」

「だってほら、戦後処理って忙しいですし」

しどろもどろになるレクティファール。

「大丈夫、わたしが色んな衣裳《いしょう》着て公室に行ってあげるから」

それに対し、自信満々に胸を張るメリエラ。厚掛けの上からでも分かる、程よい大きさの胸を一瞥《いちべつ》し、レクティファールは嘆息《たんそく》した。

（本気だ、このひと本気だ）

婚約者の本気を感じ取ったレクティファールは真剣な表情で拝《おが》み倒しの体勢に入った。

「やめて下さい。本当に」

そんなことになったら周囲に災害を撒《ま》き散らしているのと変わらないではないか。

仕事中に花嫁衣裳で乗り込んでくる新婦など、後世に笑いの種を残すだけだ。

「えぇ〜〜……」

「お願いします。本当に」

嫌そうなメリエラと、拝み倒し実行中のレクティファール。

二人の遣《や》り取りは、結局深夜まで続くことになる。

その後殆《ほとん》ど勢いだけでメリエラがレクティファールの部屋に居座って翌朝を迎え、怒り狂ったウィリィアが押し掛けてくるのは関係ない話である。

二人掛けの革椅子で寝たレクティファールが微妙に寝違えたことも。

◇◇◇

朝日が差す中行われたグードルデン第一軍団の出陣式。

帝国の偵察を誤魔化《ごまか》すために軍団の殆どは昨夜の内に出陣してしまっていたから、実際に式典と呼べるようなことはしなかった。最後に残ったガラハ以下一個大隊が要塞前に整列し、レクティファールからの言葉を受ける。

一段高い場所に立ったレクティファールは兵士たちを見渡し、大きく頷《うなず》いた。

「皆、皇国を背負うに相応《ふさわ》しい戦士たちだ。若輩の私にさえも諸君らの気迫が伝わってくる」

本当ならば、こんなことを言う資格もないだろう。

レクティファールは彼らに異国の地で死ねと命じているに等しいのだ。

だが、資格なきことも平然と口にしなくてならないのが彼の仕事だ。

「諸君らは長駆天嶮白狼《ちょうくてんけんはくろう》山脈を越え、帝国領〈ウィルマグス〉を攻める。ここ三〇〇年一度たりとも我が皇国の軍が足を踏み入れたことのない場所だ。諸君らが新たな皇国の先導者となることは疑いようがない」

壮行の言葉を述べるレクティファールの背後にはリーデもいた。

彼女はガラハをじっと見詰め、その姿を目に焼き付ける。

赤ん坊の頃父を喪《うしな》った彼女にとって、ガラハは一番父に近い存在だった。

「しかし、恐れることは許されない。諸君らの背後にはもう皇国本土しか残っていないのだから」

彼はリーデの目標だと言ってもいい。いずれ超えるべき相手。それまでは目の前に立ち塞がっていてもらわなくてはならない。

「諸君らに私が命じることはただ二つの言葉で足りる」

レクティファールが一つ呼吸する一瞬、ガラハがリーデを見た。

その瞳はこれまでになく静かで、細波《さざなみ》一つない湖面のよう。リーデはそれを見て、総毛《そうけ》立《だ》った。

死地さえもただの戦場と看做《みな》す戦人《いくさびと》の姿が、そこにあった。

「進撃し、討て」

レクティファールに応《こた》える兵士たちの無言の喚声《かんせい》の中で、リーデだけが蒼褪《あおざ》めた顔で立っていた。

彼女から視線を外したガラハもまたレクティファールを見上げ、兵士たちと同じように静寂《せいじゃく》の気迫でもって君主の命を受ける。

彼の心に去来するのは亡き親友への友情か、それとも戦いへの昂揚《こうよう》か、或《あ》いは——

「死への、渇望《かつぼう》……」

リーデの呟《つぶや》きは、呟きとして音になったのだろうか。

風に消えてしまった声を聞いた者は、その場に一人としていなかった。

後に本人さえも忘れてしまったその言葉が再び彼女の胸に現れるのは、やはり、ガラハが戦場へと赴《おもむ》く直前のことだった。

そのとき、リーデの立っている場所は大きく変わっていたが、彼女がガラハに対して抱いていた感情はなんら変わりなかった。

ただ、そこに別の感情が増えただけである。

第四章　烽火《のろし》上がる

レクティファールが〈パラティオン要塞〉の中枢である中央司令室に入ったのは、このときが四度目だった。

最初は挨拶《あいさつ》を兼ねた顔見せ程度のもので、この〈パラティオン要塞〉の何たるかを説明されただけに過ぎない。言うなれば客人として、事実上の部外者としての扱いだった。

　それ以降は視察と、あの帝国軍自動人形部隊の強襲《きょうしゅう》のときということになる。

しかし今回は、そのいずれとも状況が違う。

レクティファールは摂政として、皇国陸軍の最高司令官として、この場の最高位者として入室する。

「摂政殿下、御入来《ごにゅうらい》！」

番兵が声を張り上げ、雛壇《ひなだん》構造の司令室にレクティファールの入室を知らせる。

机や制御卓に向かって仕事をしている者を除き、総《すべ》てが二階後方にある入り口から姿を見せたレクティファールに敬礼。答礼するレクティファールの表情は、これまでと変わらず、少なくとも表面上は落ち着いたものだった。

「各々の仕事に戻るように」

レクティファールの許しを得た司令部要員が各々の配置に戻る。

二階の中央部にある司令官席にレクティファールが座ると、その左右に配置されている十二の幕僚《ばくりょう》席の半分に、各兵科の主任参謀《さんぼう》の証である金色、専任参謀の銀色、そして無任参謀の銅色の参謀飾緒《しょくしょ》を掛けた参謀たちが腰を下ろした。それぞれ主任参謀が二人、先任参謀が三人、そして無任参謀が一人だ。

無任参謀でありながら唯一この場に座る権利を有したのは、レクティファール付き参謀から臨時に陸軍摂政補佐官に昇格したリーデだった。この状況こそが、使える手札は総て使うというレクティファールとガラハの方針を如実《にょじつ》に示していた。

グードルデン第一軍団の軍団幕僚として幕僚の半数近くがガラハの行軍に同行している現在、無任であっても、それ以下の扱いでも、能力的に使えると判断された参謀たちは、参謀としては最下位の見習い参謀――少尉参謀であっても司令室に入ることを許されていた。

無論、彼らのような見習いのすることといえばレクティファールの周囲に座る各参謀の補佐でしかないのだが、それでも中央司令室に入って摂政の近くで働けるということに感動している者も多い。

だが、そんな彼らとて、自分たちがここに入れるほど事態が逼迫《ひっぱく》していることは間違いなく認識している。

身体の震えの原因が、実は恐怖であった見習い参謀《さんぼう》もいたかもしれない。

だが、今は無駄飯食らいを要塞に置いておける状況ではない。傷病兵であっても、比較的軽度で医務官の許可を得た者は職務に就いていた。

このとき〈パラティオン要塞〉に残された兵士は四万一〇〇〇。対するグロリエ麾下《きか》の帝国軍はこれまでに到着した増援を含めて実に三七万、その兵力比はおよそ一対九だった。

さらに帝国軍の背後には、この〈パラティオン要塞〉を粉砕するだけの力を秘めた巨大砲があり、ただ守るだけではそう遠くない未来にこの要塞は抜かれるだろう。自然休戦までここを守るだけであるならば、もしかしたら幾つかの幸運で可能であるかもしれない。だが、そんなことを許すような戦狂姫ではないと誰もが気付いている。

だからこそ、レクティファールはこの窮状にあって敢《あ》えて攻めに転じることを決めたのだ。

白狼越《はくろう》えという史上初の試み、それ故《ゆえ》に用いる軍団は選《え》りすぐりの精兵が集められていた。当然個人単位ではなく部隊単位だが、それでもグードルデン第一軍団はこのとき皇国で最も優れた軍事集団だっただろう。

しかし、ガラハが連れていかなかった兵種が二つある。

砲兵と、機兵だ。

今回の白狼越え、鈍重な砲や自動人形を牽《ひ》いていては間に合わないと判断したのか、ガラハは砲兵と自動人形の総《す》べてをレクティファールに預け、その代わりに高威力《いりょく》魔法を行使できる高位の魔導師を軍団に組み入れた。

元々数の限られる魔導師の代替として発達したという歴史を持つ皇国砲兵は、野戦や攻城戦などで大きな戦果を上げてきた。やがて軽量で馬が牽《ひ》く騎兵砲や動力車に載せられた砲も作られ、機動力を求められる騎兵部隊にすら砲兵は不可欠な存在となっていた。

しかし砲兵がどれだけ機動力を培《つちか》っても、砲という彼らの存在意義が大荷物であることには変わりが無い。厳しい環境を乗り越えなくてはならない白狼越えには普通の馬に乗る騎兵さえ連れていってもらえず、寒さに強い陸竜《りくりゅう》や幻想種の天馬《ペイガソス》、一角馬《モノケロス》、八脚馬《スライプニア》などを運用する騎兵部隊のみがガラハの指揮下に入った。

自動人形部隊に関しては、その移動が困難であるという判断から外された。

通常、自動人形は専用の車輛《しゃりょう》によって運ばれるが、その車輛を安全に移動させることは難しい。ろくな道のない雪山である。

直接自動人形を歩行させるという手段もないわけではないが、それでは脚部に大きな負担が生じ、肝心なときに故障する可能性がある。

それならば最初から戦力として考えない方がいい、ガラハはそう判断した。

普通の将ならレクティファールに遠慮して軍団を編成するものだが、ガラハは軍団編成の許可を得るとそんな遠慮や心遣いなど一切無く、これ以上無いというほど厳格な基準で部隊を選び出して軍団とした。

それだけの精鋭が揃っているからこそ、僅《わず》か数日の訓練で軍団として纏《まと》まったのだとレクティファールは思っている。そう考えると、ガラハの判断は正しかったのだろう。

「帝国軍の動きは」

レクティファールの問いにこの場で筆頭の参謀《さんぼう》――要塞防衛軍次席参謀ハルエリオ・ハルアリオ大佐が答える。

要塞防衛軍の参謀長はガラハに同行してしまい、彼女が参謀たちの中で最も上位になる。

ハルエリオ・ハルアリオは起立すると、レクティファールの前方に幾つかの情報を投影した。

真っ赤に染め抜かれた帝国軍と青く塗り潰《つぶ》された自軍の配置図。

要塞前方に布陣《ふじん》している圧倒的な数の赤に対し、青は余りにも少ない。レクティファールはその配置図を見て、少しだけ顔を顰《しか》めた。

「帝国軍はこれまでと同様に我が要塞前方に布陣、波状攻撃を仕掛けてきております。隠《いん》蔽砲塁《ぺいほうるい》も幾つか破壊されていますが、第三防衛線を突破されてはいません。ただ、このまま攻撃を続けても敵の損害は増えるばかり、恐らく〈ウィルマグス〉の巨大攻城砲――〈ムジョルニア〉の発射を待っているのではないかと考えられます」

便宜上〈ムジョルニア〉という名を与えられた帝国側の対〈パラティオン要塞〉用の巨大攻城砲。これが帝国の切り札であるということは皇国側の常識になっていた。

しかし、要塞から直接〈ムジョルニア〉を攻撃することはできないし、正面の帝国軍を突破することもできない。手も足も出ないとはまさにこのこと。それでも何とか〈ムジョルニア〉を無力化しなくてはならない。

だからこそ白狼《はくろう》越えという前代未聞の大博打《ばくち》を打つ羽目になったのだ。成功すれば大陸の戦史に残る作戦だろう。

グードルデン第一軍団が白狼山脈を越えて〈ウィルマグス〉に攻撃を仕掛ける予定日まであと三日。それまでは何が何でも〈パラティオン要塞〉を突破されるわけにはいかない。たとえ〈ムジョルニア〉を破壊しても〈パラティオン要塞〉が突破されれば意味はない。逆に〈パラティオン要塞〉がどれだけ正面の帝国軍相手に持ち堪《こた》えても、〈ムジョルニア〉を落とさなくては結局負ける。

皇国は、土壇場《どたんば》に追い詰められていた。

「防衛部隊の配置は」

「各堡塁《ほるい》にそれぞれ一個中隊以上、さらに要塞前に第二〇三、二〇四の各師団を中核にして防衛線を敷いています。要塞には第二〇六七旅団を始め三個旅団を配置しました。それに伴い、予備はもう一個師団分もありません」

「予備は旅団規模で運用するしかないか。苦労をかけるな」

「いえ、司令官閣下《かっか》の軍団が抜けた穴を埋めるのに出し惜《お》しみはできません。殿下のご采《さい》配《はい》に間違いはありません」

ハルエリオ・ハルアリオの言葉に何名かの参謀《さんぼう》が頷《うなず》く。ちらりと見てみれば、リーデも小さく頷いていた。

元々の要塞防衛軍は二万を超える程度であったが、今の四万一〇〇〇が多いということはない。帝国軍の数が予想の数倍に増加した時点で元々の戦力で対抗することは不可能になっている。

そもそもレクティファールが援軍を率いてこなければ、〈パラティオン要塞〉は〈ムジョルニア〉の登場を待つことなく陥落《かんらく》していただろう。ガラハが良将であることに疑いはないが、たった一人の将帥《しょうすい》に総《すべ》てを任せるような軍隊が国家を守れるはずもない。

「各部署には私の名前で督励《とくれい》を。引き続きこれまでの方針通りに防衛線の維持を続けるように」

「了解しました、殿下」

ハルエリオ・ハルアリオが頭を下げ、部下たちに指示を出していく。

レクティファール自身は何の軍事教育も受けていないから、彼自身が直接指示を出すことはできない。もっとも、司令官とは決断の責任を負うための存在だから、大凡《おおよそ》の方針さえ示せば後は幕僚《ばくりょう》たちの仕事だ。

にわかに慌ただしくなる司令室の光景を見ながら、レクティファールはこうして相対することになった敵将のことを考える。

グロリエ・デル・アルマダ。

まさに戦う者として生まれてきたかのような戦歴の持ち主で、帝国が祀《まつ》る軍神〈アーリ〉の娘とも言われているという。

レクティファールのようになし崩しに軍の司令官に座った訳ではなく、幼少の頃からそうなる為に教育されてきた、まさに戦いの申し子。

戦況図を見ても、手持ちの火力を一点に集中させてこちらの拠点を一箇所一箇所的確に潰《つぶ》してきていることが分かる。

要塞というのは各拠点が相互に支援を行えるように配置されているから、何処《どこ》かの拠点が失われれば当然その分の負担は別の拠点に掛かる。そしてその過剰な負担で動きの鈍化《どんか》した拠点を次の目標にして火力を集中、そしてその火砲の援護の下、歩兵が突撃し拠点を落とす。

言葉にすればこれだけのことだが、拠点の配置などから最も効率のいい侵攻路を選び取っている辺り、これは教育の賜物《たまもの》というよりも生まれ持っての勘――言うなれば天賦《てんぷ》の才に近いものだとレクティファールは思っていた。

こんな人物を相手にして戦わなくてはならない自分の運には呆れるばかりだが、一度責任を負ったからには投げ出すことは許されない。

今使える総《すべ》てを使ってこの状況を打開する。

それが今のレクティファールの仕事、酷《ひど》く難しい仕事だった。

◇◇◇

グロリエは本陣の中心に置かれた自身の天幕で唸《うな》っていた。人払いを済ませた天幕に彼女以外の姿はない。

戦況に変化はない。しかし、変化がないということが彼女に言い様《よう》のない不快感を覚えさせていた。

彼女は〈ウィルマグス〉上空に侵入した正体不明の飛行物体が皇国の偵察騎であったのだと半ば確信している。これは〝勘〟と言うしかないようなものであったが、彼女はこの〝勘〟で数多《あまた》の戦場を勝ち抜いてきた。

祖母の言葉を信じるなら、この〝勘〟は本能と言うより経験に裏打ちされた無意識の計算のようなものだということだ。

これまでに経験した情報が意識内の情報領域で自動的に演算され、現在の状況とその演算結果を照らし合わせている。その照合結果が〝勘〟という形でグロリエに危険を知らせている。

祖母の言うことであるから的外れではないのだろう。だが、彼女にはそれを容易に認めるだけの経験はない。

いや、たとえ認められても、それは彼女の戦術にどのような影響も与えなかっただろう。

グロリエの基本戦術はその性格に似合わず実直そのもので、敵の数倍の戦力を用意してはそれを相手の最も弱い場所に叩き付けるというものだ。

ただ、その叩き付け方が尋常ではない。

相手が最も嫌がる場所を見つけ出し、敵が最も嫌がる時期に叩き付ける。

これをほぼ完全に成し遂げられるからこそ、この年齢でこれだけの地位にいると言っても過言ではない。

だが、そんな彼女ゆえに今回の皇国の動きが何とも不気味《ぶきみ》に映るのだろう。

こちらの必勝策を知っていながら手を出してこない。少数部隊による浸透戦術でも使うつもりかと警戒は強めているが、これまでの報告を纏《まと》めてみればその動きもないという。

「嫌な相手だ」

もう一人の帝族元帥《げんすい》である兄バレストローラによく似た戦い方。

彼女の兄は徹底して外堀を埋めてから直接戦闘に打って出る戦い方で、実際に戦闘が始まる頃には既に戦い全体の決着が付いている。

兄の思惑に気付いたとしても、その時点から戦局をひっくり返すなど殆《ほとん》ど不可能に等しいのだ。

そんな兄を見てきたからこそ、グロリエはいっそ狂信的と言っても良いぐらいに戦力の一点集中戦術を多用する。たとえ戦場全体で不利な状況に陥っていても、一箇所ごとに有利な状況を作り上げていけばやがて戦場全体の戦局も変えられると考えたからだ。

兄はそんなグロリエの戦い方を見て笑《え》みを浮かべているが、その実彼女を見る目は鋭いままだった。いつか帝位を巡って争う運命にある妹の成長を兄がどのように思っているか、想像することは容易《たやす》い。

帝国の帝族の歴史とは、そのまま血みどろの帝位争いの歴史だ。

親が子を、子が親を殺し、兄弟同士、親戚同士でも謀略《ぼうりゃく》や暗殺が日常的に行われてきた。

グロリエの父であるクセルクセス十世も、兄弟姉妹を手に掛けた上、当時の次期帝王最有力候補であった前帝王の弟、つまりは叔父を暗殺して玉座についた男だ。

今でこそ父王の威光が皇子や皇女の争いを抑え付けているが、その父王も既に齢《よわい》六〇を超える。たとえ崩御《ほうぎょ》しなくとも、病臥《びょうが》するようなことになれば彼の子どもたちは跡目を巡って争うことになるだろう。

クセルクセス十世はグロリエを一等気に入っているが、それでも自らの後継者に指名するような真似《まね》はしない。そんなことをすれば他の皇子皇女が手を組んで、自分とグロリエを排斥《はいせき》しようとするかもしれないからだ。

自分を暗殺し、その濡《ぬ》れ衣《ぎぬ》をグロリエに着せる。

それだけで自分たちの手元に帝位が転がり込んでくるのだから彼らは間違いなくやる。

まだ次期帝王である皇太子が決まっていないからこそ、水面下の争いで済んでいるのだ。

「――我が国の現状を知ったら、あの摂政とて声を上げて笑うかもしれないな」

実は、つい一〇年前まで帝国には皇太子がいた。

現帝王の第一皇子、ディトリア・ファス・アルマダ。

当時、次期帝王確実とまで言われた彼は突如として皇太子の地位を捨て、この皇国との最前線に接する王国の国王となった。

国王と言えば聞こえは良いが、所詮《しょせん》〈ウィルマグス〉を始めとした帝室直轄《ちょっかつ》領に国土の二割を奪われた帝国内の小国の王に過ぎない。

ディトリアがいれば、次期帝王を巡る争いも小さなもので済んだかもしれないが、彼は既に帝位継承権を放棄している。それによって次期帝王争いは幾人もの帝族が犇《ひし》めき合う団子状態に陥り、未だ数名の有力候補を出すに止《とど》まっている。

その有力候補であっても、他の候補から隔絶した勢力を持っている訳ではない。

グロリエは軍の一部若手将校と父王の権威で有力候補の一人とされており、内実は最小派閥《はばつ》だった。第四皇子バレストローラは軍の過半の支持を受け、さらに第一皇女パルイエットが有力貴族たちの支持を、第二皇子ガルガイアンは大商会とそれと取引のある職業組合の支持を受けている。

およそ次の帝王はこの四名の何《いず》れかだと思われているが、他の帝位継承者が有力な後ろ盾《だて》を手に入れることができればまだ状況は変わるだろう。

さらに、帝位継承権を放棄したディトリアには息子と娘がいる。

嘗《かつ》てディトリアを支持しており、現在も旗色《はたいろ》を明らかにしていない有力貴族や軍高官はこの子どもたちを神輿《みこし》にしようとしているという話だ。

帝孫《ていそん》ともなれば、当然帝位継承権はある。

元皇太子のディトリアが本気で子どもを帝位に就《つ》けようと思えば、他の有力候補を推《お》している勢力のいくらかはそちらに靡《なび》くかもしれない。息子か娘が帝位に就けばディトリアは帝父となり、帝国の実権を握ることもできるのだから無理もないだろう。

しかし、ディトリアはその気配を見せていなかった。継承権の放棄以来、自分の国に引き篭《こ》もり、細々と国を取り仕切っているだけだ。

グロリエとしてはいっそディトリアに立って貰《もら》いたいとさえ思っていた。

この拗《こじ》れに拗れた帝位継承争い、これを終わらせることができるのは父王かディトリアのどちらかしかいない。

だが、それは土台無理な話だ。

ディトリアが帝位継承権を放棄した理由——帝国では人として認められていない獣人の娘を妃《きさき》として娶《めと》ったという現実がそれを邪魔する。

父王はそれを擁護《ようご》しているが、頭の固い貴族などは公然と国是《こくぜ》に反したディトリアを暗殺しようとした。

獣人族とはいえディトリアの妃は軍で大いに活躍した英雄。しっかりとした段階を踏めば正式に皇太子妃として認められていたかもしれない。だが、ディトリアは妃とその腹の中にいた娘を守るために帝位継承権を放棄し、望んで辺境の王国に封じられる結果となった。

この結果に何人の兄弟姉妹がほくそ笑《え》んだか、グロリエには分からない。

当時一〇歳にもならなかったグロリエは、大人たちの権力争いから遠ざけられていた。

ただ、ディトリアが帝都のイードヴェリウム宮を去ったあの日、彼女は兄が何処《どこ》か晴れやかな顔をしていたのを覚えている。

今なら当時の兄の気持ちが多少理解できる。兄は身内のくだらない争いに嫌気が差し、そのくだらない争いに自分の家族が巻き込まれることを恐れたのだ。自分の身一つで片が付くなら良い。だが、生まれてもいない子どもや妻が巻き添えとなることは許容できなかった。きっとそういうことだ。

そこまで考え、グロリエは天を仰《あお》いで眉間《みけん》のしわを揉《も》み解《ほぐ》す。

「――今そんなことを考えても仕方がないか」

さらに軽く頭を振ったグロリエは、ともすれば脇道に逸《そ》れようとする思考を無理やり引き戻し、目の前に置かれた戦況図に目を落とす。

これまでの攻撃で要塞の防衛線を幾つも突破している。

しかし、相も変わらず〈パラティオン要塞〉そのものが揺らぐ様子はない。確かに要塞前方に点在する防衛拠点は落としているが、要塞本体には殆《ほとん》ど傷を負わせていないのだから当たり前だ。理想を言うなら、〈雷霆《らいてい》〉の投入前にある程度の決着を付けておきたかった。

要塞に肉薄した状態で〈雷霆《らいてい》〉を投入し、相手が抵抗できない内に要塞を突破する。

一度要塞内に突入できれば、数に物を言わせて内部から要塞を乗っ取ることだってできるだろう。

グロリエとしては、できるだけ兵士たちに死を強要したくはなかった。

彼らの仕事が死ぬことだとしても、無意味に殺して良い兵など一人もいない。死ぬのなら意味のある死を与える、これこそが彼女の仕事のはずだ。

しかし、彼女の仕事を単純に勝利することだと思っている将帥《しょうすい》のなんと多いことか。

自分に気に入られるためにだけ、たったそれだけのために自分の下にいる兵士たちに無意味な死を強要している将軍たちの顔を思い浮かべ、彼女は大きく溜息《ためいき》を吐《つ》いた。

官僚的と言っていいだろう。

許されている限度一杯まで権利を行使する割に、義務は最低限しか果たさない彼ら。グロリエ個人としては部下を好き嫌いで判断したりはしないが、あれが父の臣下であると思うと暗澹《あんたん》たる気分になる。彼らが国防という間違いの許されない職にいることが不安だった。

次期帝王に決まった訳でもないのに国家の行く末を案じる自分に苦笑しつつも、今のこの国の状況は冗談《じょうだん》では済まないかもしれないとも思い始めていた。

日々皇国と相対し、皇国兵の姿を見てその気持ちは大きくなるばかり。

徴兵され、基本のみの速成訓練を受けただけの新兵さえも最前線に投入する帝国と、年単位の訓練を終えた志願兵のみで構成された皇国軍。

その軍隊としての質の差は最早《もはや》隠しようもない。

グロリエは時間さえあれば自分の軍集団に訓練を課して質の向上を図っているが、ある程度育つと他の方面に引き抜かれてしまう。

何度軍本営に抗議しても「大元帥《だいげんすい》陛下のご意思」と切り捨てられ、父に直談判《じかだんぱん》して軍を掣肘《せいちゅう》して貰《もら》おうと思っても、その強固な官僚社会にはあまり効果が表れない。

軍の反応が鈍い理由の一つとして、娘の求めという弱い根拠では帝王とてそうそう強い態度には出られないということもある。

帝王は帝国の絶対的専制者だが、軍の総《すべ》てを知っている訳ではない。軍人たちの逃げ道など幾《いく》らでもあるのだ。

「戦が長引けば、いずれ我が国は内部から崩れる」

グロリエは密かにそんな考えを持っていた。

西方戦線と東方戦線。帝国の抱える大きな戦線はこの二つだが、もっと小規模な戦場は無数にある。

皇国の西にある民主主義国家群とも小競り合いが続いており、このアルマダ大陸には帝国の従属国家か敵対国家の二つのみが存在していると言って間違いない。

皇国も厳しい状況だが、帝国も常に崩壊の危機を内包している。

外征《がいせい》を行って領土を増やし、その土地から搾《しぼ》り取った富を国内にばらまいているからこその繁栄。

帝国は敵を作り国内を纏《まと》め上げる。丁度《ちょうど》良い敵がいなければ幻の敵を見せてでも、だ。

「国家が国家として生きるということは、有意義に見せかけた幻想を国民に見せ続けること」

グロリエにそう語ったのはディトリアだ。

彼は続けてこうも言っていた。

「そして良き元首とは、見せかけだけの偽《いつわ》りを有意義に変貌《へんぼう》させる者を言う」

グロリエは自分の頭を撫《な》でながらそう教えてくれたディトリアに、

「兄上は良き元首になるのか」

と問うた。

ディトリアは幼い妹の言葉に目を見開き、すぐに苦笑でそれを隠してしまった。

すでに次期帝王としての未来が決まりかけていた当時のディトリアにとって、グロリエの問い掛けはそれこそ有意義に見せかけた幻だったのだろう。

良き元首とは〝なる〟ものではなく、あとから〝なった〟と評されるものだからだ。

どれだけ努力したとしても結果がどうなるかは分からない。

諸外国から見た良き元首が国内では独裁者であることも十分にあり得るし、逆もあり得る。

万人にとっての良き元首、良き君主とは存在しない。

皇国の民にとっての英雄、輝ける未来の象徴であるレクティファールが、帝国にとっての悪魔、冥界《めいかい》への導き手であるように、グロリエは帝国の民にとって英雄に相応《ふさわ》しい存在だが、皇国の民にとっては地獄の使者となる。

これこそが世界に充ち満ちる大いなる矛盾。

たった一つのものさえ、多くの面を持っている。その多くの面は、いわば人々が〝個〟を得たがためにこの世に生まれた魔物。多くの生命を喰らう、亡霊。

だが、それは同時に――

「他人に多くの面を見出すことができたのは、人が人として繁栄するために不可欠な天《てん》相手を殺し、犯し、奪い、虐《しいた》げ、辱《はずかし》め、そして、産み、愛し、与え、慈《いつく》しみ、讃《たた》える欲求を生み出す。

「ふふふ、兄上、最近余《よ》は少しだけ分かった」

他人を他人と思い、尚《なお》欲する心。

それこそが繁栄と崩壊の一因。

「滅ぼすか滅ぼされるかの戦いだというのに、こうも心が満たされる理由……」

それは、欲する心が満たされ始めたから。

戦いたい、思う存分、自分の総《すべ》てを賭《と》して。

「――兄上は義姉上を欲したから、義姉上で自分を満たしたくなったのだな」

自分はこの力を全力で揮《ふる》える相手を欲し、あの男で自分を満たしたくなった。

嗚呼《ああ》、そのなんと愚《おろ》かしく甘美なこと。

「欲することこそ人の根源であるというのならば、余《よ》は人としてあの男と戦うまでだ」

グロリエは立ち上がり、大声で従兵を呼ぶ、おっかなびっくり顔を出した従兵に自ら前線視察を行う旨を関係各所に伝えるよう言い付ける。

さらに外套《がいとう》と馬を引くよう命じると、彼女は天幕の外へと歩き出した。

「さあ、戦争の時間だぞ星の龍皇《シュテンドラッツェ・インペリウム》！」

天幕から踏み出した彼女の目に、青空が広がった。

◇◇◇

グードルデン第一軍団は氷狼《ひょうろう》族の先導を受け、白狼《はくろう》山脈の中を縦横《じゅうおう》無尽《むじん》に走る洞穴の中を進んでいた。ところどころ青い光を発している壁は、地下の龍脈の影響を受けているからだった。

明かりを灯した兵士たちは閉塞的な行軍路に辟易《へきえき》としながら、遥《はる》か遠くの帝国軍に聞こえるはずもないのに声を落として囁《ささや》き合っている。さらに大型の駆動輪を持つ軍用車の奏《かな》でる機関音が静かに響いていた。

流石《さすが》に精兵と言われる兵たちばかりが集められているだけあって、行軍に乱れはない。さらに、この戦いに負ければ自分たちの国が蹂躙《じゅうりん》されることはよく分かっており、その士気も行軍中としては異例なほど旺盛《おうせい》だった。

国家の命運を懸けた大事な作戦に選ばれたという喜び。

それは彼らの自尊心を充たすだけではなく、流行《はや》り病のように周囲に拡《ひろ》がっていく。その病の熱に浮かされた兵士たちの表情を行列の中央付近で眺め、私物の一角馬《モノケロス》に乗るガラハが、隣を歩く氷狼に声を掛けた。

「まさか、こうして氷狼族《ひょうろう》と轡《くつわ》を並べて戦うことになろうとは……正直想像さえしていなかった」

「俺も同じだ。こうして我が一族の土地に軍を入れるだけではなく、道案内までするこになろうとはな」

狼の姿ではあったが、流暢《りゅうちょう》な人語が返ってくる。

ガラハに氷狼の見分けはできないが、この氷狼がグードルデンという名だということは知っていた。白狼《はくろう》山脈に入ってからずっと、この氷狼はガラハの傍《そば》にあったからだ。

「諸君らの頑固さと気紛《きまぐ》れは前任者からよく聞かされたものだ。麓《ふもと》の子どもが山に迷い込んだのを村まで送ってきたかと思えば、次の日には墜落《ついらく》した竜騎士と飛竜を死体の状態で要塞前に置き捨てる。付き合うには骨の折れる相手だと言っていた」

「我が一族とて、君たち皇国軍には手を焼いた。何処《どこ》から迷い込んだのかは知らないが、我々を敵と勘違いして襲いかかってきたことがある。当時は帝国なんてものは無かったらしいが、北の蛮族とは戦争を続けていたからな。君たちの先達はよく山に迷い込んでいたよ。族長が本当にこれで国を守れるのかと心配したと聞いている」

辛辣《しんらつ》な物言いではあるが、二人に悪意はない。

周囲の皇国兵はグードルデンの言葉に眉を跳《は》ね上げたり肩を震わせたりと非常に分り易い反応を繰り返していたが、ガラハは常に同じ表情で淡々としていた。

グードルデンも同じように、淡白なものだ。

「ただ、北を氷狼族が守っていてくれたから、今の皇国はある。小官はそう思っている」

「俺も、個人的には皇国の者どもが嫌いじゃない。麓《ふもと》の猟師たちとは時折鍋《なべ》を囲んだりもしているしな」

「ほう、それは……」

ガラハが面白がる様《よう》にグードルデンを見下ろす。氷狼はそんなガラハの表情に気付かない振りをして、言った。

「戦いが済んだら、一度麓の村に行ってみるといい。白狼雷鳥《らいちょう》の肉などは非常に美味だぞ」

「氷狼族は必要最低限の獲物しか取らないと聞いていたが、何事にも例外はあるらしい」

ガラハはくく、と喉を鳴らした。

人にも個性がある。なら、氷狼にも個性があるのだろう。

そもそもこのグードルデンという氷狼は、人の姿になっては麓まで降りてきているという。

ひょっとしたらガラハも何処《どこ》かで顔を合わせたことがあるかもしれない。

「例外といえば、新たな皇王も例外的な皇王らしいな」

グードルデンの笑いを含んだ声。

ガラハはその問い掛けの意味に気付き、その表情を歪めた。

「ああ、皇王としてはいっそ珍しいほど――」

そして、吐き捨てる。

「──甘く、優しく、果断で……なのに限りなく残酷になれる、皇王には向かない男だ」

◇　◇　◇

片や明確な侵攻意図を持って、片や国家の存亡を賭けて、共に全力で激突した両軍の損害は加速度的に増加した。

一日の死者が両軍合わせて五〇〇〇にも達し、負傷者はその三倍にも上った。

帝国側の膨大な物量に皇国は地の利と質の高い兵で対抗し、帝国はその抵抗を圧《お》し潰《つぶ》さんとさらにその重圧を高めていく。

新たに徴兵された帝国兵は所詮《しょせん》皇国など時代遅れの武器兵装ばかり使う蛮族に過ぎないと教えられ、実際に皇国兵が弩弓《どきゅう》などを持っているのを見て密かに安堵《あんど》していた。彼らはその安堵から来る優越感《ゆうえつかん》を胸に敵陣に向けて突撃を仕掛け──しかし予想に反して次々と討ち取られた。

彼らは知らなかった。皇国兵の個人携行武器が弩弓であるのには明確な理由があり、それは皇国軍事技術の根幹《こんかん》を成している付与式の魔法術式だということを。

この技術には大前提となる一つの法則がある。

付与できる術式の量は、付与対象となる物体の質量と材質に影響されるというものだ。刻める術式の量は対象となる物体の質量に比例し、また無機物よりも有機物の方が刻める量が多い。

つまり銃の弾丸よりも弩弓の矢の方が多くの術式を付与でき、その分威力《いりょく》や命中性能が優れるということだ。

無論弾丸や弓を発射する装置の側にも術式を刻むことはできる。しかし一度発射した弾や矢はそれそのものに刻まれた術式に従って威力を発揮するので、発射装置に刻まれる術式とは基本的に発射速度の向上と弾道の安定化に重きが置かれる。

無論、銃などは発射速度が上がれば威力が増すという面はある。しかしその質量の小さい弾丸に付与できる術式は少なく、最終的には弩弓と矢の方が高威力となった。

弾丸の場合は相手兵士の持つ護法術式を突破するのに何発も撃ち込まなくてはならなかったが、術式付与された矢は一発で相手の護法術式を貫くことができる。さらに弾丸を誘導することはできないが、矢なら刻んだ術式で敵を追尾することが可能であった。

しかしながら、それだけの術式を刻めば兵器一式辺りの費用は上昇する。

低費用低性能の銃か、高費用高性能の魔動式弩弓か。

帝国のように質よりも数を優先する軍隊なら前者の方がその体質に合っており、皇国の場合は高価格であっても兵士一人辺りの戦闘能力が高くなる後者を選んだ。

帝国の場合は術式付与技術に劣っているという面も確かにあったが、何よりも皇国兵に比べて死にやすい兵士一人一人に金を掛けることを避けたという側面もある。

経験の浅い帝国兵が思っているほど帝国の銃が皇国の弩弓《どきゅう》に比べて優れているということはなく、彼らがそれを知るにはまず生き残らなくてはならなかった。そして生き残ることができたのなら、今度は自分たちの武器が相手より劣っているという劣等感、そして恐怖と戦うことになるのだ。

古参の帝国兵は自分たちの持っている武器が、信用はできるが、決して優れている訳ではないと知っている。だから生き残れるし、皇国の弩弓は装弾数が少ないという弱点を突くべく、攻撃に晒《さら》されながらもそれに耐えて反撃の機会を窺《うかが》うことができるようになる。

そんな古参兵に率いられた帝国兵の一団は皇国の攻撃が緩《ゆる》んだ瞬間に壕《ごう》を飛び出し、その銃を乱射しながら突き進んで行く。

混血種相手であるなら、人間種でも十分に戦える。混血種と人間種の違いなど、寿命と僅《わず》かな使用魔力の差くらいしか無い。

皇国の守る壕《ごう》に飛び込んだ帝国兵たちは銃剣を振り翳《かざ》して皇国兵に躍りかかり、次々と死体を生産していく。

生産される死体は皇国兵であったり、帝国兵であったり、一切の不公平なく均等に死が量産された。

死は常に平等で、これだけは誰にでも訪れる。

帝国兵はそれを実感しながら皇国兵を殺し、次の瞬間には別の皇国兵に殺された。

そんな光景が繰り広げられ、〈パラティオン要塞〉前の激戦区には血と硝煙《しょうえん》の臭いのする空気が充満した。時間が経てばこの臭いは腐《くさ》った肉の臭いに変わり、そして最後には人々の記憶から消え去る。

雄叫《おたけ》びを上げながら巨人族の兵士に飛び掛かる帝国兵。その帝国兵はすぐに巨人族の巨大な腕に捕まり、背骨を圧《へ》し折られて絶命した。だが、仲間の仇《かたき》を討つというよりも、自分が死にたくないと願う別の帝国兵たちが次々と巨人族の身体に飛び掛かり、その体に銃剣や短剣を突き刺していく。結局巨人族は十数人の帝国兵を道連れに息絶えたが、その姿を賞賛する者はいない。

死にたくない。だから殺す。

生物的に至極《しごく》真っ当な欲望の花が乱れ咲き、殺し殺されるという光景は珍しくないのだ。どれだけ英雄的に戦おうとも死ねばそこで終わり。相手に慈悲《じひ》を掛ける余裕もなく、相手を殺して殺した分、自分が長生きするだけ。

初めて人を殺した衝撃に怯《おび》える帝国の少年兵は僅《わず》か数分後には歓喜の声を上げながら次々と皇国兵を殺す英雄となり、つい数分前まで部下を率いて英雄的に戦っていた帝国軍士官は、部下が全滅するや皇国兵に命乞《ご》いをする俗物《ぞくぶつ》に成り下がる。

英雄が生まれ、英雄が殺され、英雄が堕《お》ちる。

戦場では賞賛される英雄が現れ、そして賞賛されない英雄が消える。

争いを知らぬ人々が英雄譚《たん》で読むような美しく身綺麗な戦いは、ここには存在しない。

戦場とは飢《う》えれば屍肉《しにく》を喰らい、渇《かわ》けば血を啜《すす》る悪鬼の宴《えん》。

悪鬼は後に英雄と呼ばれるようになるか、或《ある》いは殺人鬼と貶《おとし》められるのだろう。

だが、ここには殺す者と殺される者の二種類しかいない。

まさに究極の不平等、もしくはある意味で至高の平等だった。

たった二人の指揮官が望んだ地獄がそこにある。

レクティファールが前線視察という名目で各陣地を激励して回る間にも皇国軍の兵士は次々と死んでいく。

グロリエが馬を駆って兵士たちにその姿を誇示している間にも、帝国軍の兵士は次々と物言わぬ骸《むくろ》に変わっていった。

これは正義の戦いだと両者は言う。

大義は我らにあると誇る。

敵を蛮族や獣と貶《おとし》め、自らこそが正しいと叫ぶ。

どこの戦場でも繰り返された空虚な言葉の数々、それでも兵士たちはその言葉を信じて戦い続ける。

何故か、決まっている。

戦うにたる理由があるからだ。

生きるため、名誉のため、譲《ゆず》れないもののため、どれであっても命を懸ける価値がある。

相手を殺す価値がある。

相手の総《すべ》てを否定する価値がある。

「ここより背後には諸君らの守るべき国、守るべき人々しかいない」

レクティファールは兵たちを前にして、そう告げた。

「そうだ、これほど分り易い戦いはない。退けばそれだけ我らの守るべきものが侵される、倒れればそれだけ我らの大切なものが奪われる、殺されればそれだけ我々の救いたい人が殺される。私を許せとは言わない、だが、今は後顧《こうこ》せず戦って欲しい。私は諸君らの奮戦を忘れない、この生命ある限り諸君らの命に報《むく》い続ける」

レクティファールは摂政としての仮面の下で、それでも嘘を吐《つ》かずに訴える。

「君たちの横には誰がいる？」

戦友だ。

「君たちの前には誰がいる？」

倒すべき敵だ。

「ならば、君たちのすぐ背後には誰がいる？」

これからこの国で生まれ出る総《すべ》ての生命がいる。

「皇国五〇〇〇万の民の生命は、君たちの双肩《そうけん》に掛かっている。そこに如何《いか》なる責任の軽重もなく、我々は等しく五〇〇〇万の生命を背負っている」

これまでは誰かの背に守られてきた。それは親であり、兄や姉であり、顔も知らぬ誰かであった。

「しかし、今諸君はこの国を守る最前線にいる。目の前には誰の背もなく、ただ敵がいるのみ」

だが、背後には多くの無辜《むこ》の生命がいる。

「弟妹、息子娘、孫やひ孫。諸君らのその身は、いまだ戦う術《すべ》を持たぬ者たちの盾《たて》である。これまで誰かの背に守られてきた諸君らは今、かつて諸君らの盾になった先人たちと同じ場所に立っているのだ」

過去から連綿と続いてきた、守り手としての責務の継承。

今、その責務はレクティファールと彼を主君と仰《あお》ぐ者たちの中にある。

「忘れるな。ここで終わりなのではない。我らは未来へと多くを繋ぐ役目を果たしてはいないのだ」

言葉によって国民を殺そう。だが、言葉によって国民を欺《あざむ》く真似《まね》はしない。

たとえ人々がレクティファールを虚言者として罵倒《ばとう》しようとも、自ら嘘は吐《つ》かない。

「さあ、剣を持ち、盾を構えよ」

「我が帝国より約束の地を奪った魔獣どもに正義を示せ。貴様らの献身に我が帝国は応《こた》えよう。諸君らが勝ち取った地は、誓って諸君らのものである。我らは奪うのではない、奪《だっ》還《かん》するのだ。古《いにしえ》に我らの先祖が奪われた肥沃《ひよく》な地、多くの知識、大いなる繁栄。ヒトの形を真似たヒトならざる者どもから、あの暖かな日々を取り戻せ」

グロリエは帝国が掲げる理想を謳《うた》い続ける。

「忘れるな。我らの同胞は今も貧しい暮らしを強いられている。寒さに震え、飢《う》えに苦しみ、子が親を、親が子を殺している。それでいいのか？　我々はそんな運命に屈するしかないのか？　否《いな》！　断じて否！」

それが自分の理想であると信じ、兵士に理想に殉《じゅん》じろと命じる。

凍えぬ土地、豊かな資源、碧《あお》い海。

「本来我らの手にあるべきだった地を、我々の同胞が平穏の中で暮らしているはずだった地を、あの獣どもは我が物顔で支配している。それが許せるか？」

帝国の欲する総《し》てが〈パラティオン要塞〉の向こうにある。

「手に入れろ。我らの家族を守るために。我らの未来を勝ち取るために！」

「戦え」
二人は命じる。
互いに退《ひ》けない理由があった。
退けば滅びる。
二人とも、それを許せる立場ではない。
戦わなくてはならない。
殺人者と罵《ののし》られても、悪魔と貶《おとし》められても。
それが時代の大きなうねり、逆らえぬ時の潮流《ちょうりゅう》。
戦いこそが今の時代。
戦いこそが正義。
少なくとも、今このとき、この場所ではそうだった。

◇◇◇

軍靴《ぐんか》の鳴らす地響きと喚声《かんせい》。
そして着弾の振動と悲鳴。
レクティファールは、戦場の最中にあってそれを睥睨《へいげい》する。

眼下では帝国兵が吹き飛び、皇国兵が串刺しにされていた。

獣、そう、まるで獣のような争い。彼らを知恵ある者と呼ぶには抵抗さえ感じる。

「第一二四砲塁《ほうるい》は放棄。要塞第一〇九砲塔に援護要請。――第四四地区より中隊規模の敵影」

「第四戦闘区域のベルゲイン中佐の大隊を差し向けろ、絶対に通すな！」

「は」

淡々と戦況を報じる情報分析官は機人族の女性大尉。

レクティファールも知っているように、機人族は元々感情の起伏が乏《とぼ》しく、荒事《あらごと》を専門とする軍や衛視庁では情報分析官として非常に重宝されていた。予想外の事態に動揺するようでは分析官は務まらない。

彼女の言葉を聞きながら指揮を執《と》っているのが、この最前線の陣地の責任者である陸軍少将。

初老の混血種で、手堅《てがた》い指揮で定評のある男だった。

レクティファールの前線視察にこの陣地が選ばれたのも、おそらく彼の堅実《けんじつ》な指揮官ぶりが評価されてのことだろう。

「――殿下、ここもその内砲火に晒《さら》されます。〈パラティオン〉にお戻りを」

しかし、その少将をもってしても戦線を支えきれないらしい。

レクティファールは指揮官の役割として前線視察を行っているが、少将にとって戦えない人間は邪魔なのだろう。戦おうと思えば戦えないことはないのだろうが、レクティファールの仕事はそうではない。

戦況の把握は指揮官の大切な役割であるが、兵士の真似《まね》事をすることは指揮官の職分から逸脱《いつだつ》している。

レクティファールもそれに気付いていたから、背後で自分を窺《うかが》うリーデに小さく頷《うなず》いてみせた。自分がいることで余計な被害が出るかもしれないと思えば、退くという決断も恥じ入ることはない。

「では、帰還の準備を始めます」

リーデがそう言って指揮所から去っていく。レクティファールは、その後姿を見送ると少将に問い掛けた。

時間が少ないこともあり、その質問は非常に簡潔なものだった。

「いつまで陣地を保持できる？」

少将はレクティファールの言葉に少し考える素振りを見せたが、それでも気分を害したようには見えなかった。

彼も軍人として上役の不躾《ぶしつけ》な質問には慣れていた。それに、こういう場面では実の伴わない激励よりも冷たい現実の方が有り難い。

「――今日一日は保証致します。ですが、それ以上は保証しかねます」

これが少将の精一杯の答えだった。

戦場に楽観論はいらない。

必要なのは最悪に近い現実を直視することで、それ以上でもそれ以下でもない。

レクティファールは少将の言葉に頷《うなず》き、外套《がいとう》を翻《ひるがえ》して出口に向かう。

自分にできる最上級の仕事をしている少将に余計な言葉は必要ない。

だが、レクティファールは出口で立ち止まり、呟《つぶや》くように一言だけ漏らした。

「あなたは良い指揮官だ。そして、あなたの部隊は良い部隊だ」

レクティファールのような素人が口にできる賞賛など彼らにとってどれ程の意味があるのか分からない。しかし、自分の命令で死ぬ人々にレクティアファールは最大の賛辞を送りたかった。

少将は特に感情を表さないまま頷き、レクティファールを促す。

「部下にも伝えましょう。御武運を、殿下」

「ああ」

少将は小さく頭を下げ、すぐに指揮に戻った。

レクティファールは随員《ずいいん》を伴って指揮所をあとにする。

かつんかつんと打ち鳴らされる靴音が廊下に響き渡る中、随員の一人がふとレクティファールの顔を覗《のぞ》き込む。

その表情に変化はなかった。

愚直《ぐちょく》なほど真っ直ぐに前だけを見ている。

しかし、何かに急《せ》かされているようにも見えた。

レクティファールは誰にともなく問う。

「ガラハ中将の軍団が〈ムジョルニア〉攻撃を開始するまであとどれくらいだ」

随員の一人、少佐参謀《さんぼう》が答えた。

「あと一日半と言ったところでしょう。遅滞《ちたい》なく進行中とのことですので」

「——そうか」

レクティファールは短い諒解《りょうかい》の返答だけでそれ以上の言葉は発しなかった。

◇◇◇

それから丸一日、ガラハ率いるグードルデン第一軍団が白狼《はくろう》山脈を越えて〈ウィルマグス〉を眼下に収めた頃、事態は動き始める。

彼ら第一軍団の前に威容《いよう》を見せ付けていた巨大な斜塔《しゃとう》。

帝国軍の切り札である〈雷霆《らいてい》〉——皇国側名称〈ムジョルニア〉が、突如火を吹いたのだ。

第五章　砲火

グードルデン第一軍団が白狼山脈《はくろう》を越えた。

双眼鏡を構えたガラハの眼下に広がる雪原に鎮座《ちんざ》する城塞都市は〈ウィルマグス〉、そしてその傍《かたわ》らに巨大攻城砲〈ムジョルニア〉。

〈ムジョルニア〉の砲身は巨大で、ガラハに同行していた参謀《さんぼう》の何名かはその姿に呻《うめ》いている。

熱を持っているのか、或《ある》いは冷却水が蒸散《じょうさん》しているのか、濛々《もうもう》とした水蒸気を纏《まと》った〈ムジョルニア〉の威容《いよう》はまさに圧巻。

砂粒のような作業員の姿と比べれば、その大きさが嫌でも分かる。

「計算出ました。砲身長、二〇メイテル超、本物のバケモノです」

携帯測距儀を覗《のぞ》いていた砲術参謀がガラハに報告する。

恐らく現在の帝国が建造できる兵器としては最大級だろう。これ以上の大きさでは構造物の強度が足りず砲身が圧し折れる。実際〈ムジョルニア〉も鉄骨で組まれた架台に砲身を横たえており、これでは可動式にするのは不可能だ。

これだけの兵器を持ち出させた〈パラティオン要塞〉を褒《ほ》めるべきか、それともたった一つの要塞を突破するためにこんなものを建造した帝国を賞賛するべきか、正直ガラハは判断に迷った。

「侵攻路はどうする」

ガラハは双眼鏡を覗《のぞ》き込んだまま幕僚《ばくりょう》に問うた。

問われた作戦参謀と戦務参謀が幾つか言葉を交わし、作戦参謀がガラハに策を上げる。

「この位置からでは〈ウィルマグス〉が邪魔です。当初の予定通り、都市内の協力者と合流して〈ウィルマグス〉の占拠から始めるべきかと。〈ムジョルニア〉攻略中に背後から攻撃されては全滅の危険性もあります」

ガラハは作戦参謀の策に頷《うなず》いた。

彼の思い描いていた絵図と一致したからだ。

〈ウィルマグス〉の住人には亜人種も多い。そんな亜人種の中には城塞都市〈ウィルマグス〉の建設当初から帝国への抵抗運動を続けている者たちもおり、ガラハを始めとした〈パラティオン要塞〉司令官は代々彼らと繋がりを保ち続けてきた。

件《くだん》の城塞都市は対皇国の最前線基地というだけあって、皇国方面へ向かう人や物資は必ずと言っていい程この街を通る。皇国側がこの街に間諜《かんちょう》を配置するのは当然の成り行きだった。

しかし、今回の〈ムジョルニア〉に関しては殆《ほとん》ど情報が入ってこない。〈ムジョルニア〉周辺の警備が厳重で、協力者や間諜《かんちょう》が情報を集められなかったのだ。

皇国の〈ムジョルニア〉に対する破壊工作を警戒しているのだろう。常に警備兵が周辺を巡回しており、ただ迷い込んだだけの街の住人さえ問答無用で射殺されるほどの警備らしい。

予定では今夜、都市に住む協力者と合流する。その協力者の手引きで数個分隊を潜入させ、主要施設の動力源を絶ち、城門を内部から開く手筈《てはず》になっていた。

「装備の点検を急がせろ、早ければ今夜、奇襲を仕掛ける」

「は」

時間がない。

ガラハは正しくそう認識していた。

そう、認識していたのだ。

だが、彼の思惑はその数時間後にあっさり覆《くつがえ》される。

彼の下に駆け込んできた伝令が、〈ムジョルニア〉周辺に動きあり、と報告したのだった。

「状況は⁉」

報告を受け、すぐに〈ムジョルニア〉を見下ろせる崖《がけ》の上に現れたガラハは、既にその場にいた砲兵参謀《さんぼう》に問い掛けた。その表情は焦燥《しょうそう》に染まっており、冷静沈着を地で行くガラハにしては珍しい表情である。

砲兵参謀も密かにそんな感想を抱き、それでも自身の職務を全うした。

「見張りの兵からの報告ですと、五分ほど前に警報が鳴り、作業員が一斉に退避したとのことです。私がこの場に来たときにはすでに作業員の姿はなく、観測機器が〈ムジョルニア〉を中心として半径五〇〇メイテルの魔力の収束を確認。現在もその範囲は拡大、魔力の収束も続いています」

「発射の前兆《ぜんちょう》ということか」

ガラハは苦虫を噛《か》み潰《つぶ》したかのような表情で呻《うめ》いた。

皇国の魔力変換技術であればこんな広範囲の魔力を収束させる必要はない。だが、帝国の技術ではひたすらに広範囲の魔力を集め、皇国に較《くら》べて非効率的な変換をしなくては十分な出力を得られないのだ。しかも帝国の軍事技術で魔動機関は補助に過ぎない。

ガラハは双眼鏡を覗《のぞ》いて〈ムジョルニア〉を見下ろした。

巨体が小さく蠢《うごめ》いているのは、恐らく照準の微調整をしているのだろう。完全固定砲台といっても架台に油圧の変位制御装置でも取り付けてあれば微調整くらいはできる。

このとき身動《みじろ》ぎする〈ムジョルニア〉を見たガラハの心には、一種の諦念《ていねん》が浮かんだ。

（間に合わない）

幕僚《ばくりょう》たちが急いで攻撃の準備を整えていることは知っている。

しかし、分解して運んできた装備や軍用車の整備にはまだまだ時間が掛かるはずだ。

歩兵と騎兵のみの突撃で落とせるほど、〈ウィルマグス〉は柔《やわ》ではあるまい。

「閣下《かっか》！　攻撃を！」

息急《せ》き切って走ってきた作戦参謀《さんぼう》がガラハに訴える。

ここで攻撃を仕掛ければ砲撃を中断させられるかもしれない。

だが、それは所詮《しょせん》可能性。

全滅の危機を孕《はら》んだまま攻撃を仕掛けるにしては、危うい賭けだ。

「……」

幕僚たちの懇願《こんがん》するような視線を受け止めたガラハは、それでも頭を振った。

まさに断腸《だんちょう》の思いだった。

「攻撃はしない、予定通り今夜の攻撃に備えろ」

「閣下ッ！」

作戦参謀が尚《なお》も言い募《つの》る。

「〈パラティオン〉と殿下に何かあれば、ここで我らが勝利したとて無意味！　ここは我らが悉《ことごと》く討死しようと攻撃を仕掛け、〈ムジョルニア〉を破壊せしむるが上策かと！」

「上策、確かに今この瞬間ならそうかもしれん。だが、〈パラティオン〉はあの程度の木《で》偶《く》に容易《たやす》く破壊されるほど脆《もろ》くはない」

ガラハはその場の幕僚や兵士たちを睥睨《へいげい》した。

分かる。

帝国と相対している総戦力の三分の一、寡兵《かへい》側である皇国にとっては実数以上の価値を持つ二万もの兵力を持っていながら味方が砲撃されるのを隠れて見ているだけという苦痛に。

それでも、ガラハは確実に勝たなくてはならない。

ここで全滅すれば、次はないのだから。

「〈パラティオン〉を、我らが戦友を、摂政殿下を信じろ。そして、我らは我らの戦場で勝つのだ」

そう告げるガラハの背後で警報が鳴り響く。

物悲しい、悲鳴のような警報だった。

皆が一斉に〈ムジョルニア〉に目を向けた。

「――あぁ……」

誰かが悲嘆の声を上げた。

そして――――

「――頼む」

持ち堪《こた》えてくれと誰もが願うその先で、〈ムジョルニア〉は大地が揺れるほどの轟音《ごう》と巨大な砲炎を吐き出した。

南に向かって天空を駆け上る光弾《こうだん》。そして、〈ムジョルニア〉を中心に拡《ひろ》がっていく衝撃波。

ガラハたちの下に衝撃波が届く頃には、光の砲弾は空に消え去っていた。

「くッ」

誰かが膝《ひざ》を突いて蹲《うずくま》っていた。

己の無力に身を震わせ、拳《こぶし》を地面に叩きつけている。

「〈パラティオン〉に状況を確認しますか?」

通信参謀《さんぼう》がガラハに尋ねる。

現在は通信封止が厳命されており、ガラハの許可無くして〈パラティオン要塞〉に通信を送ることはできない。

先程発射前に警告を発せなかったのも同じ理由だ。

通信が傍受《ぼうじゅ》されてこちらの存在が察知されることは避けなくてはならない。防御体制を取った城塞都市をたった二万で落とせるなどと思い上がるガラハではない。

「良い、攻撃の準備を進めろ」

ガラハはそう言ってその場を後にした。

背後では〈ムジョルニア〉の周辺に作業員が集まり、再度の発射に備えて点検と整備を行っている。次弾発射までの時間は分からないが、数分ということはあるまい。

恐らく数十分、長ければ一時間以上掛かるはずだ。

「――――」

あの青年に持ち堪《こた》えられるのか、ガラハは自問した。

「愚問《ぐもん》か」

そう、愚問だ。

答えなど決まっている。

「ここで負けるような男なら、それまで」

どちらにせよ国は滅びる。

ガラハは寒空の下、攻撃開始のときを待ち続ける。

◇◇◇

〈パラティオン要塞〉側が正体不明の飛翔体に気付いたのは着弾の数秒前だった。

長距離対空探測儀に警戒速度以上の速さで飛び込んできた飛翔体に対し、要塞の対空機構を統括《とうかつ》する演算器が自動で警告を発した。耳障りな警報が要塞中に木霊《こだま》する。

中央司令室でリーデを傍《かたわ》らに置いて戦況図を眺めていたレクティファールがその警報に気付き、司令室の天井近くに投影された探測儀の映像を見上げる。そこには高速で要塞に接近する光点。彼の中の〈皇剣〉が準戦闘状態に入った。

「――正体不明の飛翔体接近！　耐衝撃態勢ッ‼」

一階の制御卓の前にいた対空管制官が手元の受音器に向かって怒鳴《どな》る。

要塞中に響くその声にレクティファールが反応するよりも、光弾《こうだん》が映像の中央――〈パラティオン要塞〉に接触する方が早かった。

「くッ」

接触の瞬間、身体が浮き上がるような衝撃と轟《ごう》音が同時に襲ってきた。照明灯が非常灯に切り替わり、機器から火花が散って、投影された映像が大きく乱れる。

一階を見下ろす二階の端にいたレクティファールは、その衝撃を落下防止の手摺《てすり》を掴むことで耐えた。

薄目で周囲を見渡してみれば、何処《どこ》にも掴まっていなかった管制官や分析官が転倒するのが見えた。それだけではない。

「あっ」

レクティファールの隣にいたリーデが、バランスを崩して小さな悲鳴を上げていた。

彼女は手摺《てすり》を掴もうとするが、何処《どこ》かで爆発でも起きたのか再び大きな揺れが司令室を襲う。

「――え？」

その揺れのせいで彼女の身体は大きく揺れる。手摺《てすり》に向けて手を伸ばしていたのが災いしてか、身体が前方に弾かれた。

伸ばした手は空《くう》を切り、彼女の身体は腰を支点にして手摺《てすり》を乗り越えてしまう。

ぐるりと回転する視界に、リーデは混乱した。落下していることにも気付かなかった。

「……っ」

視界の下の方で——つまりは上のほうで誰かが舌打ちをしたような気がした。

一体誰だろうと思う間もなく、彼女の身体を何者かが掻《か》き抱く。再びぐるんと回った視界が、全身に感じる温かさが、見上げた先の月色の瞳がそれを彼女に教えてくれた。

彼女がその人物に思い至った瞬間、ふわりと軽い重力が弱々しくその身体を地面に押し付けようとする。

細く軽い彼女の身体を抱えて一階の床に着地したその人物は、リーデの顔を確認して一言訊《き》いた。

「大丈夫ですか」

下半身を彼の膝《ひざ》に載せ、上半身を抱えられた彼女は嫌でもその瞳を見詰めることになる。

怖いくらいの無表情の中に、少しだけ揺らぎが見えた。

その揺らぎが何であるか、彼女は理解できないまま答える。

「ご迷惑をお掛けしました。大丈夫です、頭も打っていません」

必要とされる情報を的確に伝えようとするリーデの様子に、レクティファールは彼女の言葉が正しいことを確認した。

「そうか。だが、念のため後で医務室に出頭するように」

「はい」

月色の瞳の男はリーデが立ち上がるのを見届けると、その場で叫んだ。

「損害報告ッ‼」

それを切っ掛けにして司令室内が動き始める。

椅子から投げ出されていた管制官と分析官が、痛む身体を引き摺《ず》って自分の持ち場に戻り、次々と報告を上げ始める。

どの報告も〈パラティオン要塞〉建造以来の大損害を伝えていた。

「第一長城の第二三区画に貫通孔確認。第二長城地下構造にも損害があります」

「緊急閉鎖機構が作動し、一次から三次までの動力供給線が各所で寸断されています。復旧予定まであと二分」

「飛翔体は第一長城を貫通後、第二長城地下構造まで到達した模様。第二長城地下連絡路にて融解《ゆうかい》した砲弾を確認しました。周辺を閉鎖後、爆発物処理部隊を急行させます」

「応急修理班を回せ！　手空きなら誰を連れていっても構わん！　暇そうなら上官でもい

いから連れて行け！」

要塞保守を担当する保全参謀《さんぼう》が声を張り上げて命令を下している。

彼もガラハに同行しなかった主任参謀の一人だ。彼の仕事場は〈パラティオン要塞〉以外になかった。

「殿下！　ここは危険です、地下の緊急司令室に移るべきです」

地下には分厚い装甲板と混凝土《コンクリート》に囲まれたもう一つの司令室がある、リーデは自分の職務としてそう進言した。

司令部が一箇所に集中していては万が一の時に指揮を執《と》る者がいなくなってしまう。

レクティファールはその言葉に考える素振りを見せたが、ややあって頷《うなず》いた。

「――分かった、移動する者の人選を」

まさか〈パラティオン要塞〉が血の臭い漂う最前線になるときが来ようとは――リーデは唇を噛《か》みながら上階へと戻る階段へ駆けた。

◇　◇　◇

ひゅう、という風切り音が聞こえて来てすぐ防護障壁《しょうへき》が輝き、〈パラティオン要塞〉の城壁に大輪の花が咲いた。

期せずして巻き起こる帝国軍兵士たちの大喚声。

グロリエは望遠鏡で〈パラティオン要塞〉の姿を見ていたが、黒煙に包まれた着弾部分を確認することはできなかった。

「――どうだ」

砲兵幕僚《ばくりょう》に問うグロリエ。

自分の隣で同じように〈パラティオン要塞〉を遠望していた砲兵幕僚は無骨な印象を受けるその表情を変えることなく、自分の意見を述べた。

「防護障壁は抜きました。ですが、そのために砲弾はひたすら貫通力を求めた護法徹甲弾。爆発による二次被害はあちらの応急保全技能次第でしょうな」

「だが、難攻不落《なんこうふらく》の〈パラティオン〉に傷を付けたのは事実だ！」

「傷だけです」

相手に与えた大損害に興奮し、既に〈パラティオン要塞〉を落とした気になっている同僚の幕僚に答える砲兵幕僚の声は冷たい。

まだ傷だけ、グロリエも同じ感想だった。

「傷を広げることは可能か」

「無理です。同じ場所に砲弾をぶつけるには空前絶後《くうぜんぜつご》の運が必要でしょう。というよりも試写に近かった第一射が命中したことが奇跡の範疇《はんちゅう》です」

「次弾発射までどれくらいだ」

「点検整備、ずれた照準の修正、次弾装塡《そうてん》を含めて一時間と言ったところでしょう」

砲兵幕僚の声に別の幕僚たちが気色《けしき》ばんだ。

ここで一気に畳み掛けるべきだというのに、次の発射まで一時間も掛かるのが許せないらしい。

「もっと急がせろ！　一時間も相手に時間を与えては……」

「奴らは獣だ、手傷を負わされれば暴走しかねん」

先程までの興奮は何処《どこ》へ行ったのか、幕僚たちの顔には逆襲を恐れる子どものような表情が見え隠れしている。

彼らは気付いたのだ、これで帝国は皇国を本気にさせたのだと。

最早《もはや》先の皇王のように温和な外交政策は期待できない、殺すか殺されるしかない殲滅《せんめつ》戦争に突入したのだ。

少なくとも彼らはそう思った。

「怯《おび》えるな。我らは勝利する、必ずだ」

グロリエも幕僚たちの考えが理解できない訳ではない。

だが、彼女にとっては今更のことだ。

皇国が温和に帝国に接していたのは先代皇王の意向。だが、次代の皇王はそうではないだろう。

あの男の本質はもっと危ういはずだ。柔和で滅多《めった》に〝敵〟と分類する相手を作らない反面、一度〝敵〟と認めた者に対しての慈悲《じひ》など、欠片も持ち合わせていないはずだ。

一度顔を合わせただけだが、グロリエにはそれが理解できた。

自分も同じだからだ。

「全く、敵手としてはこの上ないな」

グロリエは小さく呟《つぶや》く。

その声は誰にも聞こえないまま、空に融《と》ける。

「砲兵幕僚、時間は気にするな、〈雷霆《らいてい》〉に予備がない以上、慎重にな」

「は、了解しました」

そう、帝国も後が無い。

〈雷霆《らいてい》〉の完成品はあれ一基。二号、三号と建造計画があったのだが、必要となる莫大《ばくだい》な予算が確保できずに頓挫《とんざ》したと聞いている。

万が一にも〈雷霆《らいてい》〉が失われれば帝国の優位は一気に崩壊しかねない。

「さあ、我慢比べだ」

どちらかが先に倒れるか、グロリエは獣じみた笑《え》みを浮かべた。

◇◇◇

〈パラティオン要塞〉の損害は予想以上のものだった。

着弾の衝撃で要塞各所に魔力、電力、動力を含めた各種動力源を伝達する供給線が寸断され、帝国軍を有効射程内に収めている第一長城要塞砲の三割が発射不能となってしまったのだ。鉄壁を誇った防護障壁《しょうへき》も動力源が満足に供給されていなければその能力は著しく低下する。

地下の司令室に移ったレクティファールは要塞保全に全力を尽くすよう命令を下すと同時に、第二射、第三射の着弾に備えるよう要塞総《すべ》てに通達した。

要塞兵はいつ自分の頭の上に砲弾が降り注ぐかという恐怖の中、必死の補修作業に走り回る。その甲斐《かい》あって要塞の機能が少しずつ修復され始めた頃、〈ムジョルニア〉の第二射が要塞上空を通過、要塞後方の平原に巨大な着弾痕を刻みつけた。

この砲撃によって要塞側は〈ムジョルニア〉の発射間隔をおよそ一時間と推定し、それに基づいて対処行動を取ることにした。具体的には発射推定時刻に近付いたら誘爆の危険性のある弾薬庫や重要区画を隔壁《かくへき》で閉鎖するなど、要塞に砲撃が命中した際に被害を最小限に食い止めるための行動だ。

ただ、この対処行動によって要塞側の動きは制限された。

保全参謀《さんぼう》の下で複数編成された応急修理班は、隔壁で閉鎖され迷路のようになった要塞内を右往左往する羽目になり、医務官や看護兵は救護要請を受けても現場に辿《たど》り着けない。弾薬庫から弾薬を輸送するにも倍の時間を要するようになり、この事実はたった一発の砲弾が要塞に与えた衝撃とは、単純に破壊を伴うそれだけではないのだとレクティファールに示した。

続いて第三射が要塞に向けて放たれた。

巨大な破壊力を秘めた一発は防護障壁《しょうへき》との衝突角度が深すぎたらしく、障壁を突破できずに要塞の手前に落ち、幾つかの堡塁《ほるい》に損害を与えたが要塞本体に損害を与えるものではなかった。この事実に皇国は大きく安堵《あんど》の吐息を漏らし、帝国側は帝国史上空前の巨大兵器の命中率の低さに地団駄《じだんだ》を踏む。

〈ムジョルニア〉は、確かに〈パラティオン要塞〉に対して決定的な破壊力を有している。だが、直線距離で三五キロメイテル以上離れた〈パラティオン要塞〉に命中する砲弾は二割。完全固定砲台、完全固定目標という攻撃側絶対有利の状況下での命中率としては低いと思われるかもしれないが、実際には妥当《だとう》な数字なのである。

どれだけ第一射と同じ条件を揃えても、気候条件など人の手の及ばない要素は幾《いく》らでもある。ほんの少し気圧が変化して風が吹いただけで、砲弾は目標を逸《そ》れてしまうのだ。極端な話、少し回転の速さが変わっただけでも砲弾は動きを変えてしまう。

ただし、それでも帝国側絶対有利ということに変化はない。

このまま攻撃を続ければ〈パラティオン要塞〉が陥落《かんらく》することは確実で、帝国軍は要塞側の抵抗が減衰した瞬間を狙ってグロリエ麾下《きか》の第三軍集団主力を叩き付ければいい。

そうすれば鉄壁堅牢《けんろう》を誇った〈パラティオン要塞〉は薄紙のような儚《はかな》い抵抗の後、帝国の陽虎姫《ゾーネティーゲ・プリンツェン》の牙によって貫かれてしまうだろう。それを防ぐためにも、皇国側は何としても要塞の防衛機能が生きている段階で〈ムジョルニア〉を無力化しなくてはならない。

レクティファールは事前にガラハと打ち合わせていた一つの策を実行するべく、決断を下した。

◇◇◇

「打って出る」

レクティファールは臨時に招集された作戦会議の席でそう告げた。

事前に相談を受けていた数名の参謀《さんぼう》以外、誰もが瞠目《どうもく》して口を半開きにしていた。呆れるというより、レクティファールの言葉を理解できないという表情だった。

九倍の兵力を誇る相手に対し、打って出る。

いや、要塞の維持を考えれば一万二〇〇〇は残さなくてはならないから、さらに戦力差は開くことになるだろう。

非常識極まりない。

「殿下、それは本気で仰っているのですか。或《ある》いは本気だとして、既に決定事項なのですか」

ハルエリオ・ハルアリオ大佐が蒼白《そうはく》な顔そのままにレクティファールに詰め寄る。

レクティファールの相談を受けたと思われる数名の参謀――リーデを含む――を横目で睨《にら》むのも忘れない。

そんな要塞次席参謀の剣幕に、レクティファールは静かに反論した。

「おそらくガラハ中将は今夜〈ウィルマグス〉に夜襲を敢行《かんこう》するだろう。予定通りならな」

「ならば何故、今更打って出る必要があるのですか」

既に時刻は正午を過ぎる。

このまま持ち堪《こた》えていれば皇国は勝てるのだ。

ハルエリオ・ハルアリオに同調する参謀が頷《うなず》く。

しかし、反論する参謀もいた。

事前に相談を受けていた参謀ではない、銀色の参謀飾緒《しょくしょ》を着けた砲兵科の参謀だった。

「殿下は〈ウィルマグス〉襲撃の報を受け取った帝国軍が救援に向かうことを恐れているのではないですか？　グロリエ皇女の持つ最強の手札、重装近衛《このえ》騎兵団は快速の上、重武装、そして練度《れんど》も高い。この部隊がグロリエ皇女指揮の下〈ウィルマグス〉の救援に向かえば――」

「帝国軍陣地から〈ウィルマグス〉までの道中に障害はない。さらに物資輸送のため道路も整備されている。騎兵の機動力は十全に発揮されるだろう。そこに歩兵部隊を追従させれば救援後に〈ウィルマグス〉の防御を固めることもできる。そうなればもう陥《お》ちない。我らの敗北だ」

次席砲兵参謀《さんぼう》の言葉を継いだレクティファールの言葉に場が静まり返る。

レクティファールは元々こんな会議で発言できるほどの知識は持ち合わせていなかったのだが、参謀たちと打ち合わせを重ねるごとに〈皇剣〉の情報が引き出せるようになった。その情報によって現状に危機感を覚えた彼は、この策を事前にガラハと検討していたのだ。

グロリエの率いる近衛重装騎兵団の過去に一つの輝ける戦歴がある。

それは西方戦線で帝国側戦線が崩壊の危機に瀕《ひん》したとき、近衛重装騎兵団が長駆《ちょうく》救援に駆けつけたときのものだ。

近衛重装騎兵団は一二〇キロメイテルもの長距離を僅《わず》か二時間半で移動し、勝利間近と油断していた敵方に大打撃を与えた。この損害により敵方は撤退を余儀なくされ、この戦いは帝国側の勝利で終結することになる。

近衛重装騎兵団の騎馬は総じて幻想種で、通常の馬では考えられない耐久力と持久力を持っている。これを専用の魔法馬具で増強しており、魔動式甲冑《かっちゅう》を纏《まと》った騎兵と合わせて帝国最強の称号に相応《ふさわ》しい実力を誇っていた。

この最強戦力を〈ウィルマグス〉攻撃中のグードルデン第一軍団に向けさせる訳にはいかない。

グロリエと近衛《このえ》重装騎兵団の相手は、要塞の援護を受けられるレクティファール側が請け負うべき仕事だ。

「これは皇国軍最高司令官としての決定事項だ。素人の策だと批判するも結構、だが、己の職務は全うして貰《もら》う」

素人の策。

確かにそうだ。だが、事前に参謀たちの意見を聞いた上で作成された作戦案に独特の素人臭さはない。生来の性格か、レクティファールは自分の能力に関して適当に信用はしていても過剰な信頼はしていない。専門家と呼べる人がいるならその人物をまず信頼するし、その意見を受け入れる。

しかし、その前提とするのは自分の意見でなくてはならない。依存と信頼は違うからだ。

特にこのような状況下では、最高責任者が全責任を負わなくては部下が動揺する。失敗を恐れるような消極的な動きが出てきては、全てを崩壊させかねない。

レクティファールが最高司令官として命令を下した以上、この戦いで発生する諸々は総《すべ》てレクティファールの責任となる。部下の失策も敗戦も、総て。

「――――」

レクティファールの策を認めたということだろうか、自分たちの職務を果たすために地図を広げ始めた参謀《さんぼう》たちを前に、レクティファールは背後に信頼する二人の女性がいないことを寂《さび》しく思った。

彼女たちは近衛《このえ》軍の士官と下士官であるため、この場に出席する権利を有していない。同じ理由で司令室にも入室できなかった。

彼女たちは近衛軍部隊と共に待機しているだろうか。

レクティファールはそんなことを考えた。

この策を実行に移すとなれば当然、グロリエにとっても帝国軍にとっても最高の餌《えさ》であるレクティファールが出陣する。近衛軍は設立後初めて、手伝い戦ではなく最前線に立つ正統皇位継承者の護衛という最高の舞台で戦うことになる。

たった一個中隊の近衛軍部隊をこの場に集まった参謀たちが重視しているということはなく、部隊の布陣《ふじん》を検討しているときも、あっさりレクティファールの本陣へと配置が決まった。一応最強種の一つとして名高い龍種とそれを殺し得る龍人族がいるのだが、一個人としての技量など万の軍勢がぶつかり合う戦場では邪魔者扱いらしい。常識で考えるなら、確かにそうだ。

それでも、本人たちが聞いたら顔を顰《しか》めるだろうな、とレクティファールは思う。

彼女たちはその性格はもとより、軍人だけあって自分の分というものを弁《わきま》えている。しかしこうもきっぱりと〝要らない〟と断言されてしまえば気分を害することは間違いない。ただ、それを表に出さないだけだ。

（まあ、納得はしてくれるんだろうけど……）

メリエラはレクティファールの護衛という役目さえ果たせれば自分の評価は余り気にしないだろうし、ウィリィアも仕事に私情を挟んだりはしない。何よりこの戦場にはグロリエという、現在その存在が確認されている龍人族の中で最強の個体がいる。龍種であるメリエラも、龍人族であるウィリィアも戦況に影響を与えるだけの働きはできないだろう。

強《し》いて言うなら、敢《あ》えてグロリエにぶつけるという戦術が考えられるが、正直二人には荷が勝つ。

メリエラは龍種としては若すぎて未だ天敵に対抗しうる力を持っていないし、ウィリィアも個体としての能力が違い過ぎるという。これは本人たちが言っていたことだから間違いないだろう。

彼女たちの存在で近衛軍一個中隊をその実数以上に考えられるのは有難いことだが、過剰な期待はできない。参謀たちがレクティファールの護衛以上のことをさせようと考えなかったのも妥当《だとう》な判断だった。

彼は参謀《さんぼう》たちが次々と自分の立てた計画に肉付けをしていくのを見ながら、この瞬間に死んでいく兵士たちのことを考えた。

彼の策が実行されれば、要塞に篭《こ》もるよりも多くの兵士が命を落とすことになるだろう。

それが最終的に皇国軍全体の損害を抑えることに繋がるとはいえ、死なない運命の人物が死ぬことになるのは間違いない。

それも、作戦が上手く行った場合の話であり、作戦が失敗すれば今度は皇国総《すべ》ての国民がその対象となる。

国家全てを賭けて賭博《とばく》を行う。

君主たるものに許された、許されてしまった至高の賭け事だった。

それに気付いても尚《なお》その賭けを止《や》めようとしないレクティファールは、このとき既に狂っていたのかもしれない。

◇◇◇

要塞側の動きはすぐに帝国側にも知れた。

否《いな》、知れたというのは正確ではない。

要塞正面の門から続々と部隊が吐き出され、要塞前の平原に凹《おう》の字型の陣を敷いたのだから気付かない方がおかしい。

グロリエがその姿を遠望するまでもなく、要塞正面の本陣に摂政の紋章旗が翻《ひるがえ》る。

『摂政レクティファール此処《ここ》ニ在《あ》リ』――その旗は皇国帝国を問わずそれを示した。

それに気付いたグロリエは、馬の上で身体を折り曲げる。

「――は、はは……はははっ！」

これ以上ないという程の歓喜が彼女の身体を充たした。幕僚《ばくりょう》たちが訝《いぶか》しげな視線を向けるも、彼女はそれを一顧《いっこ》だにしなかった。

狂おしいほどの情念に火照《ほて》る身体を掻《か》き抱き、彼女は白の紋章旗を見詰めた。恋焦がれる乙女《おとめ》の潤《うる》んだ瞳の先に、彼女の求めて止《や》まない男がいる。

彼女自身、自分がこんなにもあの男を求めているとは思っていなかった。

戦って勝ちたいという武人らしい欲求のはずだった。

それがどうだろう。少し離れていただけでこうも苦しくなる。再び相見《あいまみ》えることができただけで歓喜に溺《おぼ》れる。まるで幾とせも離れていた想い人に再会したかのようではないか。

「敵、ああ、お前は余《よ》の敵だ！　だが何故、お前はそんなところにいる！」

余《よ》はここにいる、もっと近くに来い。

そんな遠くでは手が届かないではないか。

そんな遠くでは声が聞こえないではないか。

そんな遠くでは――

「余《よ》の剣が届かないではないかぁ――っ‼」

両腕を大きく開き、犬歯を剥《む》き出しにし、彼女は吼《ほ》えた。

そして背後に携えた〈神殺しの神剣《ディヴィン・スライヤー》〉を抜き放ち、遥《はる》か彼方《かなた》の紋章旗に差し向ける。

熱に浮かされたその姿は絵画に描かれた戦女神《いくさめがみ》のようで、周囲の兵士たちはグロリエを見詰めたまま視線を外せなくなった。幕僚たちもそれは同じで、彼らはグロリエの発する雌《めす》の匂いに興奮さえ覚えた。

グロリエがただの女であれば、彼らは果たしてその興奮と欲望を抑えきれただろうか。

それ程の匂いだった。

男の本能を刺激して止《や》まないグロリエはしかし、たった一人の男にその熱を向ける。

星の龍皇《シュテンドラッツェ・インペリウム》。

皇国次期皇王レクティファール・ルイツ＝ロルド・エルヴィッヒ。

「待っていろレクティファール！　お前が来ないなら余《よ》が行ってやる！　お前の血肉を喰らいにな！」

グロリエの咆哮《ほうこう》に突き動かされるように、これまで温存されていた帝国軍主力がレクティファール目指して進軍を開始した。

◇◇◇

このとき皇国歴二〇〇九年、黒の第三月一二日。
雪に染め上げられたファルベル平原にて、二万九〇〇〇対三七万の戦いが始まる。
龍虎戦役を構成する戦いの一つ、第六次ファルベル平原会戦の幕開けだった。

第六章　龍虎相搏《そうはく》

皇国陸軍の中で、彼らの部隊は精鋭として知られていた。

帝国との戦いの最前線に立ち、常に強敵との戦いを強《し》いられているからだ。

〈諸君、準備はいいか〉

皇国陸軍第十二自動人形連隊。

総数六十四機のその部隊は、実質〈パラティオン要塞〉の持つ全自動人形兵力であった。

〈我らは総数六十四機の寡兵《かへい》でしかない。帝国側は我らの六倍の自動人形を持っている〉

その全力を、レクティファールは惜《お》しみなく一度に投入しようとしている。

予備兵力はあるが、主力自動人形部隊である第十二自動人形連隊を全力で投射する以上、自動人形を機動打撃戦力として用いることは難しくなる。

本来は攻め手側の兵器である自動人形だが、今回ばかりは分の悪い戦いに、しかも防衛側として飛び込まなくてはならない。

〈摂政殿下と我が戦友たちが壊滅させた一個連隊。この一個連隊が、おそらくこれからの

戦いの勝敗を分けるだろう〉

彼らにとって、それは名誉ある戦いであった。

しかし同時に、己の生命を賭《と》した戦いでもある。

〈これまで我々は、この地をひたすらに守り続けてきた。来る日も来る日も戦い続け、ただ雪に埋もれて一時の安らぎを得ていた〉

本来であれば、彼らはガラハと共に〈ムジョルニア〉の攻略に回るべきであっただろう。

標準的な皇国の自動人形とはそういった運用が前提であり、拠点防衛にはそれ専門の超重装甲自動人形が存在する。攻め寄せる敵の最も弱い場所を突き、それを打ち崩すことが役目だった。

皇国の防衛戦術とは、相手を受け止めることではない。

的確な時期に最適な場所に打撃を与え、敵の戦力を削いで戦闘行動を鈍化《どんか》させることが目的なのだ。

戦って勝てるならば苦労はない。しかし、勝てる戦いばかりではない。仮に勝ったとしても、戦力は減る。一個体辺りの戦闘力に関しては世界有数の皇国軍だが、やはり数を揃えられないことは不利であった。

〈勝つしかない。我々は常にその状況に置かれていた〉

自動人形も同じだ。

皇国の自動人形は本場〈シェルミア共和国〉に匹敵《ひってき》する程の性能を持っているが、それは操縦管制官の数が少ないことに起因する。

限られた数で求められる役目を果たすには、一機辺りの性能を引き上げるしかない。性能を引き上げることで生存率も底上げし、損失を抑えようとしているのだ。

自動人形は基本的に遠隔操縦で、多少距離があったところで操作できなくなるということはない。

しかし、自動人形のように高速で移動し続けるものを時差なしで操作するには、やはり操縦管制官自身が前線に出る必要がある。

対して帝国は、性能を落とした自動人形を多数揃える方法を選んでいる。それによって自動人形そのものが低速化し、ある程度距離を置いての操縦でも十分に対応できるようになったという。

つまり、両国は自動人形の運用に関して真逆の道を歩んでいると言っていい。

〈そして今も、勝つことを求められている〉

連隊規模以上の自動人形同士の戦闘は、おそらくこれが大陸の歴史上数例目ということになるだろう。各国の観戦武官が危険を冒《おか》しても前線に出たがったのは、皇国と帝国という、自動人形を運用する大国同士のその運用思想がぶつかり合うからだろう。

高機動近接型か、重装甲高火力型か。

この戦いが今後の自動人形の戦術運用に大きな影響を与えることは間違いない。

〈それは不幸か？　否《いな》、この上ない幸運である〉

連隊長の訓示を聞きながら、第一中隊第二前衛小隊に属するカイル・マリエンデ機兵少尉は大きく深呼吸した。

この戦いは皇国自動人形部隊の創設以来、もっとも大きな戦闘になる。

〈シェルミア共和国〉の装甲機兵の情報を元に造られたアルマダ大陸各国の自動人形は、それぞれの国の威信をかけて開発が行われた。

自動人形に関して後発国である帝国など、なりふり構わず莫大《ばくだい》な予算を投じて自動人形の配備を進めている。

いずれ、総《すべ》ての歩兵は自動人形に置き換わるとまで言い切った研究者もいるが、自動人形は所詮《しょせん》人の道具でしかない。歩兵の代わりに敵の砲弾を受け止め、騎兵の代わりに機動し、砲兵の代わりに敵地に砲弾を送り込むことはできても、歩兵のように陣地を制圧することはできないし、騎兵のような長距離の運動もできない。さらに、砲兵の扱う砲ほど整備性も良くない。

（だけど、僕らには僕らなりの戦い方がある）

自動人形最大の特徴といえば、どこでも戦えるということだ。

窪地《くぼち》の中に伏せて敵の目を欺《あざむ》き、その脚を使えば陸上のどの兵科よりも素早い移動ができる。その移動力は砲兵の追随《ついずい》を許さない。

自動人形とは、特定の種族を除けば最大規模の打撃戦力であった。それはどこの国でも変わらず、皇国はその打撃力を最大限活かす方法として、軽量で高い防御性能を持つ魔導装甲を用い、更に近接装備を充実させることで相手の自動人形に対する戦力として自動人形を配備している。

皇国の自動人形は、対自動人形用の自動人形であった。

〈それでは諸君、目の前の戦場が見えるか〉

連隊長の言葉に、カイルは投影眼鏡に映る風景を見る。

連隊の半数が出撃を待つ要塞最上部からは、眼下で繰り広げられる戦いの様子が手に取るように見ることができた。

帝国の歩兵が要塞砲に吹き飛ばされ、しかしすぐにその穴を埋めるように前進してくる別の帝国兵。雲霞《うんか》の如《ごと》く押し寄せる帝国兵に対し、皇国兵は堡塁《ほるい》を起点とした防衛陣地を駆使して対抗している。

しかし、彼らから見れば、皇国の防衛線が余りにも儚《はかな》いものであるように見えて仕方がないのだ。ガラハ率いる二万の兵士が抜けた穴は大きい。前線から引き抜かれた兵も少なくない。しかしそれだけの手当をしても、十分とは言えないのだ。

カイルは今、要塞内部の管制室にいる。

管制車輌《しゃりょう》に乗り込んで操縦を行うのではなく、要塞から直接自動人形を操作する。その事実ひとつ取っても、前線が後退していることがよく分かる。

皇国は必死の防衛戦を行なっているが、帝国の圧力はそれを薄紙を貫くように容易《たやす》く突破してくる。恐ろしいほどの戦力差の中でなお皇国が崩れないのは、彼らのいる場所が〈パラティオン要塞〉、皇国の絶対防衛線であるからだ。

ここを抜かれれば、軍が守るべき民が犠牲になる。

周辺に暮らす民の避難は内務院と軍が行なっているが、総《すべ》ての住人を〈ヴァーミッテ〉へ、さらに南の〈ニーズヘッグ〉まで避難させるには時間が足りない。

増援部隊の先遣隊《せんけんたい》が〈ヴァーミッテ〉の周囲に防衛陣地を築き始めたことは、国内だけではなく他国にも知られ始めている。

外務院はそれらの国からの問い合わせや、諜報《ちょうほう》に対して多大な苦労を強《し》いられているし、皇都に残る巫女姫リリシアは、皇都よりも北に位置する聖都の防衛について、姉である総大主教ミレイディアとの間に何度も意見交換を行った。

万が一の際は聖都の都市防衛機能を総て使い、それでも抗し得ないと判断されれば、聖都を自爆兵器として利用する判断も下された。

カイルはそこまで詳しい内容を聞かされていなかったが、皇国全体が帝国との戦いに全力を傾けつつあることは理解していた。

故郷の両親からは激励の通信と手紙が届いた。避難するようにと通信を送った〈ヴァーミッテ〉の妻からは、カイルが戻るまで自分は家を動かないという頼もしく、迷惑な決意を伝えられた。

彼にとって、戦場は身近なものであったが、その戦場が自分の大切な者たちに忍び寄っていることには気付けなかった。

たった一箇所の要塞を抜かれただけで、皇国は多くの犠牲を払わなくてはならない。カイルにとってはそれが悔しく、悲しく感じられた。

先代皇王の治世が間違っていたということはないだろう。当代皇王の蛮行《ばんこう》も、決定的な痛手《いたで》にはなっていないはずだ。

だが、間違っていようといまいと、今の現実は少しも変化しない。

カイルが今できることは、命令に従って戦い、勝つことだけだ。

〈見えるだろう。我らが戦場が〉

連隊長の声は、落ち着き、静かなものだった。この地で多くの上官と部下を喪《うしな》ってきた老練な指揮官が声を荒らげる光景を、カイルは知らない。

戦い、戦い、戦い抜いて。そして今また戦いに赴《おもむ》く。

操縦桿《かん》を握り、踏機《ふみき》に足を置き、椅子に深く身体を沈みこませる。

〈それでは、諸君〉

カイルは息を止め、投影眼鏡の中に映る、偽《いつわ》りの戦場を睨《にら》んだ。

〈我らが戦いの時間だ〉


要塞最上部の射出機から放たれた半個連隊三十二機の自動人形は、それぞれに姿勢制御の光を吹き出しながら空を滑り落ちる。

自動人形に気付いた帝国側から対空砲の火箭《かせん》が伸びても、皇国の自動人形は前方に展開した防御障壁《しょうへき》に総《すべ》てを任せて直進する。

障壁に衝突した砲弾や弾丸が火花となって飛び散り、更に砕《くだ》けた障壁の一部が舞い散る。

帝国軍の攻撃を引き付けるため、自動人形は必要以上に派手な動きを見せる。その様子は、皇国軍の防衛陣地からもよく見えた。

「機兵が来るぞ！　総員衝撃に備えろ！」

皇国側の指揮官が吠え、兵士たちが手近な壕《ごう》に飛び込む。

同時に帝国軍の歩兵も慌てて地面に伏せ、装甲車輌《しゃりょう》や自動人形だけが砲を構えて迎撃の体勢を取った。

その直後、制動装置を作動させた自動人形が次々と戦場の真ん中に降り立つ。

その衝撃で、地面が亀裂で覆われ、隆起《りゅうき》する。

自動人形の安全を確保するために要塞砲が帝国軍の頭を押さえ付けていた。防衛陣地からも援護の魔法や砲弾が飛来した。

「――」

身を屈《かが》め、衝撃を殺しきった三十二機の自動人形が、一斉に身を起こす。

皇国側からは喚声《かんせい》が上がり、その喚声の中で自動人形たちは口元の頭部前面排気口を開放する。

魔導障壁《しょうへき》を展開するために頭部の魔導回路と演算器を使用したのだ。胴体内の回路と主演算機の周波速度を戦闘領域まで上げると、頭部の回路と演算機は低速状態に移行する。

その際に、排気口から余剰魔素《まそ》と熱を排出するよう設計されていた。

そして、排出された粒体《りゅうたい》魔素と熱は、開口部の装甲板と干渉して巨大な咆哮《ほうこう》となる。

「――――!!」

三十二機の機兵の咆哮。

それは皇国兵の士気を鼓舞《こぶ》し、帝国兵の士気を砕《くだ》いた。

皇国の自動人形のみに搭載されているというその排熱機構は、何度も無駄であると言われながら、新たな設計に組み込まれ続けている。

勿論《もちろん》、最初から組み込まれていた機能ではない。元々は単なる故障であった。

頭部前面排気口横の装甲が歪み、偶然に大きな音を立てたに過ぎない。

しかし、次からは意図的にそういった設計がなされるようになった。

巨大な人の形から発せられる咆哮が敵兵に恐怖を、味方に昂揚を齎《もたら》すという報告が、その理由だった。

〈全機、吶喊《とっかん》〉

命令を受け、咆哮の残滓《ざんし》を曳《ひ》いて走る自動人形たち。

地面を踏み砕《くだ》き、塹壕《ざんごう》を飛び越え、装甲車輌《しゃりょう》を踏み潰《つぶ》す。

〈抜剣《ばっけん》、叩き斬れ〉

命令一下《いっか》、総《すべ》ての自動人形が背部兵装架から自動人形用の振動剣を引き出す。

刃が振動し、甲高《かんだか》い音が周囲に響き渡る。兵士たちの中には耳を押さえ、その場に蹲《うずくま》る者も現れた。種族によっては、鋭い聴覚を持っている場合もあるのだ。

〈まず、一機！〉

カイルは正面に飛び込んできた帝国側の自動人形――皇国側名称『重装型二十三号』が腕の回転薬室式機関砲をこちらに向けてくる。カイルはその砲口が自分に固定されるよりも早く身を落とし、低い姿勢のまま踏み込んで斬り上げの一撃を放つ。

その一撃は帝国自動人形の左腰から右肩まで、深い一直線の斬痕《ざんこん》を刻み込んだ。

配線が短絡し、火花が散る。その火花が可燃性の気体に引火し、カイルの自動人形が離脱した次の瞬間には帝国の自動人形は紅蓮《ぐれん》の炎を撒《ま》き散らして爆散《ばくさん》した。

〈次！〉

操縦桿《かん》を倒し、踏機《ふみき》を蹴飛ばして機体を旋回《せんかい》させる。背部の補助加速器と腰部の主推進機の噴射器が粒体を吹き出し、機体の軌道《きどう》をねじ曲げた。

〈敵、三〉

背後に女房役を務める支援型の自動人形が追従するのを確認し、カイルはさらにもう一本の高周波振動剣を引き出す。

完全近接仕様のカイルの機体は、これ以外に一切の兵装が存在しない。近接支援型の自動人形と組を作っているのは、そういった理由があった。

〈カイル少尉、四時の方向、敵野砲〉

「任せた！」

機人族の管制官の声に、カイルは短く返答する。その発言は無責任にも取られかねないものであったが、高速戦闘を行う皇国の自動人形の操縦管制官としては珍しいことではない。

〈了解〉

管制官からの指示が出たのか、自分を狙っていた帝国の野砲に、女房役の自動人形が中口径魔導砲を放つ。空中で炸裂《さくれつ》したその魔力弾は、野砲よりもその周囲の兵士たちを次々と薙《な》ぎ倒した。

続けて二発、三発。

完全に野砲部隊が沈黙するまで、都合五発の魔力弾が発射された。

その間にも、カイルとその相棒は帝国軍の部隊を斬り裂くように突き進んでいる。

〈制圧〉

「了解」

カイルは管制官の言葉に返答し、手近な帝国の自動人形に狙いを定めた。

その自動人形はカイルの接近に気付くと、後腰《うしろごし》に保持していた自動人形用の戦斧《せんぷ》を手に取り、逆に距離を詰めてきた。

（こいつ……！）

並の相手ではない。

カイルはこの場面で前進を選んだ帝国の自動人形の操縦士に心からの敬意を抱いた。

破れかぶれではない。その証拠に、敵の自動人形はカイルの死角を狙って細かく機動を行なっている。

少しでも目を離せば視界から消えてしまいそうなその動きを前に、カイルは自分の中に焦燥《しょうそう》が生まれるのを感じた。

「援護を」

〈無理です。後方から装甲車輌《しゃりょう》の一群。こちらを指向しています〉

カイルは舌打ちし、そちらの対応に全力を注ぐよう要請すると、敵自動人形に向き直る。

改めて確認すると、その帝国の自動人形は、これまでとは明らかに違う塗装がなされていた。

戦場では目立つ紅蓮《ぐれん》の色。それは帝国兵を鼓舞《こぶ》するために戦場へと投入された敵の切り札の一機であった。

《珍しいな》

外部拡声器から聞こえた声は、若い男のものだ。人間種であることを前提に考えれば、おそらく三十には届いていないだろう。

「何がだ」

カイルもまた拡声器の開閉器に手を伸ばし、その声に答える。

同僚たちが自分に注目していることを感じながら、カイルは額の脂汗《あぶらあせ》を拭《ぬぐ》った。

《これまでのそちらの戦い方からすれば、ここでそれだけの部隊を投入してくることは考えにくい。もっと要塞に引き付け、要塞砲の援護を受けて反撃に転じるものだと思っていた》

相手の指摘に、カイルは内心舌を巻いた。

帝国軍も莫迦《ばか》ではない。それを感じた。

たとえ少数であっても質で勝り、多数の敵を食い止めてきたという自負がある。その自負によって、帝国軍は数ばかりだと思い込んでいた。

《もっとも、そうであれば更に深く喰い込んでやろうと思っていたのだがな》

「貴様……東方戦線の者ではないな」

カイルは紅蓮《ぐれん》色の自動人形などこれまで見たことがなかった。

それに、あの自動人形の塗装は、グロリエの近衛《このえ》である重装近衛騎兵と同じ意匠《いしょう》。無関係ではないだろう。

《然《しか》り》

紅蓮色の自動人形は斧《おの》を大きく振る。すると、柄《え》が伸長し、長柄《ながえ》の戦斧《せんぷ》がそこに姿を現した。同時に、戦斧の刃に紋様《もんよう》が浮かび、赤熱化する。

《我はグロリエ様配下の騎士。自動人形という鎧《よろい》を与えられた者》

カイルはグロリエの戦績を分析する中で、一機の自動人形が幾度《いくど》も姿を見せていたことを思い出す。

その自動人形は西方戦線で各国の自動人形を屠《ほふ》り、一機で一個中隊を殲滅《せんめつ》したこともある猛者《もさ》であった。

重装甲に身を包みながらも、その卓越した身のこなしで相手の攻撃を避け、重厚な戦斧から繰り出される一撃で相手を沈める。

その戦い方から、西方戦線で付けられた二つ名が——

「〈紅蓮の重機兵《クライムシム・キャルバリ》〉……！」

カイルの呟《つぶや》きに、連隊に緊張が走る。

《ほう、小生の名はこちらでも知られていたか》

「自動人形使いでその名を知らない者は無知もいいところだ。しかし、先の攻撃には紅蓮《ぐれん》の自動人形など……」

《それは当然だ。小生はつい昨日到着したばかり……》

一拍を置き、紅蓮の自動人形はさらに言った。

《グロリエ殿下の持つ自動人形部隊の本隊は未だ移動中であるが、小生がここに現れた時点で、な。分かるだろう?》

カイルは総毛立《そうけだ》った。

グロリエの持つ兵力はその大半が既に着陣している。

しかし、幾つかの例外はあった。その中の一つが、自動人形部隊だ。

帝国内部で何らかの問題が発生し、到着が遅れているという話であったが、どうやら本隊も到着間近であるらしい。

カイルはただの少尉であり、大局的な判断はできないが、帝国に有力な自動人形部隊が増えることは大きな問題であると理解できる。

単に要塞正面の圧力が増すということではない。敵がより広範に有力な戦力を投入できるようになるということだ。

〈少尉、敵の言葉が事実だとして、我々がすべきことは変わらないぞ〉

カイルの耳に、連隊長の声が届く。

はっと顔を上げ、カイルは紅蓮の自動人形を真正面から再度捉える。

その通りだ。

そもそも、敵の増援到着まで律儀《りちぎ》に待つ理由はない。

別働隊を率いている要塞司令官の奇襲が成功すれば、増援そのものが無意味になるのだ。

〈残りはこちらで引き受ける。――そいつの相手は任せてもいいな？〉

連隊長の声は優しげであった。教え子の成長を見守る教師のように、カイルの操縦士としての力量を疑っている様子はない。

この質問も、カイルの背を押すためだ。

「了解。絶対に食い下がって見せます」

〈よろしい。任せた〉

連隊長の声が消えると、カイルは自動人形を半身に構えさせ、両手に握っていた振動剣の鋒《きっさき》を地面ぎりぎりまで下げる。

周囲では同僚と敵の自動人形が戦闘を繰り広げているが、双方ともこの戦いに干渉する意思はないように見えた。

それは当然だろう。帝国側は紅蓮の自動人形の勝利を疑っていないのだから。

「お相手仕《つかまつ》る」

《それは願ってもないこと。皇国の機兵が如何《いか》ほどのものか、見せてもらうとしよう》

紅蓮《ぐれん》の自動人形は、腰を捻《ひね》って戦斧《せんぷ》の刃を胴体の後ろに隠した。

まだ何か細工があるかとカイルは警戒するが、警戒してばかりでは任務を果たせない。

「移動します」

一方的に通信を送り、カイルは愛機を防衛線の外れへと向ける。

紅蓮の自動人形はそれを追い掛けるように動き始め、鈍重な他の帝国の自動人形とは一線を画した速さで移動する。

カイルは知らない。目の前の自動人形が皇国の技術を用いて造られたものだということを。

帝国は皇国の自動人形に翻弄《ほんろう》され、ついにはその技術を盗用してでもそれに対抗しようと考えた。

ただ、手に入れることができた技術の大半は、皇国のお家芸である高度な魔導技術を前提としたものであり、帝国が模倣《もほう》するには多くの困難があった。

その困難は開発を停滞させ、やがて多くの技術は模倣不可能として破棄《はき》される。

皇国の技術を模倣するよりも、自国の運用思想に即した既存《きぞん》の技術を昇華させた方が、かかる時間も費用も少ないと気付いたためだった。

およそ一〇年の歳月を費やして帝国が得た技術は少ない。

しかしその一部は、建造に掛かる費用さえ度外視すれば、これまでの帝国の自動人形の常識を超える性能を持つことができるものであった。

紅蓮の自動人形には、そんな技術が使用されている。

高精度の工作機械と熟練の技師が一つ一つその手で作り上げた部品を組み合わせ、さらに帝国では稀少《きしょう》な資源である魔導珠《まどうしゅ》を回路として組み入れた。

基礎骨格は帝国の標準的な設計のものであったが、その素材はやはり他国から輸入した軽量高剛性金属で造られ、完成したときの重量は、同じ大きさの自動人形の二割減というものであった。

動力は既存のものを高出力化させており、装甲は他大陸から輸入した素材で造り上げた。

それもこれも、グロリエが優秀な自動人形部隊を欲し、帝王もその有用性を認めたからに他ならない。

グロリエは自動人形の運用に関して革新的な考えを持っていた。その考えは皇国のものに近く、高い機動性と踏破性《とうはせい》を持つ機体によって敵のもっとも脆弱《ぜいじゃく》な部分を強襲《きょうしゅう》し、動揺する敵に主力部隊をぶつけるという単純なものだ。

だが、単純なだけに効果は高い。

西方戦線でその有効性は実証され、今後の帝国自動人形部隊の運用に少なからぬ影響を与えるものと考えられていた。

本人が望んで得た結果ではないが、グロリエが元帥《げんすい》に補せられた理由の一つとして、その功績があったのは疑いようのない事実である。

その功績が彼女をより高みに押し上げ、兄姉との不仲を一層深めることになったのも、また事実であった。

「くそ、速い！」

カイルは紅蓮《ぐれん》の自動人形の動きに目を剥《む》いた。帝国の自動人形は皇国の自動人形に追従することができないというのが、これまでの常識であった。

しかし、紅蓮の自動人形は多少遅れはするものの、的確な経路を選ぶことでカイルに遅れることなくその背を追ってくる。

その威圧感に内心悲鳴を上げながら、カイルは自動人形を走らせる。

岩を飛び越え、装甲車輌《しゃりょう》の残骸《ざんがい》を足場にして跳躍《ちょうやく》。そのまま機体を旋回《せんかい》させ、振動剣の剣身に魔法による切断力場を生成、旋回の勢いを利用してそれ放つ。

力場が空気との摩擦《まさつ》で発光し、橙色《だいだいいろ》の弧月《こげつ》が空中を疾駆《しっく》する。

カイルはそれが敵自動人形に損傷を与えるとは思っていなかった。その動きを少しでも鈍らせればそれでいい、そう考えていた。

しかし、紅蓮の自動人形はそんなカイルの思惑を嘲笑《あざわら》うように、瞬間的に加速し、ほんの少し身を屈めただけでその攻撃を回避した。

カイルの機体は未だ空中にある。

（来るっ！）

紅蓮の自動人形が背部の噴射機から爆炎を吐き出し、一気に加速する。その手には赤熱化し、陽炎《かげろう》を背負った戦斧《せんぷ》。

カイルはその一撃が自分の自動人形を一撃で両断する威力《いりょく》があると判断し、回避行動に入った。

操縦桿《かん》を捻《ひね》り、出力桿を目一杯押し出し、踏機《ふみき》を蹴り飛ばす。背部と腰部の制動噴射機が光の粒を吐き出し、カイルの自動人形を強制的に後退させた。

だが、敵はさらに速い。

〈炸薬《さくやく》式の加速器です〉

管制官の言葉にカイルは舌打ちした。炸薬式の加速器は一度点火すればそれきりの使い捨て。しかし、動力を繋がずとも必要なときに設定されただけの推進力を生み出すことが可能だ。

カイルの自動人形も緊急加速用の噴射機を備えているが、敵のそれはカイルの自動人形のものより高出力であった。

追い付かれる。

そんな判断まで要した時間は十分の一秒程度。カイルは咄嗟《とっさ》に機体の安全装置の幾つかを外した。それによって主推進機の噴射装置から爆光が迸《ほとばし》る。

《散れ》

「断る！」

大きく身体を捻《ひね》り、甲高《かんだか》く関節部を軋《きし》ませながら打ち込まれる戦斧《せんぷ》。

カイルはこれまでの訓練と実戦で積み重ねた技量総《すべ》てを投じ、前進した。

《ほう……！》

敗北を目の前にしたとき、一歩踏み出すか退《ひ》くかでその者の本質が分かる。

破れかぶれの前進か、死地を切り拓くための前進か。

恐怖に駆られての後退か、次の一手を打つための後退か。

「お、お、お」

たとえ機体が破壊されても、カイルの生命が散ることはない。

だが、その代わりに多くの兵士が生命を落とすことになる。

ときに自動人形使いが臆病者と罵《ののし》られるのは、そういった理由からだった。

「負けるかぁッ！」

それでも、カイルたち機兵は己の持つ技量が多くの仲間を救うものだと信じている。

歩兵よりも柔軟に運動し、騎兵よりも早く移動し、砲兵よりも深く穿《うが》つ。

確かに、機兵は多くの問題を抱えた兵科であろう。未だに黎明《れいめい》の時代を抜けられないのも事実である。

「だが、今一歩を踏み出せば！」

一歩は確実に未来へと進める。

「我ら皇国機兵。主君の命を受けた以上、この身砕《くだ》けようともただ退くことはない！」

カイルの咆哮《ほうこう》は拡声器によって増幅され、戦場へと木霊《こだま》する。

その声が消える前に、二機の自動人形は激突した。

《その意気、大いに良い！》

紅蓮《ぐれん》の自動人形が戦斧を引き、その反動を利用して蹴りを放つ。

格闘戦は皇国自動人形の十八番であったが、その動きはカイルの知る自動人形の動作の中でも五指に入る鋭さと速さだった。

足先で水蒸気を曳《ひ》き、腰の関節が悲鳴を上げることも気に留めず、紅蓮の自動人形はそのままの勢いで蹴りを叩き付ける。

カイルはそれを肩に装着された防楯《ぼうじゅん》でいなし、更に一歩を踏み込んだ。

「今度は！」

こちらの番だ。

振動剣の内、一振りを廃棄し、もう一本に総《すべ》ての魔力を注ぎ込む。

刃に浮かんだ術式が発光し、一回り巨大な魔力刃を生成。各関節の安全許容限度を安々と上回る速度で剣を振り抜く。

「戦斧《せんぷ》と剣なら……」

剣の方が速い。カイルの意思が宿ったそれは、金色の光を帯びて紅蓮《ぐれん》の自動人形に迫った。

戦斧の重量を利用して刃を避けようとする紅蓮の自動人形に、カイルは緊急制動用の噴射器を点火して追い縋《すが》る。

「抜けろ！」

《そう易々と！》

戦斧の柄《え》を盾《たて》代わりに、紅蓮の自動人形はカイルの一撃を減衰させる。

そのほんの僅《わず》かな違いが、紅蓮の自動人形を救った。

「浅い⁉」

柄《え》を切り裂き、自動人形の胴体に喰い込む刃。しかし、魔力刃によって振動用の術式が異常をきたし、それ以上刃が進むことはない。

《チッ、強行軍が祟《たた》ったか》

カイルの自動人形を蹴り飛ばし、紅蓮の自動人形は距離を取る。

胴体に空《あ》いた風穴から火花が飛び散るが、まだ移動は可能であった。

《面白い相手に出会った》

紅蓮の自動人形から聞こえる声は、笑《え》みに揺れていた。

心の底からの愉悦《ゆえつ》。それが滲《にじ》んでいる。

《その幸運に免《めん》じ、今日は退《ひ》こう》
「させると思って――」
追撃のために前進したカイルの前に、幾つもの砲弾が落ちる。
遠望すれば、グロリエ皇女率いる一団が要塞に向けて驀進《ばくしん》しているのが見て取れた。
《戦場は一所に非《あら》ず。我らは殿下の勝利に貢献できればそれで良い》
「くッ」
紅蓮の自動人形が噴射器から炎を吐き出し、一気に後退する。
それを援護するように砲弾が落ち、カイルは身動きが取れなくなった。
《また会おう。皇国の機兵よ》
その声を最後に、カイルは紅の機影を見失った。

◇◇◇

夕刻のファルベル平原に、剣戟《けんげき》の音、砲弾が炸裂《さくれつ》する爆音、魔法が放たれる風切り音、そして兵士たちの喊声《かんせい》が響く。

会戦の開始から既に三時間が経過し、双方共に無視できない損害を負っていた。

「第四三七魔導中隊整列！　使用魔法〈破砕弾《ブレイクブレット》〉！　一点射三連！　構え！」

「使用魔法〈破砕弾《ブレイクブレット》〉！　一点射三連！　了解！」

中隊長の号令一下《いっか》、レクティファールのいる本陣前の砲撃陣地に魔導師たちが整列。半数が膝《ひざ》立ち、残りが立ったまま前方に右手を翳《かざ》す。左手で右手の手首を掴み、腕のぶれを防ぐ皇国軍魔法部隊の標準型射撃姿勢だ。

ずらりと並んだその右手の先に魔法陣が展開し、光弾《こうだん》が収束した。

バシバシと魔力が空気を叩く音が聞こえる。

「目標前方敵歩兵隊！　狙えぃ！」

「目標前方敵歩兵！　了解！」

魔導師たちが狙う先、帝国軍の歩兵部隊はこちらの意図を知ってか知らずか愚直《ぐちょく》なまでに直進をやめようとはしない。摂政という最上級の餌《えさ》を前にして、当然と言えば当然の行動だった。

これまでの要塞戦とは違い、この会戦ではこれ以上ない程明確に目標が設定されている。設定したのが味方の指揮官ではなく敵方の指揮官であることが問題ではあるが、兵士たちにとってみればそんなことは関係ない。

富と栄誉が目の前に転がっている。取るべき行動は一つだった。

「帝国万歳」

「獣共に死を」

「グロリエ殿下に栄光あれ」

口々にそう叫び、軍靴《ぐんか》で地面を揺らし、要塞砲や砲塁《ほうるい》からの砲撃を散々食らいながら、真っ直ぐにレクティファールの首を狙ってくる。

帝国の民は皇国の民を野獣と呼ぶ。だが、この光景を見ても同じことが言えるのだろうか。

そもそも互いの命を求め合い、奪い合う姿に差などあるのか。

殺すことに正義や不義があるのか。

「ッ‼」

震える声を極限の意志で捩《ね》じ伏せ、中隊長は目の中に入り込んだ汗に痛みを覚えながら、敵を殺す命令を下す。

殺すか殺されるか、彼は選んだのだ。

言うまでもなく、殺す方を。

「――テェッ‼」

一個中隊一二〇名の魔導師が一斉に放つ橙色《だいだいいろ》の光弾《こうだん》。

それらは術者の意志に従い敵集団に突入、一定範囲の物体を悉《ことごと》く吹き飛ばした。

連続する爆発。その度に巻き上がる砂利《じゃり》と礫《つぶて》、そして人間とその破片。

『至極《しごく》真っ当な破壊生成装置』と魔導師を評する者がいる。

なるほど、確かにその通りだ。

幾つもの兵器を持っていることと、同格の破壊活動を身一つでこなせる魔導師は、ある種の戦術兵器だ。

国家が総力を挙げて魔導師の教育を行うのは、兵器開発と同列にそれを考えている証左《しょうさ》。自国の安全保障上欠かすことのできない要素だからだろう。魔導師の数を確保できない帝国が、魔法に拠《よ》らない兵器開発に多大な労力と予算を注ぎ込むのも妥当《だとう》な判断だ。

「続いて使用魔法〈集束拡散弾《クラスターショット》〉！　曲射三連！　構え！」

「〈集束拡散弾《クラスターショット》〉！　曲射三連！　了解！」

復唱と共に、中隊魔導師が一斉に意識内の術式を入れ替える。

彼らは一個の兵器として、実に命令に忠実だった。

自分たちの放つ魔法が容易に他人の人生を狂わせることを知り、しかし。それを命令だと糊塗《こと》できる彼らは幸せなのかもしれない。少なくとも、覚えた罪悪感の内何割かは他人の責任とすることができる。言うまでもなく、彼らの仰《あお》ぐ主君の責任に、だ。

「――ッテェッ‼」

中隊長の命によって術者の軛《くびき》から解き放たれた光弾は、血のような鮮やかな赤。

その赤い光は帝国軍の兵士たちの頭上に侵入すると、一瞬停滞し、兵士たちが怪訝《けげん》な表情でそれを見上げた瞬間、幾つもの子弾をばらまいた。

先程よりも広範囲で連続する爆発。

子弾一個あたりの破壊力は決して高くない。

しかし、兵士たちの四肢《しし》を引きちぎり、戦闘行為を不可能にさせることはできる。当たり所が悪ければ死ぬこともあるだろう。

レクティファール目指して突っ込んできた帝国軍兵士がばたばたと倒れ、すぐに後続の同僚に踏み潰《つぶ》される。助けを求める声は富と栄誉を求める喊声《かんせい》に掻《か》き消され、それでも自分の役目を全うしようとした衛生兵はそんな彼らの波に呑まれて職務を果たせない。

皇立軍事魔導研究所で開発された効率の良い軍事魔法は、確実に研究者たちの企図した通りの戦果を皇国に齎《もたら》したといえるだろう。

だがそれでも、皇国側だけが敵方の死者を量産している訳ではない。

敵もまた、皇国兵を殺し続けている。

◇◇◇

帝国軍第三軍集団所属の第〇八六重砲兵連隊は、〈パラティオン要塞〉前の皇国軍陣地のうち前線に近い一部を射程内に収めると、機械人形のように無感動な砲撃を開始した。

皇国側の展開した防御障壁《しょうへき》を突破した何割かの砲弾が皇国軍陣地に爆炎の花を咲かせると、それを見ていた歩兵と騎兵がその陣地に向けて一斉に突撃する。

一個旅団一二〇〇名が守る皇国軍陣地に対し、このとき攻め掛かったのは約一〇倍の一万一〇〇〇。砲兵の援護を受けながら皇国軍陣地に肉薄した工兵が柵《さく》や有刺鉄線、感知式地雷を取り払うと、その攻撃はさらに激しさを増した。

さらには重々しい足音と共に自動人形が進撃を開始すると陣地内の統制はいよいよ乱れ、命令の届く範囲が分隊単位以下の乱戦となった。

帝国軍兵士は身体能力に優れる種族の兵士に対しては部隊単位で当たり、対して人間種と能力差が無い兵士に対しては近接距離の個人戦闘を仕掛ける。

兵士一人一人の装備では皇国側が上回っているが、それでも一〇倍の敵を相手にして戦える程性能が隔絶している訳ではない。腕に覚えのある猛者《もさ》はそれこそ一〇倍の相手を前に一歩も退《ひ》かないが、混血種のように寿命以外人間種と変わらない兵士たちは次々と討たれた。

やがて旅団司令部だった堡塁《ほるい》にも帝国兵は侵入し、凄惨《せいさん》な屋内戦が展開される。

圧倒的な物量に押し流される司令部要員。

司令室という施設の最奥まで追い詰められた状態でもなお抵抗を続けるのは、人間種以外を人と認めていない帝国軍に投降することが死よりも辛いことだと知っているからだろう。幾《いく》らレクティファールとグロリエの間で捕虜《ほりょ》に関する取り決めがなされていたとしても、最前線の兵士がそれを守ることは難しい。

彼らは思う。知られなければ良い、殺してしまえば良い、相手は人間ではないのだから、と。

自分たちを殺しに来る彼らを殺して何が悪い、と。

管制官として旅団司令部に配置されていた数名の女性士官が獣と化した帝国兵に組み敷かれ、それを防ごうとした別の皇国兵が殴り倒される。負傷し、それでも帝国兵と近接戦を演じていた獣人族の旅団長は、自分の部下である女性兵の悲鳴を聞いた瞬間決断した。

彼はすぐさま傍《そば》にいた通信兵を呼び寄せると、部下たちに陣地を放棄するように下令《かれい》し、さらに上級司令部に送る通信文を伝える。

「『第九八陣地ハ失陥《しっかん》ノ危機ニアリ。カクナル上ハ、敵兵諸共当陣地ヲ砲撃サレタシ。我ラ命ヲ賭《と》シテ皇国ノ礎《いしずえ》トナラントス』」

要塞砲の砲弾には分厚い混凝土《コンクリート》さえも貫く魔導徹甲榴弾《てっこうりゅうだん》がある。

旅団長はレクティファールのいる本営に対し、これまでは味方の損害を恐れて使用できなかったそれを自らのいるこの場所に撃ち込めと送ったのだ。

彼は窺《うかが》うように未だ若い通信兵を見た。

通信兵は青白い顔で、小さく頷《うなず》いた。

「『皇国万歳。摂政殿下ニ栄光アレ。――以上、通信終ワリ』――ご苦労だった。往《い》け」

それだけ告げ、旅団長は自分に挑み掛かって来た帝国兵に拳《こぶし》を叩き込んだ。同時に施設の別の場所で戦っていた皇国兵が司令部要員の救出のため司令室に突入、帝国兵を殺戮《さつりく》し始める。

やがて司令室に雪崩《なだれ》込んできた帝国兵を一掃すると、旅団長は部下たちの中から撤退指揮官を指名。さらに撤退の時間を稼ぐための決死隊を編成、自身はその指揮官となった。

幕僚《ばくりょう》たちの反対を押し切り、ここが皇国軍人としての死に場所だと言い切った彼に賛同する十数名が、帝国兵の目を釘付けにする囮《おとり》として反撃に打って出た。彼らは施設内に入り込んだ帝国兵と熾烈《しれつ》な戦いを演じ、地下の非常用連絡路から脱出する部下たちの盾《たて》となる。

獅子奮迅《ししふんじん》の働きを見せた彼らだが、帝国軍の物量の前に一人、また一人と討ち減らされていく。やがて一発の砲弾が彼らの頭上を突き抜けて着弾したとき、嘗《かつ》て兵士たちと共に戦場を駆け巡った一人の獣人の人生は、この混凝土《コンクリート》の密室で終わった。

◇◇◇

第九八陣地のような事実上の自爆要請は珍しくない。

同じように砲撃を要請してきた陣地は片手の指では足りなくなり、備蓄していた爆発物や陣地に施された自裁術式による自爆も既に八箇所。これはレクティファールのいる本営まで上がってきた要請の数であり、本営以下の司令部が許可を出した要請もあっただろうし、許可を得ることなく現場の判断で自決した部隊もあるので、実際にはもっと多くの部隊が帝国兵を道連れに玉砕《ぎょくさい》しているということになる。

許可を求められたレクティファールはその都度《つど》、自分の言葉で自裁の許可を出した。これだけは誰かに代行させるわけにはいかないと、唯一我侭《わがまま》を言った。子どもじみた自己犠牲の発露《はつろ》ではないかと自分でも思う。それでも、メリエラとウィリィア、そしてリーデの前で虚勢《きょせい》を張った。

難しい理屈はともかく、彼らに報《むく》いるためにこうするべきだと考えたのだ。

死んでくれと命じることから、逃げたくはなかった。

「一進一退と言ったところか……」

「は、我が軍の敷いた陣地の中に侵入して来た帝国軍を優先的に叩いていますので、辛《かろ》うじて」

リーデの言葉には隠しきれない焦燥《しょうそう》があった。

顔色こそこれまでと変わらないが、これまでと違って全身を敵前に晒《さら》していることに緊張を覚えているのだろう。まさか初陣ということはないだろうが、参謀《さんぼう》という職業柄前線視察以外にこういったことを経験する機会はなかったのかもしれない。

むしろ、幕舎《ばくしゃ》の入口近くに立っているメリエラとウィリィアの方が落ち着いて見える。軍歴は二人の方が浅いはずなのだが、これが種族的な感覚の差なのだろうかとレクティファールは思った。

「グロリエ皇女は動いたか」

「は、近衛《このえ》重装騎兵団と共にいることは確実なのですが、未だ動きはありません。我らとしては右翼か、左翼のどちらかに攻撃を仕掛けると予想していたのですが……」

凹《おう》の字の両翼には正面から帝国軍が寄せているという報告がない。

帝国軍部隊の殆《ほとん》どが凹《おう》の字の奥にあるレクティファール本営に向けて突撃を仕掛けているというのだ。

これを皇国側の油断を誘う策であると見る参謀もいたが、両翼の外側は荒地で大規模な運動をすることはまず不可能。歩兵部隊ならば時間を掛けて踏破できる程度の荒地だが、大規模部隊で進軍するには向いていない。騎兵ならなおのことだ。

この効果を狙って意図的に荒地を造成していた皇国側だが、帝国軍の動きは一見愚直《ぐちょく》に見えて、それでいて不気味《ぶきみ》だった。

両翼どちらかに近衛重装騎兵団が現れれば、むしろそれは帝国軍の最強部隊を釘付けにする絶好の機会となる。総予備として置いている二個魔導連隊と歩兵二個旅団を用いて、それ以上の運動に掣肘《せいちゅう》を加える手筈《てはず》を整えていたのだ。

だが、皇国の思惑とは裏腹にグロリエは近衛重装騎兵団を動かさない。

機動してこその騎兵部隊だというのに、手元に置いているだけだ。

参謀《さんぼう》たちの何名かが腕を組み、唸《うな》りながら机上の地図を見下ろした。帝国軍の動きが余りにも単調で、逆に彼らの不安を煽《あお》っている。

しかし、一人だけ帝国軍の――グロリエの意図を正確に察している者がいた。

「アーデン大尉？」

「――殿下を狙っているのでしょう」

リーデは微かに震えの残る声でそう言った。レクティファールは首を傾げ、自分の隣で地図を見下ろすリーデを見る。

驚いたように自分を見る先輩参謀たちに気圧《けお》されながら、彼女は言った。

「帝国側も戦機を窺《うかが》っているのでないでしょうか。我々が〈ウィルマグス〉に部隊を送り込んでいることを知らないと仮定して、〈ムジョルニア〉によって我が軍の疲弊《ひへい》を強《し》い、機を見て一気に攻め寄せる。帝国側とて無駄な損害は出したくないでしょうから」

「しかし、中央に攻めて来ている帝国軍はどうなる。このままでは両翼の陣からも、要塞からも攻撃を受け続けることになるぞ」

元々皇国側はそれを目的にこの陣を敷いた。

レクティファールを囮《おとり》に、帝国軍の侵攻路を限定して砲撃の効果を高める。つまり砲を目標に向けるのではなく、目標を砲の着弾地点に誘い寄せるための陣形だった。

目標を設定し、その諸元《しょげん》に従って砲の調整を行うというだけでもそれなりの時間を要する。逆に照準するという手順を省くか簡略化できるなら、それだけで砲一基の時間当たりの砲撃回数は増える。砲撃回数が増えるということは、結果的に砲の門数が増加することと同じだ。

唯《ただ》でさえも〈ムジョルニア〉の砲撃を受けて使用可能な要塞砲が激減した皇国軍。それを補うために次席砲兵参謀がレクティファールに具申《ぐしん》した策がこれだった。

レクティファールも要塞砲の減少は痛手《いたで》だと認識していた。

帝国軍の物量を抑える要《かなめ》が〈パラティオン要塞〉の持つ圧倒的な砲戦能力にあることは、皇国軍内の常識と言っていい。それが著しく減衰した今、小手先の策でもってそれを補うしか方法はなかった。

レクティファールという囮《おとり》はこれまで期待通りに作用し、帝国軍の動きを制限することができた。しかし、〈パラティオン要塞〉が手負いであり、皇国軍が劣勢であることに変化はなかった。

この戦場でどれだけ戦果を上げても、皇国は勝てない。

「〈ムジョルニア〉への攻撃予定時刻まであとどれくらいだ」

「あと、四時間三九分です」

リーデが懐中時計を確認してレクティファールに答える。

攻撃が予定通りなら持ち堪《こた》えることは可能だ。だが、万が一にもグードルデン第一軍団が攻撃を断念するようなことになれば、〈パラティオン要塞〉は絶望的な戦いを強《し》いられるだろう。

そうなれば、レクティファールも満足に扱えない〈皇剣〉の力を振るうしかない。

扱い切れない力が味方を焼くことはほぼ確実で、彼は国土と圧倒的多数の国民を守るために〈パラティオン要塞〉防衛軍という少数を犠牲にすることになる。

果たして、味方殺しの皇《おう》に国民は付いてくるだろうか。

答えは言うまでもない。

レクティファールは勝利と引き換えに国民の信頼を失い、それを回復する前に帝国の再侵攻を受けるはずだ。そしてそのときこそ皇国は終わる。

どれだけの大義名分があろうとも、戦略兵器としての〈皇剣〉を使うことは避けなくてはならない。せいぜい対個人、対少数部隊用の戦術兵器として用いるぐらいだ。

史上最強にして最凶の概念《がいねん》兵器。

世界の在《あ》り様《よう》さえも書き換える絶対的な力。

しかし、使えない兵器は欠陥品に過ぎない。

この場合、欠陥品とは〈皇剣〉を指すのか、レクティファールを指すのか。或《ある》いは両方なのか。

レクティファールは半ば流されて受け継いだ力を持て余していた。だからこそ、そんな自分に執着するグロリエが理解できなかった。勇者と戦いたいなら、それこそ彼の麾下《きか》に数多くいる。強者と戦いたいというのなら、これこそ皇国の誇る強者だという人物を挙げてもいい。

だが、間違ってもレクティファール自身は勇者でも強者でもない。

皇《おう》である限り、その二者には決してなれないのだから。

「――グロリエ皇女が動くことを前提に防御を固める」

防御を固めると言っても、実際に働くのは部下たち。レクティファールは此処《ここ》でこうして相変わらず戦況図を睨《にら》みつけているだけ、グロリエのように戦場に立ち、兵を率いて先駆けとして戦うなど不可能だ。

理解不能。そうとしか言えない。

グロリエほどの傑物《けつぶつ》が何故、〈皇剣〉と立場以外に特別な要素のない自分に固執するのか、最強最悪と謳《うた》われた〈皇剣〉という概念兵器と戦いたいからなのだろうか。

「グロリエ皇女は必ず動く、気を緩《ゆる》めるな」

レクティファールの言葉を最後に、このときの会議は幕を閉じた。

彼は天幕の片隅に置かれた椅子に座り込むと、目を閉じて大きく息を吐いた。

◇◇◇

グロリエは苛立《いらだ》っていた。

六時間以上砲撃を続けた〈雷霆《らいてい》〉が出した命中弾はたった二発。

要塞側も当然応急補修を行うため、目立って皇国の防衛機能が損なわれた印象はなかった。

レクティファールという明確な餌《えさ》と〈雷霆《らいてい》〉の目立つ援護射撃もあって将兵の士気は高く保っているが、グロリエの求めるような要塞機能の喪失《そうしつ》などあとどれくらいの砲撃を撃ち込めば達成できるのか分かったものではない。

いや、彼女の苛立ちの理由はそれだけではない。

彼女の配下の将軍たちの動きだ。

「──あの愚物《ぐぶつ》どもめッ！　レクティファールが出てきた途端に前に出よって‼」

これだからろくに戦場を知らぬ貴族将軍は嫌いなんだ──グロリエはその場にいる将たちが顔を顰《しか》めるほど苛烈《かれつ》に、そして口汚く件《くだん》の将軍たちを罵《ののし》る。

ついこの間まで自ら要塞砲の射程内に入ることを怖がっていた将軍たちが、一斉に自らの軍を率いて前に出てしまった。そのせいで帝国の指揮系統は混乱し、遊兵と化した部隊さえ存在する。

しかし、それでも帝国軍が崩れないのは、前に出た将軍たちが無能ではないからだ。彼らは確かに功を焦って前に出たが、そこで失策をしでかすような無能者は一人もいなかった。彼らは自分たちの指揮下にある部隊を鼓舞《こぶ》し、見事にレクティファールという最上の餌《えさ》に喰い付かせた。

その甲斐《かい》あって皇国軍の防衛線は散々に引き裂かれ、各所で孤立した部隊が虚《むな》しい抵抗を続けている。グロリエは降伏した者には礼をもって当たれと訓示しているが、それが最前線の兵士たちに守られるとは到底思えない。

特に徴兵されたばかりの新兵や、経験の浅い兵士たちは自分たちの欲望に非常に忠実だった。強者となった自分たちに酔い、相手を容易《たやす》く虐《しいた》げてしまう。それがいつか自分たちに跳《は》ね返ってくると知らないからだ。

皇国軍の兵士たちが帝国兵を不当に虐《しいた》げたという話を滅多《めった》に聞かないのは、彼らの持つ倫理観というよりそれを許さないという軍そのものの気風があるのだろう。稀《まれ》に現れるそのような気風から外れた皇国兵は、総じて処刑されるかそれに準ずる重い刑罰を科せられる。

皇国は何より、軍人の倫理観の低下を恐れていた。

志願制で能力の違う各種族の集合組織という皇国軍の性質上、軍としての規律はそのまま軍としての体制を維持する大黒柱だ。規律が緩《ゆる》めば種族の差から容易に分裂が始まり、やがてそれは皇国軍そのものの質の低下を招く。

先代までの皇王はそれを恐れ、軍人に対して非情ともいえる厳しい規律を課した。その代償として他の国家職員とは一線を画す報酬《ほうしゅう》を与え、万が一殉職《じゅんしょく》した際は家族に対する厚い保障を約しているのだ。

義務と権利は表裏一体。

厳しい義務を課すならば、多くの権利を与える。この当たり前の考えが、第五代皇王ナギ＝イチモンジの時代から続く皇国軍の理念だ。この理念によって皇国軍は、兵の数こそ決して多くないが精強をもってなる第一線の軍隊となった。それまでは貴族たちの保有する兵力を戦時にのみ纏《まと》め、運用する封建制軍隊が皇国軍としての地位を保持していたが、このときの改革によって国家と皇王に属する皇国軍という組織が形作られたのだった。

諸々の結果生まれた皇国軍という軍隊は、今日では諸外国でも知られるほど厳格な規律を持った軍隊となった。多種族を良く纏めた組織として他の多種族国家の軍隊にもその仕組みが導入されたほど。

グロリエも機会があれば皇国の軍隊組織について詳しく調べたいと思っていたが、こうして実際に戦ってみるとその質の差は驚くべきものだった。

「皇国の兵は西方の亜人どもとは違《ちが》う。奴らはそれが判らんのか！」

西方の戦いでは帝国の物量に圧《お》し潰《つぶ》される小国家が殆《ほとん》どだった。

一部の例外を別にすれば、君主が戦場に出てきた時点で帝国の勝ちは決まったようなものなのだ。

だからこそグロリエ配下の将軍たちは、この戦いの勝利を既に決定事項のように扱い、それまでに少しでも手柄を立てようと軍を前に出した。

その判断が間違いだとはグロリエも思わないし、帝国軍がそういった功名心を利用して士気を維持していることも理解している。だが、判断に至るまでの前提条件が間違っていれば結果も当然、誤りとなる。

「くそっ！　余《よ》が出る前に皇国に下手に動かれでもしたら戦線が崩れるぞ」

グロリエは皇国を侮っていない。

あの男が指揮官を務め、良将と名高いガラハがそれを補佐しているのだから手強くないはずはない。

ここで勝っても損害が大きければあとの戦いに影響が出る。この戦いはあくまでも前哨《ぜんしょう》戦《せん》であって、皇国を屈服させる最後の決戦ではないのだ。

「馬を走らせ、伝令を飛ばせ！　決して皇国軍を侮るなとな！」

グロリエの命令に従兵が走り去る。

そんな彼女の後姿を見詰め、カリーナは微かに微笑んだ。

あの猪突猛進《ちょとつもうしん》を地で行く孫娘が敵の手を恐れている。それは成長に他ならない。

自分を上回る力を持つ相手に対して執着し、それ故《ゆえ》に相手を知ろうとする。その姿勢が慎重さを生み、いずれ孫娘に老獪《ろうかい》さを与えてくれるだろう。

「――あの摂政には感謝しなくてはなりませんね」

グロリエ以上の力を持つ存在など限られている。

無論単純な数としてなら相当数存在しているだろうが、そのような存在はこんな争いに興味を示さないのが常だ。

運良く敵手として現れてくれたことに、彼女は心の底から感謝していた。

◇◇◇

この日の夜、〈ウィルマグス〉に残された五〇〇〇の兵は平時と変わらない勤務を行っていた。

彼ら帝国軍人にとっての最前線とは帝国領ではなく他国領であり、〈ウィルマグス〉が帝国領である以上、彼らの心に緊張感などあってないようなものだった。

街に出掛けては酒と女を楽しみ、仕事中でもそれらのことを考えて笑《え》みを浮かべる、そんな生活を送っていた。〈パラティオン要塞〉で皇国と死闘を繰り広げている同胞たちとはまるで違う世界に住んでいるかのような、気楽な生活だった。

グロリエから下された『皇国軍の侵入に警戒せよ』という命令も、五〇〇〇という自分たちの数以上の敵が現れるとは思っていないために半ば無視されている。無論指揮官格の将校ともなればそれなりの危機感を抱いて仕事をしているが、末端の兵士たちにまでその緊張感を持てというのは難しいだろう。

彼らの常識とは、常に自分たちは攻撃者であるというもの。攻め入り、勝ち、そして得る。これこそが当たり前であり、攻められ、負け、奪われることは常識の埒外《らちがい》にある。

勝敗とは常に均等であり、何処《どこ》にも不平等はない。彼らはそれを知るべきだった。

勝ち続けていれば何処かで必ず負けるのだ。

◇◇◇

夕闇に染まる〈ウィルマグス〉。

街や軍施設には明かりが灯り、街の外に建造された〈雷霆《らいてい》〉の周辺では、煌々《こうこう》と灯された照明の下で動き回る帝国兵の姿が見えた。

夜間に入り、気温が下がったことで〈雷霆《らいてい》〉の発射間隔は広がった。動作によって一度は蒸発した水分が各所で再び凍り付き、機器の動きを阻害《そがい》していたのだ。

作業員は凍り付いた氷柱《つらら》や氷塊を手作業で落とし、それが終わる頃には別の場所でまた凍り付く。延々《えんえん》と同じ作業を続け、作業員たちは疲れた表情を隠しきれなくなっていた。

そんなときだ。

〈雷霆《らいてい》〉を含めた〈ウィルマグス〉一帯の明かりが一斉に消えたのは。

「――!?」

〈雷霆《らいてい》〉は〈ウィルマグス〉の動力施設から引いている動力源とは別に自前の動力施設を持っている。非常時のみ作動するそれが運転を開始するまでの数分間、帝国の城塞都市一帯は闇に包まれた。

その数分間こそが、帝国にとって運命の転換点だった。

「て、敵襲っ‼」

誰が叫んだのだろうか、警報と共に齎《もたら》された凶報に〈雷霆《らいてい》〉周辺の作業員たちに動揺が広がる。

しかし、彼らの動揺など〈ウィルマグス〉に駐留していた帝国軍部隊に比べればまだ軽いものだった。

◇◇◇

帝国兵たちは突然の暗闇に狼狽《うろた》えた。

特に城門の警備に当たっていた帝国兵の動揺は夥《おびただ》しく、各所で悲鳴と怒号が飛び交った。そんな喧騒《けんそう》の中、協力者の手引きによって都市部地下から都市外に通じる導水渠《どうすいきょ》から侵入した皇国部隊が、都市南側城門の管理を司る城壁上の小屋に突入。そこに詰めていた帝国兵を一瞬で無力化した。

悲鳴を上げることさえ許されずに無力化された帝国兵。彼らの死体を無感動な目で一瞥《いちべつ》すると、皇国部隊の指揮官は部下たちに命じて門を開けさせる。

城門上に設置された巻き上げ機が作動し、轟《ごう》音を立てて鎖が下ろされていく。堀の上へとゆっくりと下りていく跳《は》ね橋。指揮官はそれを確認して頷《うなず》くと、小屋の維持に数名を残して城壁の上を移動し始めた。

街の中、城門前の監視小屋にいた帝国兵は城壁上の管理小屋が制圧されたことなど知らず、従って突然城門となっている跳ね橋が下ろされたことに驚いていた。

二人一組の内、一人が状況の確認のため市街地にある軍司令部に走る。残された一人は銃を抱え、ゆっくりと下りていく橋を恐々《きょうきょう》として見詰めていた。

やがて橋は下りきり、帝国兵は一面の雪景色が広がっているはずのそこに死神を見た。

「ひっ！」

彼らは全身を白い服で包み、顔まで白い布で覆った兵団。帝国兵は恐怖の余り銃を構えることも忘れ、その集団と対峙する。

たった一人の帝国兵の前に居並んだ白い集団は、少なく見積もっても数千。その気配の濃密さから、もっと多くがその背後にいるのだろう。

帝国兵はがたがたと震える身体を抑えつけようと必死になったが、無理だった。

白の集団の中央に立つ、一人の男。

周辺の兵士たちと同じ格好だというのに、その身から溢《あふ》れる鬼気《きき》の濃密さは何の冗談《じょうだん》だろうとさえ思った。まるで存在の格が違う。自分とは明らかに別の場所に立っている。そんな気がした。

「――――」

男がゆっくりと手を翳《かざ》す。

その動きに合わせて白の兵団が一斉に得物を構えた。

剣、槍《やり》、打棒、弩弓《どきゅう》。その何《いず》れもが魔導装備。

それらの総《すべ》てが自分に向いているような錯覚《さっかく》を覚え、帝国兵はみっともなく失禁した。

軍袴《ぐんこ》を滴る液体の冷たさだけが、彼に現実感を与えてくれる。

だが、その現実感は彼の意識を恐怖に逃れさせてはくれなかった。

「――――」

男が手を振り下ろす。

帝国兵が最期に見た光景は、自分に向かって押し寄せる白の集団の姿だった。

◇◇◇

ガラハ率いるグードルデン第一軍団は〈ウィルマグス〉と〈雷霆《らいてい》〉に同時攻撃を仕掛けた。都市内部に存在する動力施設を破壊、非常用動力源が照明を灯すまでの数分間で大勢は決した。

協力者である亜人たちの扇動《せんどう》によって都市の支配層以下の住人たち、特に亜人を中心とした下層住人たちが決起。帝国からの移民が多くを占める中層区以上の階層に向けて動き始めた。

彼らは城壁で隔《へだ》てられた中層区に突入すると、そこにあった商店や民家を襲い始める。彼らにとって帝国からの移民が持つものは自分たちが嘗《かつ》て奪われたものであり、それを取り戻すことに罪悪感など覚えるはずが無い。

住民たちは南門から決起の動きが広まっていると噂で聞き、北へと向かって逃げ出したあとだった。この情報は皇国軍部隊が意図的に漏らしたもので、ガラハの指示だった。

五〇〇〇の帝国軍は〈雷霆《らいてい》〉と都市部に分散して配置されていたが、都市部に配された部隊はこの住民の避難を警備するために多数が割《さ》かれてしまった。帝国からの移民の中にはこの都市の運営を司る官僚も含まれ、帝国軍に顔の利く者も多い。彼らは自分たちを守らせるために軍の部隊を手配させたのだ。ガラハは寡兵《かへい》である帝国軍の動きをさらに制限するために情報を漏らしたのだろう。

高層区、中層区の住民が北へと逃げ出し、その結果ぽっかりと空《あ》いた街を埋めるように下層区以下の住人たちが押し寄せる。彼らは皇国軍に誘導され、結果として帝国からの移民とは衝突しなかった。住人同士の争いに関わっていられるほどの余裕は皇国軍にもない。ガラハは意図的に帝国からの移民を逃がして無用の争いを避けた。

逃がされた市民は家財道具を動力車に載せ、動力車を持たない市民は荷車に大荷物を載せて〈ウィルマグス〉を脱出した。

駐留部隊は都市に突入した皇国軍と戦い敗走。城壁に守られた籠城戦《ろうじょうせん》ならともかく、一度都市に侵入された以上勝ち目はない。各部隊の指揮官は次々と撤退を決め、やがて都市防衛司令部も撤退を決めた。このとき攻撃開始から僅《わず》か一時間一五分。ガラハはこれまで皇国を苦しめ続けた城塞都市をたったこれだけの時間で落としてしまった。

都市部への攻撃と同時に行われた〈雷霆《らいてい》〉への攻撃は、こちらも事前の準備の甲斐《かい》あって予想よりも順調に進んだ。

魔導師中心で組まれた〈雷霆《らいてい》〉攻撃部隊の攻撃能力は凄まじく、目立つ〈雷霆《らいてい》〉は皇国魔導師たちの遠距離砲撃に晒《さら》され、次々と爆発を起こした。魔導師たちからしてみれば、動かない目標など砲撃演習の的でしか無い。事前の打ち合わせで〈雷霆《らいてい》〉の弱点と成り得る箇所を徹底して叩き込まれた魔導師たちは、次々と目標を破壊。制御施設に突入した部隊の活躍もあっておよそ一時間程度の戦いで〈雷霆《らいてい》〉を無力化した。

爆薬を仕掛けられ、架台を破壊された〈雷霆《らいてい》〉は自らの重さに耐えきれずに折れ、その巨体を支えていた基部も魔導師たちの執拗《しつよう》な攻撃の前に崩れ去る。

無傷で確保するべきだという意見もあったが、ガラハはそれを却下した。欲をかいて大魚を逃すよりも、目的である小魚を得るべきだと判断したのだ。

「制圧を急げ」

都市部の制圧を行うべく、ガラハは帝国が〈ウィルマグス〉総督府《そうとくふ》としていた行政施設に臨時司令部を置いた。

レクティファールと彼の考える戦後処理に〈ウィルマグス〉は欠かせない。さらにここを占領することこそがこの戦いの雌雄《しゆう》を決すると言ってもいい。

帝国軍の補給線を一手に担う要衝《ようしょう》。

ここを押さえられている以上、帝国軍は長期の作戦を展開できない。

さらに彼らの切り札である〈ムジョルニア〉はすでに破壊され、残骸《ざんがい》を晒《さら》すのみ。

勝てる――そう思った。

だが、彼はまだ知らない。

グロリエ・デル・アルマダという傑物《けつぶつ》の恐ろしさを。

◇◇◇

レクティファールの下に〈ウィルマグス〉陥落《かんらく》の報が届いた。

これで〈ムジョルニア〉の砲撃はない。

それだけで皇国側に明るさが戻る。

しかし、レクティファールは沸《わ》き立つ天幕の外に出ると、厳しい表情を崩さず帝国側の陣地を睨《にら》んだ。

これで済むはずが無い。

あの姫君はこの程度のことで一敗地に塗《まみ》れるほど生易しい女でない。

「来るか、帝国の虎」

果たして、彼の予感は的中した。

◇◇◇

同時刻、グロリエもまた同じ情報を受け取っていた。ただし、その結果抱いた感情は真逆だった。

「――元帥《げんすい》殿下、〈ウィルマグス〉が陥《お》ちました」

祖母の言葉に、グロリエは天幕の中心に置かれた大机を拳《こぶし》で叩き砕《くだ》いた。

木片が飛び散り、幕僚《ばくりょう》たちの顔から血の気が引いていく。

グロリエは俯《うつむ》いたまま肩を震わせ、呪詛《じゅそ》のように何かを呟《つぶや》くのみ。

幕僚たちはお互いに顔を見合わせ、姫君の怒りを解くべく思考を巡らせる。

しかし、都合良く彼らの願いを叶えるような策がある訳がない。

グロリエの怒りとは単純なものではなかったからだ。

勝手な行動で彼女の策を乱した将軍たち、思うほど戦果を上げられなかった〈雷霆《らいてい》〉、そして結果的にあの男に負けた自分。

どれもが彼女の心を苛《さいな》み、責め立てる。

ここまで彼女が払った兵士たちの血と魂は無駄だったということなのか、自分を指揮官と仰《あお》ぎ死んでいった兵たちに何と言って詫《わ》びればいいのか。

〈ウィルマグス〉が陥ちたということは、帝国軍は二つの要塞に挟み込まれたということになる。

どちらも国家の防人《さきもり》として建造された堅牢《けんろう》な要塞。皇国が〈ウィルマグス〉をどうやって陥としたのかという疑問はあるが、そんなものはあとで考えればよい。今するべきは、これからの方針を示すこと。

どうやって、ここにいる兵たちを祖国へと帰還させるかということだ。

この期に及んで皇国に勝てるとは思えない。

〈雷霆《らいてい》〉が皇国の手に落ちた以上、〈パラティオン要塞〉を陥とすことは不可能だろう。

〈パラティオン要塞〉を陥とせなくなった今、皇国本土への侵攻という戦略目標は果たすことはできない。

「いや……待て……」

〈パラティオン要塞〉を陥とす必要が無くなったならば、別の目標を掲げるべきだ。

そう、皇国が立ち直れないくらいの痛手《いたで》を与え、来季の戦いを有利に運ぶための策。

現状可能な次善の策。

「――なるほど」

まだ、まだだ。

まだ終わっていない。

この戦いを無に帰することなく、次の戦に繋げる方法はある。

「くくく……っ！」

いや、むしろ自分向きのいい策ではないか。

グロリエは笑いを漏らすと、がばっと顔を上げて幕僚《ばくりょう》たちを睥睨《へいげい》した。

「近衛《このえ》を出す！　余《よ》も出るぞ！」

彼女の目に、諦念《ていねん》はなかった。

◇◇◇

帝国軍の攻撃が緩《ゆる》み、皇国軍の兵士たちは〈ウィルマグス〉の陥落《かんらく》を知った。

潮が引くように撤退行動を開始する帝国軍に対し、皇国軍の陣地からは歓声が木霊《こだま》する。

「勝った」

そう叫んだ彼らは隣の戦友と抱き合い、生を噛《か》み締める。

生き残った、九倍の敵を前にして生き残った。

追撃の命令が出る可能性を考慮しながらも、彼らは目の前まで迫った死の恐怖から逃れたことに歓喜する。

それこそが、帝国の仕掛けた罠であった。

「――っ⁉　こ、近衛重装騎兵‼」

皇国兵たちの前から退いた帝国軍部隊に代わり、深紅《しんく》の鎧《よろい》にその身を包んだ一団が現れたのだ。

兵たちは慌てて壕《ごう》に潜《もぐ》り込み、その圧倒的な存在感を放つ集団に備える。

しかし、もう遅かった。

皇国兵が防備を整え切る前に近衛《このえ》重装騎兵団は突撃。

これまで散々帝国軍に耕された皇国の中央陣地をぶち抜き、迎撃すら満足にできないほどの速さで摂政レクティファールの本営へと直走《ひたはし》る。先頭を駆けるのは、他の騎兵とは明らかに違う意匠《いしょう》を持つ鮮血色の鎧《よろい》の美姫《びき》。

輝く陽の色の髪を靡《なび》かせ、巨大な剣を手に黒の巨馬を操るその姿に皇国兵は恐怖した。

「――突撃ぃいいいいっ‼」

皇国兵の肺腑《はいふ》に響く掛け声。

絶世の美姫でありながら、さながら物語の戦女神《いくさめがみ》のように戦場を駆けるグロリエ。

帝国兵はその姿に感奮《かんぷん》し、これまでの消沈振りが嘘のように活気を取り戻す。

再び始まった帝国の猛勢にぼろぼろの皇国陣地は悲鳴を上げた。

「殿下！　お逃げ下さい！」

近衛軍から派遣された中隊長がレクティファールに詰め寄る。

本営からもグロリエの突撃は嫌になるくらいよく見えた。

深紅《しんく》の暴風が、自軍の陣地をまるで薄紙のように貫いて迫る様《さま》は悪夢だ。

本営近くの陣地には迎撃態勢を整えるだけの時間が与えられたが、正直あの暴風を止めきれるかどうか分からない。

中隊長はその暴風の前に主君を差し出すような真似《まね》はしたくなかったのだろう。レクティファールの背後に控えたメリエラとウィリィアを視線で呼び付けると、二人にレクティファールの護衛を改めて命じた。

「殿下をお守りし、要塞まで送り届けろ」

「は」

二人は敬礼。

中隊長はそれを見て満足そうに頷《うなず》くと、自身はレクティファール撤退の時間を稼ぐために部隊と合流しようとする。

「待て」

中隊長を呼び止めたのは、自分に向かって突っ込んでくるグロリエに視線を固定したままのレクティファールだった。

「あの皇女に小手先の策など通じない。背を見せればこれ幸いと追撃を掛けてくるぞ」

レクティファールのグロリエの自信に満ちた声に顔を顰《しか》めたのはメリエラだった。

その言葉からグロリエに対するある種の信頼を感じ取り、それが自分には決して向けられないものであると気付いたから。

そして敵手に対して絶大な信頼を寄せている主君に、僅《わず》かな怒りを覚えたから。

「殿下、しかしこの場に殿下がいては兵士たちが存分に戦えません」

言葉の選択がきつくなるのも仕方が無いことなのかもしれないが、このときのメリエラの言葉は余りにも失礼だった。中隊長は目を剥《む》き、ウィリィアは涼しい顔をしていても額に一筋の汗が流れる。

しかし、レクティファールが怒りを露《あらわ》にしなかったことでその場は一応収まった。

「分かっている。だから近衛《このえ》は前に出ろ。ここは私がいれば良い」

「なっ⁉」

主君を見捨てよと命じるレクティファール。

本人にその意識は無かったのかもしれないが、三人はその言葉に衝撃を受けた。

確かに敵騎兵団はここにいる近衛の一〇倍を超える。だが、主君を守るという絶対的な忠義こそ近衛に求められるモノ。それを否定するような命令は受け入れ難い。

「殿下！　それは承服いたしかねます！」

中隊長がそうレクティファールに食ってかかるのも無理はない。

前に出ろ、盾《たて》になれという命令なら幾《いく》らでも受け入れられる。だが、レクティファールはここから退かないと言う。ならば近衛が前に出て守るべきものは何なのか。

主君の身を危険に晒《さら》した状況で戦うことが近衛の存在意義ではない。

主君の身を守ることこそ彼らの存在意義であり、これまで実戦から離れていた近衛軍が未だ高い練度《れんど》を維持してきた理由だ。

「別に私を見捨てろとは言っていない。ただ、グロリエ姫以外をここに近付けてもらっては困るというだけのことだ。流石《さすが》にあの数を相手に〈皇剣〉を制御しきる自信はない」

「グロリエ皇女と戦うおつもりで⁉」

確かに〈皇剣〉の力を使えば可能だろう。

だが、レクティファールが未だその段階にまで至っていないことはメリエラとウィリィアも知っている。

故《ゆえ》に二人はレクティファールを守ろうとした。

戦う必要が無いように、〈皇剣〉にレクティファールが呑まれないように。

しかし、レクティファールはそれを否定する。

「戦える者が戦う。当たり前のことだ。そこに戦う者の役職は関係しない」

レクティファールは二人を見ると、小さく笑って二人の顔を順に見詰めた。

「二人には部隊を率いてこの陣の守りに就いてもらう。中隊長は残りの部隊を率いて近衛《このえ》重装騎兵団を絶対に通すな」

ここであの突撃を押し止める。

そうすれば両翼の部隊がグロリエの退路を絶ち、今度はこちらが彼女を討つ機会を得られるはずだ。

「肉を切らせて骨を切る。向こうから来てくれるというのなら、こちらはあの分厚い帝国軍を抜かなくてもグロリエ皇女に手が届くということ。ここが正念場だ」

レクティファールの意思は固い。

彼は自らが次期皇王であるからこのような策を講じたのではない。

ただ、この戦いの目的を果たすために最も確実な策を選んだに過ぎない。

「来るぞ」

レクティファールが見詰める先に、深紅《しんく》の軍団がいる。

◇　◇　◇

グロリエは愛馬に鞭《むち》打ち、摂政の紋章旗を目掛けて一直線に突き進む。

未だ紋章旗が下ろされていないのは、そこにレクティファールがいるということ。

彼女は最愛の宿敵が自分を待っていることに狂喜する。

飛び掛かってきた皇国兵を真っ二つに斬り捨て、こちらに背を向けて逃げようとした兵士に向かって漆黒《しっこく》の刃を撃ち放つ。

通常は細かく座標を固定しなくては使えない空間の断裂だが、ある程度薄めたものならば飛ばすことはできる。飛ばせるのは〝何もない〟断裂と言うより、空間の歪《ひずみ》程度のものであるが、それでも十分な威力《いりょく》を持っていた。

高出力な防壁ならば防ぎ切れるが、逆に言えば個人の持つ量産型護法など薄紙以下の防御能力しかない。

彼女はそれを撒《ま》き散らしながら、レクティファールの下へと駆ける。

壕《ごう》を飛び越え、馬防柵《さく》を切り裂き、魔法防御壁さえも叩き切る。

グロリエを止められる者など存在しない。

少なくとも、彼女の背後で暴れる近衛《このえ》重装騎兵たちはそう思った。

故《ゆえ》に、あと少しで摂政レクティファールの首に手が届くというときにグロリエを襲った極太の光条に瞠目《どうもく》した。

グロリエは〈神殺しの神剣《ディヴィン・スライヤー》〉を盾《たて》代わりに構えると、剣の腹でそれを受ける。

斜めに構えた〈神殺しの神剣《ディヴィン・スライヤー》〉に光は弾かれ、水飛沫《みずしぶき》のように小さな光を撒《ま》き散らした。

しかしそのためにグロリエの動きは鈍り、次に空から降ってきた影に気付いたときにはもう、選べる選択肢は殆《ほとん》ど無かった。

「――ぁぁぁぁああああああああああっ‼」

ぎゅいい、という金属の擦《こす》れる耳障りな轟《ごう》音。

それを引っ提《さ》げた影がグロリエの頭上から降ってくる。

「くっ！」

グロリエは馬から飛び降り、地面を転がることでその一撃を躱《かわ》した。

その背後で盛大に吹き上がる土砂。

地面は大きく揺れ、後続の近衛重装騎兵たちはその土煙の中に飛び込む羽目になった。

「姫さまっ！」

「お前たちは先に往《い》け！　余《よ》はここで準備運動を済ませてから追い付く！」

グロリエの言葉に、近衛たちは緩《ゆる》めた速度を再び上げた。

主君の意思は、自分たちがここで足を止めることではない。先に進み、彼女の進む道を切り開くことだ。

「姫さま、御武運を！」

「任せろ！　この程度、身体を温めるには丁度《ちょうど》良い！」

グロリエの言葉に焦りはない。

本当に準備運動程度にしか思っていないのだろう。

「――――」

グロリエは晴れた土煙の中に二つの影を見る。

一人は衣裳《いしょう》の裾《すそ》を翻《ひるがえ》してグロリエを睨《にら》む、瀟洒《しょうしゃ》な白の礼装に白銀の鎧《よろい》を纏《まと》った銀色の髪の龍族。

もう一人は巨大な剣を持ち、魔導式甲冑付きの侍女服を着た女。

どちらも戦場に相応《ふさわ》しい姿とは言い難いが、その身体から溢《あふ》れる気迫にグロリエの顔が緩《ゆる》む。

「あのときの近衛の娘たちか」

レクティファールとの会談の際、その背後に控えていた近衛の女だ。こうして戦場で相見《あいまみ》えることは予想していたが、ここまでのものとは思っていなかった。

「ここから先は通せません。あなたとの再会をレクトが望んでいても、わたしがあなたをここで仕留めます」

「――む、レクト……レクティファールのことか……」

グロリエはメリエラの言葉に眉を顰《ひそ》める。

そして自分を睨《にら》むメリエラの姿をじっと見詰めると、やがて哂《わら》った。

「なんだ、貴様レクティファールの女か。余《よ》に男を取られるのがそんなに怖いか？」

「っ‼」

メリエラの瞳が細く変わり、詠唱もなく、一瞬で五発の光弾《こうだん》が放たれる。

光弾はいずれも不規則な軌道《きどう》を描き、グロリエに迫った。

「甘いっ‼」

しかし、グロリエが二回〈神殺しの神剣《ディヴィン・スライヤー》〉を振るうと、それらは一瞬で黒い空間に切断されて飛び散る。

その速度は、あの巨大な剣の動きとは思えない。

「これでは程度が知れるぞ、女。レクティファールがお前をどれだけ気に入っているか知らんが、所詮《しょせん》その顔と身体で惑わしただけだろう」

「黙れッ‼」

ウィリィアが〈岩窟龍断ち《ゾ・アルフェルカ》〉を手に突撃。

一〇メイテルの距離を一瞬で縮め、その剣を振り下ろす。

「ははッ！　お前も同じか！　レクティファールはつくづく女運が無いな！」

グロリエはウィリィアの攻撃を受けることさえせず、軽やかに後方へと身を翻《ひるがえ》す。

くるりと空中で一回転すると、その眼下を〈岩窟龍断ち《ゾ・アルフェルカ》〉が通過した。

「おっと」

すぐにウィリィアの第二撃が放たれる。

こちらも重量級の〈岩窟龍断ち《ゾ・アルフェルカ》〉を軽々と扱い、第三撃、第四撃と続けていく。

縦、横、斜め、上下とあらゆる角度から迫る刃を躱《かわ》し、それでもグロリエの余裕は崩れない。

むしろウィリィアの表情の方が焦りと疲労で歪み始めた。

「遅いな、同族」

グロリエが呟《つぶや》く。

ウィリィアの連撃に生まれた一瞬の空隙《くうげき》、それはグロリエにとって十分過ぎる隙《すき》だった。

〈岩窟龍断ち《ゾ・アルフェルカ》〉を潜《くぐ》り抜け、〈神殺しの神剣《ディヴィン・スライヤー》〉の柄頭《つかがしら》をウィリィアの鳩尾《みぞおち》に叩き込む。

「がはッ⁉」

口から唾液《だえき》を撒《ま》き散らしたウィリィアが吹き飛ぶ。

グロリエはそのウィリィアを追い、さらに追撃を与えた。

未だ空中に浮いたままのウィリィアに、グロリエの踵《かかと》が迫る。

「弱い、弱いぞ同族。所詮《しょせん》数を揃えるための低費用簡易量産型の子孫か」

「ぐッ‼」

大きく身体を回転させた勢いをそのままに踵を落とし、それを両腕で辛《かろ》うじて受け止めたウィリィアの顔に、今度は〈神殺しの神剣《ディヴィン・スライヤー》〉を叩き付ける。

ウィリィアはそれを〈岩窟龍断ち《ゾ・アルフェルカ》〉で受け止めたが、圧倒的な質量に押し負けた。

「ぁッ⁉」

地面にめり込むほどの力で叩き落とされたウィリィアの口から、悲鳴にもならない呼気《こき》が漏れる。

「ごはッ！　ごほッ！」

内臓が傷付いたのか、呼吸しようとした彼女の喉から咳《せき》と共に粘《ねば》つく鮮血が溢《あふ》れた。

それでも立ち上がろうと身体に力を入れたが、返ってくるのは痛みだけ。

身体を引きちぎられたかのような痛みに、ウィリィアの呼吸が止まった。

「ッ‼」

そんなウィリィアの胸に、グロリエの具足に包まれた足が勢い良く降ってくる。

今のウィリィアにそれを受け止めるだけの余力も、避けるだけの気力もなかった。

「ぐあぁッ!?」

内臓が押し潰《つぶ》されそうな衝撃。

白龍公より下賜《かし》された戦闘用侍女服の衝撃吸収機能をあっさりと超えたその衝撃にウィリィアの目が大きく見開かれ、口が空気を求めてぱくぱくと開閉する。

口の端から漏れるのは、血液と唾液、そして吐瀉物《としゃぶつ》だ。

「ウィリィア‼」

メリエラの声は切羽詰まっていたが、それでも従者が齎《もたら》した機会を失う愚は犯さなかった。

彼女は詠唱を済ませた粒子加速魔法をグロリエに向け、吼《ほ》える。

「ウィリィアから離れなさい！　この売女《ばいた》ッ‼」

私怨《しえん》が多分に含まれた怒声と共に放たれる光は、先程の光条よりも遥《はる》かに密度の高い光だった。

撒《ま》き散らされた熱量がグロリエの皮膚を焼き、彼女は少しだけ顔を顰《しか》めた。

「なるほど、前衛と後衛で役割を分けたか」

龍族と龍人族では相性が悪すぎる。

だが、龍族が体内器官で練り上げる龍族特有の龍魔法ではなく軍事魔法として開発された通常魔法ならば、竜人族の放つ対龍族用魔力形成妨害波動に影響されない。

しかし、龍族特有の龍魔法は極《ご》く短い詠唱で放つことができるが、通常魔法は術式を編んで詠唱を行うという手間が掛かる。先程のような低威力《いりょく》の魔法ならともかく、これだけの魔法ともなればそれなりの準備が必要だった。

ウィリィアはその時間を稼ぐため、明らかに性能の隔絶した同族に勝負を挑んだのだ。

主人の想いを叶えさせるために。

「――だが、弱い」

そう、グロリエにとってみればそんな動機は単なる弱さの言い訳にしかならない。

強ければいい。

強ければ他人の力など借りずとも敵を討てる。

メリエラとウィリィアの共闘など、所詮《しょせん》は一人で勝てない者たちの悪足掻《わるあが》きに過ぎない。

「はン」

ウィリィアが命懸けで稼いだ時間。

その時間でメリエラが練り上げた魔法がグロリエに迫り――

「ぬるいッ！」

〈神殺しの神剣《ディヴィン・スライヤー》〉の一閃《いっせん》で弾《はじ》き飛ばされる。

軌道《きどう》を逸《そ》らされた魔法はくるくると迷走、やがて地に落ちて大爆発を起こした。

「な……！」

メリエラの驚愕《きょうがく》。

それはやはり、グロリエにとって隙《すき》でしか無かった。

「何処《どこ》を見ている、レクティファールの女」

〈神殺しの神剣《ディヴィン・スライヤー》〉を振り翳《かざ》し、グロリエがメリエラに迫る。

「ッ‼」

慌ててメリエラが展開する防護魔法の盾《たて》。

光り輝くその盾は、グロリエの攻撃の前には大した意味を持たなかった。

「クズが」

一閃。

それだけで乾いた音を立て、光の盾は砕《くだ》けた。

「なッ！」

グロリエは驚くメリエラの顔に手のひらを押し付けると、そのまま裂帛《れっぱく》の気合と共に地面に向けて振り抜く。

「かはッ‼」

従者と同じように地面に叩き付けられるメリエラ。

だが、龍族の彼女にとってこれ位《くらい》の衝撃で気絶するようなことはない。

すぐに意識をグロリエに向けると、手のひらをそちらに差し向けようとした。

「何故、そこまで弱い」

グロリエはその動きを見て、心底詰まらなそうに〈神殺しの神剣《ディヴァイン・スレイヤー》〉を振るう。

すたんという軽い音がした。

「え」

呆けたようなメリエラの声。

彼女はグロリエに向けた自分の腕を見詰める。綺麗に肘《ひじ》から先を切断されたそれを。

「ひッ！」

噴《ふ》き出す真っ赤な血。

メリエラは慌てて治癒魔法を腕に施した。

「そうだ、お前は龍族なんだからその位すぐにくっつくだろう。本当ならその綺麗な顔を切り裂いてやりたいが、時間が惜《お》しい」

「ぐ……あ……」

脂汗《あぶらあせ》を垂らし、腕を押さえながらグロリエを睨《にら》み上げるメリエラ。

戦闘能力は奪われたが、その龍眼だけはグロリエに対する戦意を失っていない。

いざとなれば噛《か》み付いてでも戦ってやる、とその目が叫んでいた。

「――ふ、レクティファールの女だけのことはある。意地汚く、己の欲望に忠実だ」

「ぐ……か……勝手なことを……」

メリエラは苦しげに浅い呼吸を繰り返しながらも、グロリエを睨み続ける。

そんなメリエラの表情に、やはりグロリエは笑ったままだ。

「余《よ》を殺さない限り、余《よ》はレクティファールの元に現れ続けるぞ。そしていつか、あの男の総《すべ》てをこの身に刻みつけ、あの男に余《よ》を刻む」

「き、きさまぁ……」

メリエラは切断された腕をグロリエに向けようとする。

魔法を放つのに手は必要ない。必要なのは、目標を指向するための照準だ。

「無理はしないことだ。あまり無理をすると、一生そのままの姿で暮らすことになるぞ。果たして、お前はレクティファールにその姿を晒《さら》すことに耐えられるかな」

「くッ！」

メリエラが悔しげに目を伏せる。

腹立たしい限りだが、今のメリエラはグロリエに勝てない。

圧倒的な実力差が、両者の間にはあった。

「まあいい、いずれ戦う機会もある」

グロリエは指笛を吹くと、愛馬を呼び寄せる。

幻想種らしい巨大な黒馬はグロリエの傍《かたわ》らに身を寄せると、一声鳴いた。

「うむ、あの男の元に行くぞ」

ひらりと黒馬に跨《また》るグロリエ。

メリエラは地面に座り込んだままそれを見上げた。

悔しさに涙が出そうになったが、敵にそれを晒《さら》すことだけは許容できなかった。

「ではな、龍族の女」

黒馬の腹を叩き、グロリエはその場から去っていった。

メリエラはそれを見送ると、地に伏したまま動けないウィリィアの下へと這《は》い寄った。

惨《みじ》めだった。

これ以上ない程、惨《みじ》めだった。

「無事……？　ウィリィア……」

「ひ……めさま……」

ウィリィアの声は弱々しい。

龍人族でなければ一発で潰《つぶ》れていた攻撃を何発も受けたのだ、無理もない。

メリエラはそんな従者に治癒魔法を掛けると、レクティファールのいる本営をじっと見詰めた。

「――レクティファール……」

負けるとは思わない。

連れ合いを信じることができない女にもなりたくはない。

「――」

だから彼女は、小さく頭《こうべ》を垂れて祈った。

これまで散っていった英霊《えいれい》たちに、これまで皇国を守り抜いた英雄たちに。

今だけ、あの人をお願いします、と。

◇◇◇

「――ぉぉおおおおおおおおおおおおおおおおッ‼」

本営目掛けて怒涛《どとう》の勢いで飛び込んでくるグロリエ。

すでに近衛《このえ》重装騎兵団は、レクティファールの本営までの道を切り開いており、今はその道を維持するために本営の周辺で戦いを繰り広げていた。

目の前の戦場を睥睨《へいげい》していたレクティファールは、今まで杖代わりにしていた〈皇剣〉を眼前に構えると、それをゆっくりと引き抜く。

刀特有の刃紋《はもん》が、光を反射した。

「――」

その光を振り払うように一度〈皇剣〉を振り抜くと、彼は半身を下げてグロリエの前に立つ。

受け切る。

それだけを考えた。

多くは必要ない。ただ一つ、ここから退《ひ》かなければいい。

「うおぉぉおおおおおおおおおおおおおおおおおおッ‼」

〈神殺しの神剣《ディヴィン・スライヤー》〉を振り翳《かざ》すグロリエ。

その刀身には、間違いなく漆黒《しっこく》の断裂。

レクティファールは刃を構え、大きく息を吸い込んだ。

「レクティファァアアアアアアアアアアアアアアアアアアアルッ‼」

「グロリエェエエエエエエエエエエエエエエエエエエエエッ‼」

同時に振り抜く刃と刃。

グロリエの勢いを〈皇剣〉の性能でねじ伏せようとするレクティファール。

黒い断裂と極小の〝何もない〟空間が衝突し、凄まじい暴風が戦場を吹き荒れる。

二人は互いの瞳にある種の共感があることに気付いた。

同時に互いの意識がそれに同調するように引き伸ばされ、相手の感情が直接吹き付けてくる。

魔導用語でいう、『共感現象』と呼ばれるものであった。

別個体の持つ魔力波形は通常一致しない。しかし、外的要因などによってそれが近づくことがある。そのとき発生するのが『共感現象』と呼ばれるものだった。

通常、召喚主と被召喚物との間に発生することが多く、〈騎従の契約〉において結ばれる精神接続も意図的・限定的にこれを発生、利用している。

(何故共に歩めない)

レクティファールは心の底からそう思った。

無駄だと諦めつつ、しかしひょっとしたらという可能性を捨てることができない。

グロリエは、彼にとって非常に好ましい人物であった。

遥か遠くを見通す目を持ちながら、俗世に惑わされない強い意志を持っている。同時に、無垢《むく》な感性も。

多くを諦めてきたレクティファールだからこそ、そんなグロリエが羨《うらや》ましかった。

(何故、この男は余《よ》を受け入れない)

グロリエは、誰かに受け入れてもらいたいという欲求を持っていた。

彼女は生まれながらに多くを持っていた。

地位、権力、財力、環境。それは余人《よじん》が望んでも得られないものであるが、彼女が望んだものがその中に幾つあるというのか。

彼女が心の奥底から欲しているのは、強い敵。自分を曝《さら》け出すことができるほどの強大な敵。

だがそこでいう敵とは、単に目の前に立つ者という意味合いである。

目の前に立ち、自分の全身を受け止めてくれる誰か。グロリエはそれを求めていた。

（私は――）

（余《よ》は――）

言葉にならない情報の羅列。

意識の中に聞こえる小さなお互いの声を、このとき二人は幻だとして切り捨てた。

それは、一つの可能性の潰《つい》えた瞬間だった
「ッ‼」

「――ッ！」

一撃のみでレクティファールの横を駆け抜けるグロリエ。

二人は睨《にら》み合い、無言の時が生まれる。

第二撃に備えて再び〈皐剣〉を構えるレクティファールの耳に、聞き覚えの無い声が飛び込んできた。

「殿下！　これ以上は支えられません！　包囲されます！」

鎧《よろい》も纏《まと》わぬ女将が二人の戦場に飛び込み、叫んだ。

よく見ればグロリエに何処《どこ》と無く似たその女将は、レクティファールに一瞥《いちべつ》をくれると
すぐにグロリエに向き直る。

「敵を侮ったのはこちらも同じということか、お婆さま……」

「はッ、此処《ここ》から先の戦いは、次に預けるべきかと」

「ちッ、あの女どもに時間を取られ過ぎたか」

グロリエは不満そうに口を尖《とが》らせ、自分に向けて放たれた棒矢を斬り捨てる。

近衛《このえ》に守られたここも安全とは言い難い。

時間を掛ければ、それだけ脱出が困難になるだろう。

彼女は決断した。

「退《ひ》くぞ！　摂政に一撃を入れたのだ、我らは敵に一矢報《むく》いた！」

「ははッ！」

地を蹴り立てて去っていく二人の後ろ姿を見詰め、レクティファールはこの戦いの終わ
りをようやく感じ始めた。

だが、感じ始めただけでまだ終わりではない。

まだ、終われない。

「誰かある！」

レクティファールは、グロリエとの戦いに巻き込まれないよう退避させていた従兵を呼

んだ。

しかし、彼の呼び声に応《こた》えたのは従兵ではなく一人の参謀《さんぼう》だった。

「アーデン大尉」

「何かございますか」

「ああ、追撃に移るぞ」

レクティファールはリーデの顔が強張《こわば》るのをしっかりと見て取った。

九倍の相手、今は多少討ち減らして八倍強といったところか。

それでも圧倒的多勢であることに変わりはない。

「危険です、殿下」

「危険は承知、だが、このまま逃がしてはすぐに態勢を立て直してしまう」

ここでできるだけ討っておかなくてはならない。

さらに言うなら、〈ウィルマグス〉に余計な手出しをされても困る。ここは帝国軍を追い立て、その気を失せさせなくてはならない。グロリエならば、無駄な犠牲を嫌って一直線に撤退するはずだ。

「騎兵と自動人形を出せ。撤退する敵勢を削ぎ落とす」

「は」

リーデはすぐに走り去り、代わりに従兵が厚掛けを持って現れた。

「馬はどうなさいますか、殿下」

「言うまでもない、回せ」

「は」

従兵は同僚に目配せする。それを受けて頷《うなず》いた別の従兵が、レクティファールの馬を引くために厩舎《きゅうしゃ》へと走った。

「──これで終わりにしよう。グロリエ皇女」

レクティファールは整然と引き揚げる近衛《このえ》重装騎兵団を見送り、呟《つぶや》いた。

ファルベル平原会戦が終結し、龍虎戦役の最終幕、皇国軍による帝国軍追撃戦が幕を開けた。

◇　◇　◇

皇国側の追撃はグロリエの予想を超えて苛烈《かれつ》だった。

騎兵と自動人形を主とした快速部隊が幾つも帝国軍の最後尾に攻撃を仕掛け、慌てて迎撃態勢を整える頃にはその姿はすでにない。

再び撤退を開始するとその快速部隊はまたどこからか現れ、帝国軍を散々引っ掻《か》き回して引き揚げていく。

決して帝国軍と正面から戦おうとはせず、その戦力を少しずつ削ぎ落としていくかのような戦い方。グロリエは追撃を受ける度に神経をすり減らし、それでも撤退速度だけは落とさないよう麾下《きか》の部隊に命じた。

ここで皇国軍を待ち受けるようなことをしても、恐らく皇国は攻撃を仕掛けてこない。そうなれば砲撃でこちらを討ち滅らす算段でもしているだろう。グロリエはその考えを正確に読み取り、ここは早期の撤退こそが肝要《かんよう》であると決断した。

そんな帝国軍に更なる不幸が降りかかったのは、兵士たちが破壊された〈雷霆《らいてい》〉の残骸《ざんがい》に半ば呆然《ぼうぜん》としながらも〈ウィルマグス〉の近傍《きんぼう》を通過したときだ。

彼らの前方に、数万の集団がいた。

最初は〈ウィルマグス〉を落とした皇国軍が待ち受けていたのかと緊張した帝国軍だが、すぐにそれが〈ウィルマグス〉から脱出した帝国からの移民であると気付いた。

彼らはグロリエたちがここまで引き上げてくるのを待っていたのだ。

帝国本土への道には凶悪な魔獣が多く潜《ひそ》んでいる。とてもではないが数万にもなる住人を五〇〇〇に満たない数で守り切るのは不可能。

都市防衛司令官を任されていた将軍は、そう言ってグロリエの前に跪《ひざまず》いた。

グロリエは司令官の苦労をねぎらうと、すぐに住人たちを行軍に組み込むよう命じた。

住人たちは帝国の民、グロリエが守るべき存在だった。

しかし、彼女のそんな気持ちは、彼女が守りたかった住人たちに踏み躙《にじ》られる。

「都市奪還《だっかん》の兵を出せ」

住人たちはそう言ってグロリエに詰め寄った。

あそこには彼らの財産が残されている。それを捨てることができなかったのだ。

しかし、グロリエがそれに是《ぜ》と答えることは無かった。

ここで〈ウィルマグス〉の皇国軍と戦えば、すぐにレクティファール率いる本隊が現れるだろう。

もしそうなれば、彼女は背後からの攻撃を受けながら都市を落とさなくてはならなくなる。

今の疲弊《ひへい》しきった帝国軍に、これ以上の戦いは無理だった。

さらに行軍の中に都市の住人が増えたことで物資の残りも心許《こころもと》なくなっている。

余計な時間を費やせば、最悪餓死《がし》者が出る。グロリエはそう都市住民を説得し、撤退を続けた。

◇◇◇

彼女のこのときの行動が種火となり、帝国を揺るがすことになるのはこれから五年後。

この龍虎戦役で皇国が得た猶予《ゆうよ》期間が終わりを迎えるときでもあった。

しかし、このときのグロリエはそれを知らず、当然レクティファールも知らなかった。

もしどちらかがその事実に気付いていれば、五年後に大陸を襲う悲劇は回避されたのかもしれない。

第七章　戦いが生んだもの

今次戦役におけるアルトデステニア皇国陸軍の損害報告書より、人員損失報告。
負傷者四万一九八三人――内、負傷、精神疾患《しっかん》による除隊、退役、予備役編入は五五八三名。
戦死者――三九〇四名。

レクティファールは嘗《かつ》て〈ウィルマグス〉総督府と呼ばれていた、巨大な煉瓦《れんが》造りの建物で一冊の報告書を読んでいた。

ひと月前に一応の終結を見た、対帝国国境紛争の損害報告書だ。

「多いのか少ないのか、正直判断しかねますね……」

勲章《くんしょう》と賞詞《しょうし》の授与者選定の際、戦死者に贈られる皇国勲二等紫色大十字章《くんにとうししょくだいじゅうじしょう》と負傷者に贈られる戦傷章受章者の数に暗澹《あんたん》たる気持ちになった彼だが、こうして明確な数として目の前に示されると、再び黒々とした何かが心中に湧き上がってくる。

これだけの犠牲を払って得た勝利。しかし、これを犠牲の数に相応《ふさわ》しい勝利とすることができるかどうかは、現在両国の間で行われている休戦交渉次第といったところだろう。既に交渉の前段階として両国国境は非武装地帯に指定されているが、それも所詮《しょせん》砂上の楼閣《ろうかく》。

レムリアの海に展開した両国海軍も同海域から引き揚げたが、どちらにせよ、交渉の結果次第では再び剣槍《けんそう》を持って対峙することになるだろう。現に両艦隊は母港に戻らず、互いの姿が見えない海域に待機している。

しかしそんな中でも、できるならこのまま終戦まで持ち込みたいというのがレクティファールと皇国政府の本音だ。

帝国が帝国として存続することに皇国側は問題を感じていない。問題は帝国側が皇国と敵対し続けることであり、武力衝突に至ることだ。戦争とは浪費以外の何物でもなく、何十年何百年も継続して行うには余りにも無駄が多すぎる。

帝国建国以来――いや、旧帝国崩壊以来、皇国は延々《えんえん》と北からの侵略者と戦い続けていた。

あるときには少数部族の共同体、またあるときに複数国家の連合軍、さらには単一国家の国軍と段々規模を増し、現在では大陸の三分の一強を支配し、さらに複数の冊封国《さくほうこく》を内包、多くの従属国を従える大国の正規軍である。

皇国側の領土が建国以来殆《ほとん》ど拡《ひろ》がっていないのに対し、帝国の領土は皇国が地図を作るたび拡《ひろ》がっている。

五年ごとに更新された地図を較《くら》べて見れば、その国土の拡《ひろ》がり具合は一目瞭然《いちもくりょうぜん》だ。膨張主義の結果と言ってしまえばそれまでだが、周辺国にしてみれば迷惑なことこの上ない。

「膨らみ過ぎれば破裂《はれつ》するだけだというのに……さてさて、どうしたものかな」

限定的であるなら帝国資本の国内流入を認めることはできる。しかし、限定的という便利で安易な言葉に帝国が納得することはないだろう。彼らの望む未来とは、自分たちの繁栄と幸福以外にない。そして彼らの幸福が他者にとっての不幸であることはこれまでの歴史が暗示していた。

帝国が何故他国との協調を嫌うのか、レクティファールには理解し難い。

独り勝ち以外勝利ではないという彼らの考えは、いずれ彼ら自身を滅ぼすだろう。

それが正しいこと、国家の繁栄に最も適した策だとしても、だ。正しいことだけで世界が回るなら、今この世界に知恵ある者どもは存在していない。

「まあ、彼らの相手は専門家にお任せしますか」

考えても仕方が無いことは後回し。これも諦めの一種だろう。だが、幾《いく》ら考えてもレクティファールが今回の帝国との交渉に参加できるはずも無く、さらには外交感覚に乏《とぼ》しい彼が横から口を出しても直接折衝《せっしょう》に当たっている外交官に余計な枷《かせ》を掛けるだけだ。

一度信任したからには、彼らを信じ抜くしかない。

「――ふう」

レクティファールは嘆息《たんそく》し、報告書を机の上に置くと別の書類の決裁を始める。

そこでレクティファールは、この都市に到着したばかりの頃を思い出す。

帝国の〈ウィルマグス〉総督が使用していたという執務室に通され、執務机とその周辺を埋め尽くす書類の山脈を見たときの衝撃。そこかしこに彫金《ちょうきん》が施され、すごい人が作ったらしい家具が配置され、高価なのであろう絵画が掛けられた、無駄に豪華な執務室に物申す前に、人間としての色々なものを圧《へ》し折られたレクティファールは、さめざめと泣きながら書類を片付けたものだ。

片付けても片付けても書類が減らないという地獄を味わったレクティファールは、こんなことを職務としてこなしている文官たちには優しくしようと少しだけ思った。

「しかし、本当に死ぬかと思った。すごいな、〈皇剣〉って……」

心の底からそう思った。

〈ウィルマグス〉行政の殆《ほとん》どが、帝国から派遣された行政官で成り立っていたことも予想外だったが、自分が官僚数十人分の仕事をこなせたことが驚きだった。都市から脱出した大多数の行政官の代わりを確保するまでの八日間、レクティファールは寝る間も惜《お》しんで仕事に明け暮れた。それこそ仮眠以上の睡眠が取れないくらいに。

義務感からか、都市を逃げ出すことを良しとしなかった行政官たちが僅《わず》かながら残っていたことも幸運だった。ただし、彼らの大半は決裁権の無い下級役人であり、都市全体の行政を司るほどの官吏《かんり》は残っていなかったのだが。

軍による占領統治は基本的な都市機能の維持以上のことは考えられていない。軍は政治に関わらないという大前提があるからだ。必要最低限の都市機能の維持だけでは住民たちの不満は高まるばかり。

レクティファールはすぐにでも本土から行政官を派遣しようとしたのだが、北方の行政官は今次の帝国侵攻で超過労働気味。他方面の行政官も常に人手不足というのが皇国の現状だ。

いや、行政官も単純な数で見るなら充足している。

しかし占領直後の都市を鎮撫《ちんぶ》するような難しい仕事に対応できる官僚、行政官というとやはり不足気味だ。

優秀な行政官は貴族たちが囲う。それは皇国の常識のようなものだった。

皇王家が自分たちの働きを監視している中、優秀な行政官はどれだけいても多すぎるということはない。特に自分たちの領地で生まれ、金をかけて育てた官吏《かんり》はなかなか手放そうとしない。

皇王家の直轄領《ちょっかつ》、つまり天領にも能吏《のうり》は多いが、そもそも天領そのものが広大——法的には皇国国土の貴族領と自治領以外は総《すべ》て天領——だ。面積当たりの人数としては他の貴族領の半分ほどになるだろう。

　そんな中でも皇王府や皇国政府、各貴族に協力を求めて何とか必要な行政官を確保したのだが、そこまで五日も掛かった。さらに行政官をこの〈ウィルマグス〉まで輸送するのに三日。合計八日間である。

「まあ、〈ウィルマグス〉を皇室直轄領に組み込んだのは正解だったな」

　貴族領ならば貴族と皇国政府が。

　自治領ならば自治政府と皇国政府が。

　そして天領ならば皇王家と皇国政府がそれぞれ予算を負担する。

〈ウィルマグス〉は天領に組み込まれたから、その復興予算は皇王家が負担することになった。

　これは度重なる戦乱で予算が尽きかけている皇国政府からの切実な願いを叶えた結果だが、確かにレクティファールの意向一つで莫大《ばくだい》な予算を投じることができる天領という選択肢は正解だった。

　こういうときは拙速《せっそく》こそが肝要《かんよう》。

　時間を掛ければ掛けるほど統治は難しくなっていく。特に〈ウィルマグス〉は住民たちが自分たちの手で勝ち取った都市、皇国軍が手助けしたのは間違いないが、少なくとも住民はそう思っているだろう。

『力があれば勝ち取れる』

この都市の住民たちはそれを知ってしまった。

気に入らないことがあれば、破壊して一からやり直す。変えるのではなく、壊す。

破壊とは確かに単純で効果的な手段ではあるが、そんなことを繰り返せば治安は乱れ、物流は滞《とどこお》り、投資も激減し、金は回らなくなり、最終的に都市は滅ぶ。

レクティファールはそれを避けるため、住民たちの牙を気付かれない内に丸く矯《た》めることを決めた。

たとえ不満を持つ者が現れても、現状に満足している者が大多数であれば良い。行動を起こして得られるものが現状よりも少ないなら人は動かないものだ。

ここ最近では頻発《ひんぱつ》していた犯罪の類も大分《だいぶ》落ち着き、都市機能も以前の水準まで戻った。

住民たちが帝国に奪われていた土地、資産も判明している限り元の持ち主に返還し、住民たちの生活水準は帝国統治下の頃のそれとは比べものにならないほどに向上している。

さらに皇王家が投下した資本によって都市経済は息を吹き返し、緩《ゆる》やかにではあるが資本の循環も始まっている。この資本が巡り巡ってレクティファールの手元に戻るのはまだ先だろうが、その頃にはこの都市も活気を取り戻していることだろう。

「民が豊かになり、そして統治者が豊かになる、か」

民が富まない限り、統治者が富むことはない。

統治者が富を求めるのなら、まずは民を富ませなければならないのだ。

ここで投資を惜《お》しんでは結局自分が損をする。レクティファールは相続しただけで自分が稼いだ訳ではないと皇王府が許す限り資本を投下した。やり過ぎては問題があるが、それも皇府――皇王府総裁の別称――をはじめとする皇王府の専門家たちが助言してくれた。

「――しかし、皇王府の総裁って一度も会ったことが無いんですが……」

これだけ金をせびっておいて顔を見たことも無いというのは余りにも失礼な話だが、仕方がないといえば仕方がない。先の皇都奪還《だっかん》戦のあとは互いに多忙で、部下同士を行き来させて連絡を取り合った。

通信でなら顔を見ることもできるはずだが、そこまでする理由がない。

お互い実利を求める性格なのか、向こうも必要以上にレクティファールに関わろうとはしなかった。

「まあ、いいけれども」

レクティファールの場合、害のない、或《あ》いは少ないことは軽視しがちだ。

これは為政者《いせいしゃ》としての彼の短所であり、同時に長所でもあった。おそらく、自覚して矯正《きょうせい》しようとするまでは直らないだろう。

レクティファールはうんうん唸《うな》りながら書類を捌《さば》いていたが、やがて執務室の扉が二度叩かれると書類から顔を上げた。

扉の前に待機していた近衛《このえ》軍の武官が腰の剣に手を掛けつつ誰何《すいか》する。先の戦いでレクティファールが直接剣を抜いて戦ったという事実は近衛軍に対して衝撃を与えたらしく、彼らの勤務態度は行き過ぎな程に熱心だった。

「陸軍中央総軍所属第〇八野戦医療連隊連隊長、フェリエル・ララ・スヴァローグ軍医大佐。着任の報告に罷《まか》り越した」

そういえば、新たにこの都市に着任した医療部隊の元締めが挨拶《あいさつ》に来ると文官の一人が言っていた。これまでは占領部隊付きの医療部隊がその任に当たっていたが、やはり人手が足りない。本来なら市民の健康維持など都市にある医療施設が担うべきなのだが、やはりというか医者のような社会的地位の高い職業は帝国国民が担うのが当たり前らしく、一部の町医者を除けば、殆《ほとん》どの医師は先の戦いで逃げ出してしまっている。

その医師不足を解消するために陸軍の医務衛生本部に打診したのが、単一で野戦病院を運営できる規模の部隊、つまり医療連隊の派遣だった。

誰が着任したかまでは確認しなかったが、何処《どこ》かで聞いた声だとレクティファールは思った。

「入れ」

レクティファールの許可を得て入室する軍医大佐。

軍支給の白衣を纏《まと》ったその姿を見て、レクティファールは無意識の内に立ち上がった。

さらに相手も大きく目を見開き、レクティファールを指差している。

「ああ！」

そんな声を上げたのは、果たしてレクティファールであったのか相手方であったのか。

どちらにせよ、近衛軍武官が困惑したように二人の間で視線を彷徨《さまよ》わせたのは確かなことだった。

◇　◇　◇

「――失礼致しました。殿下の御尊顔《ごそんがん》を拝《はい》する栄誉に浴したというのに……」

祐筆《ゆうひつ》を務める文官が淹《い》れたお茶を飲みながら、二人は思わぬ再会に笑《え》みを浮かべていた。

「構わない……というよりも、できるだけこの間のように接して欲しい。あのときの印象が強くてね、こうして畏《かしこ》まった会話というのは疲れる」

「公務ならば致し方ないかと。――まあ、わたしと殿下の間柄は他人というには些《いささ》か近い。そのような間柄の接し方であれば意思の疎通《そつう》を円滑《えんかつ》にするという名目も立ちましょう」

ソファに座ったフェリエルの眼鏡の奥の金瞳が、悪戯《いたずら》を思い付いた子どものような光を宿している。

対面に座るレクティファールはそれを苦笑しながら見つめ返し、頷《うなず》いた。

「そうしてくれると助かります。ここに来て以来、公務ばかりで気が休まらない」

「ふふ……わたしとは二度目の対面だったと記憶しているが、そんなに気楽な態度でいいのか？」

「あなたか妹殿か、どちらかは私の隣に立って貰《もら》うしかありません。となれば、私たちの関係は決して遠くないものになる。今から気を張っていては保《も》たないでしょうし、正直遠慮したい」

レクティファールは本心を吐露《とろ》した。

どちらの関係になるかどうかは分からないが、長々と気を遣うには近すぎる間柄だ。ならば最初からある程度気楽な関係を構築するべきだとレクティファールは判断した。

それに、レクティファールにとってフェリエルは信頼に足る人物だ。あの野戦病院での姿を見て、そう結論した。

「あなたなどと他人行儀な呼び方はやめてくれ、フェリエルで良い」

「ならば私は――」

フェリエルが身を乗り出し、レクティファールの口に人差し指を押し付けた。

「レクト、でいいだろう。メリエラから聞いている」

やはり面白そうに揺れる金瞳。

レクティファールは戸惑《とまど》ったように口を開いた。

「もう会われたのか。彼女に」

「会ったとも。少し離れているとはいえ彼女とは親戚だし、何より龍族の治療は龍族の医師が担当するのが一番良い」

龍族の身体構造は微妙に人間種や大多数の混血種とは異なる。

日頃暮らしている分には気にならない差異だが、こと医療分野では無視できない。医療教育現場で各種族の特徴を学ぶ期間が設けられている程だ。

「見舞いがてら顔を出したんだが、驚いていたよ。まさかここに派遣されてくるとは思っていなかったとね」

「こちらは陸軍に要請しただけで部隊までは指定しなかったから、偶然といえば偶然でしょうね」

「確かにな。だがまあ、偶然も起きてしまえば必然だったということさ。メリエラもそう言っていたよ」

レクティファールは、優雅にお茶を飲むフェリエルの顔を見ることができなくなった。

後ろ暗いというか、申し訳ないという感情が頭を擡《もた》げてきたからだ。

「一度も見舞いに来ていないそうだな」

「――ええ、色々ありまして」

病院の面会時間は総《すべ》て仕事で埋まっている。

休日もなく、まさか深夜の病院に見舞いに行くなどという非常識を皇太子が実行する訳にもいかないだろう。

見舞い状こそ何度か送っているが、返事がきたことはなかった。

「いや、向こうも怒ってはいないんだ。むしろ来てもらった方が困ると言っていた」

「は、はあ……」

何を言われているのか分からないといった風のレクティファール。

フェリエルは困ったように曖昧《あいまい》な笑《え》みを浮かべた。

「好いた男には見せられない姿ということだよ。詳しく口にするのは憚《はばか》られるが、まあ、若い女の見栄とか意地とかだと思って欲しい。いい男はそういうものを笑って受け入れるものだぞ」

「受け入れるのは構いませんが、ならば私は当分見舞いに行かない方が良い、と」

「そうだな、向こうが来て欲しいと言うまで行かない方が良いだろう。多分、あとひと月は掛かるな」

「そんなに……」

来て欲しくないと言うのだから行くつもりはないが、彼女の怪我《けが》の何割かはレクティファールの責任である。責任の果たし方に見舞いは含まれないのかもしれないが、それでも気遣い無用と言われて納得できるほどレクティファールは今の立場に慣れていない。

「あ、従者の方も見舞いはやめておけよ」

「ウィリィアさんもですか……」

がっくりと肩を落とすレクティファール。

自分の守りたいと思った人が入院しているというのにこの自分の状況である、彼でなくても肩を落として当たり前だ。

彼女たちが怪我を負ったことについて、『守れなかった』とは思わない。

彼女たちの怪我は彼女たちの望んだ結果であり、レクティファールの願いとは全く別次元の問題だ。レクティファールも彼女たちの願いを押し退《の》けてまで自分の願いを成就《じょうじゅ》させようとは思っていないし、何よりそれは『守る』ことではない。自分が守りやすいように彼女たちを縛《しば》っただけだ。

それが分かる程度にレクティファールは大人だが、同時に理解と納得が別物であると知っている大人でもある。

「従者の方は面会謝絶と言うべきだな、意識はあるが身体中無事な部分を探すことの方が難しい。龍人族でなければ死んでいただろうさ」

「龍人族――グロリエ姫と同じ種であると聞いています」

レクティファールとしては、ウィリィアが一方的に叩かれたということがまず信じ難い。

直接戦っている姿は見ていないが、ウィリィアが一騎当千の強者であるということは彼女の父から聞かされている。さらに近衛《このえ》軍からも、その能力を高く評価する報告が上がっていたはずだ。

本人はメリエラの従者として振舞っているが、望めば軍で栄達することもできるだろう。力だけの猛者《もさ》ではない、自身の力を生かすだけの知識も持っているのがウィリィアという女性だった。

「あの二人は種族的には確かに同じだ。ただし、個体としての能力はやはりというか大分《だいぶ》違う。グロリエ姫は我が先祖——初代紅龍公の父君を殺した生産性度外視、限界まで高性能を追い求めた上位龍人族の末裔《まつえい》。対してウィリィアは下位龍種に対抗するために数を揃えた後期簡易量産型の子孫だ。こう言っては何だが、個体性能が違い過ぎる」

四龍公の一角を占める紅龍公の一族。龍族の中でも間違いなく最上位に位置する強種だ。

それを殺せるだけの性能を持たせた個体の子孫ともなれば、たとえ先祖の持っていた力より劣っていても、あの結果は当たり前ということ。勝とうと思う方がおこがましい。

「メリエラなどは非常に悔しがっていたよ。龍種が『龍殺し』に勝つなど、彼我《ひが》の能力がよほど隔絶しているときか、一生分の運を使い果たしたときだけだというのにな」

「そこまでですか、彼女たちの力は」

フェリエルも龍族だ。当然、『龍殺し』を前にしての対処方法は教え込まれている。

その対処方法とは――己が出しうる全力を一撃当ててから尻尾を巻いて逃げろというもの。その一撃で倒せる相手ならそれで良し、受けても生きているような相手なら、それは勝てないということなのだ。

だが、総《すべ》ての龍族がそれを鵜呑《うの》みにしている訳ではない。

メリエラのように龍族以外の種族が編み出した技術で対抗することもできるし、そもそも戦わないという選択肢を選び続けることも不可能ではないのだ。

何より、龍人族はその数が少ない。

これは人形種総てに言えることだが、彼らは人に生み出され、産み落とされたあとも大なり小なり調整を受け続けることを前提にした種だ。本来は整備調整不要の完全兵器として設計されたのだが、特に強大な力を持つ個体ほどその傾向が顕著《けんちょ》で、グロリエ程の力を持つ個体が極《ご》く稀《まれ》にしか発生しないこともそれに由来する。

ウィリィアと同程度の性能の量産型であれば調整も不要だが、そのような個体は他種族の脅威《きょうい》としては些《いささ》か弱い。だからこそ、人形種は他の種族に受け入れられたのだろう。他の種族とて、自分たちを脅かす擬物《ぎぶつ》の命を放置する程馬鹿ではないのだから。

「グロリエ姫とて、調整を受けられない以上先祖のような力を発揮することはできんだろう。だが、我らの世代の四龍姫の中で最も戦闘能力が高いメリエラを一蹴《いっしゅう》する程度のことはできる。まあ、父たち四龍公を相手にしても一対一なら負けはしないだろうな」

「むぅ」

一軍に匹敵《ひってき》する四龍公相手に負けない個体。レクティファールは唸《うな》った。

しかし、龍種にさえ勝てる龍人族とて、軍という〝群《むれ》〟相手であればまず勝てない。どれだけ龍人族が強大な力を持っていても、それはあくまで龍や竜に対してのみ効果を発揮するものである。

グロリエが他の種族にさえ脅威を与えているのは、彼女が持つ〈神殺しの神剣《ディヴィン・スライヤー》〉が、その使用対象を龍や竜に限定された兵装ではないからだ。

「しかし、グロリエ姫は本国に召還されたのだろう？　帝国軍も甚大《じんだい》な損害を被《こうむ》った。たとえ帝国軍総兵力の百分の一程度のものであったとしても、だ。――君がどの程度まで手を広げていたのかは知らないが、君が意図した通り、我が皇国は帝国の侵攻の意志を完全に圧《へ》し折ったということだ」

フェリエルはレクティファールの顔を覗《のぞ》き込んだ。まるでその意図をその金色の瞳で読み取ろうとしているかのように。

レクティファールはその視線に僅《わず》かにたじろぎ、それでもじっと見詰め返した。

「ふふ……」

フェリエルが落ちてきた眼鏡を押し上げると、その不思議なにらめっこは自然と幕を閉じた。

帝国側の死傷者は皇国が把握しているだけで八万を超える。

その内の何割が永久損失として計上されるのかは分からないが、少なくとも帝国軍の皇国侵攻を数年間躊躇《ためら》わせることは間違いない。

否《いな》、むしろ、今の帝国にそんな余裕はないと言って良い。

嘗《かつ》てグロリエが指揮を執《と》っていた西方戦線が、西方諸国の猛反撃によって押し戻されたのだ。

帝国が皇国に敗北したという一報が大陸全土を席巻《せっけん》したのと、全く時を同じくして始まった西方諸国の大反攻。これまで散々に打ち負かされていた西方諸国軍が、国境線を開戦当初の線にまで押し戻したという。帝国側は先ごろまでの指揮官であったグロリエ敗北の報に動揺し、屈辱的な敗走を繰り返した。

これを皇国側の工作ではないと疑わない者は、大陸のどの国家の政治家にもいなかった。

「――私がしたことなどそう大したことではないでしょう。単に西方の主力を担っていた帝国陸軍第三軍集団とグロリエ姫を引き付け、それを追い払っただけ。西方諸国が反撃に必要な戦力を残し、その機会を逃さなかった、彼らこそが勝利者です」

「そうだな、勝利者は彼らだ。つまらないことを言った、許してくれ」

フェリエルはレクティファールの言葉を鵜呑《うの》みにした訳ではない。

だが、彼女は自分がこれ以上足を踏み入れても、どちらにも不利益しか齎《もたら》さないと悟ったのだ。

レクティファールが西方諸国との細い外交経路を最大限活用していたということは、父――紅龍公フレデリックからの情報で知っている。ただ、それが実を結んだことは多分に運の要素が強く、こんな外交は公にしてもまず褒《ほ》められることではない。

何より、レクティファールがそれを公にしてしまえば不利益の方が大きくなるだろう。西方諸国とはあくまでも利用し、利用される関係が望ましいのだから。

国家間の関係には、決して足を踏み入れてはいけない一線というものがある。その一線は相手によって常に変動するが、それを見極められない国家は滅びるという点では一致している。

ここで皇国が西方諸国に近付けば、彼らは皇国の持つその力を利用しようと様々な外交を仕掛けてくるだろう。

共に帝国と戦う同志として笑顔で近付き、自分たちが帝国から受けるであろう被害の何割かを皇国に押し付けるに違いない。

(いや、今考えることではないか……)

レクティファールは難しい顔で眉間《みけん》のしわを揉《も》み解《ほぐ》す。

フェリエルが目の前にいるというのに、考えることはこれからの皇国のことばかり、申し訳ないと思う余裕もない。

「外交とは得てして難しいものだが、何、皇都には専門家がいる。君がそう難しい顔をして目の下に隈《くま》を作る必要はないと思うぞ」

「むぅ……」

苦笑し、手の掛かる弟を見るような――以前のウィリィアやメリエラと同じような表情でレクティファールを見るフェリエル。

実際に妹のいる彼女なら、なるほどこのような表情が板に付いていることも納得できる。

「――実は、挨拶《あいさつ》ついでに君が無理をしていないか見てきてくれとメリエラに頼まれたんだ。副官のようなことをしてくれていた〈パラティオン〉の参謀《さんぼう》ももういないのだろう?」

レクティファール付き参謀としてその任を全うしたリーデは、その役割を終えたということで三週間前に〈パラティオン要塞〉へと戻った。去り際に彼女が見せた戸惑《とまど》いを多分に含んだ表情が気にはなっていたが、レクティファールはその労をねぎらう言葉を掛けるだけで慰留《いりゅう》はしなかった。

確かにリーデは得難い参謀だった。若いがその分既成概念《がいねん》に囚《とら》われておらず、レクティファールの詐術《さじゅつ》紛いの策ですら冷静に分析することができた。経験さえ積めば、そう遠くない未来に英雄である父を超えることができるだろうと他の参謀も認めている。

近衛《このえ》軍からも「殿下が望むのであれば陸軍からの転属も可能」と言われていたのだが、彼女の後見人であるガラハがそれに待ったをかけた。

「あの娘は殿下の傍《そば》に侍《はべ》るには未熟。あのように未熟なまま殿下のお傍に寄ることとなれば、いつかその地位に呑まれましょう。あの娘の己の中の信念というものは未だ、細く、脆《もろ》いもの。軍人として誰かに従う内はよろしいでしょう。ですが、誰かの上に立ち、その責任を総《すべ》て負うにはこの上なく未熟であります」

ガラハはレクティファールの前に跪《ひざまず》いて続けた。

「もしも、もしも殿下があの娘に軍人以外の役割を望まれるというのであれば——小官は何も申しませぬ。あの娘の意思次第、あの娘の決断を支持いたします。必要であれば、このまま小官が後見に立ち、あの娘の身を保障いたしましょう」

〈ウィルマグス〉入城のその日、日が暮れて暗くなった執務室に現れたガラハはそう言ってレクティファールのリーデ引き抜きを拒んだ。

本来であればこのような直訴《じきそ》は罪にさえなるのだが、レクティファールはガラハのその真摯《しんし》な態度に深い意図を感じ、彼を罪に問うこともリーデを引き抜くことも実行しなかった。

当然、ガラハの言うような『軍人以外の役目』も選択することは無かった。

ガラハはああ言っていたが、実際にレクティファールがその選択肢を望めばリーデのような一介の士族に選択の自由はなく、彼女は本心を隠したままレクティファールの元に上がることとなっただろう。

それは、レクティファールによるリーデへの裏切り以外の何物でも無い。

「彼女は本来の役目に戻っただけです。ここでの仕事は彼女の職分ではないでしょうから」

「それで何週間も休みなく働いていると？　――あれか、君は医者に喧嘩《けんか》を売っているのか」

フェリエルの眼鏡がきらりと光を反射する。

レクティファールはぴくりと肩を震わせたが、何とか逃げ腰になることだけは免《まぬが》れた。

「いいかね、医者とは怪我《けが》や病気を治す仕事だと思っているようだがそれは間違いだ。確かにそのような側面はあるが、医者の本分とは人々が健《すこ》やかに暮らせる状況を作り出すことにある。病気や怪我を治すというのはその手段であって目的ではない。さらに医者とは病気や怪我を予防することも仕事なんだ」

「はあ」

目を瞑《みは》って滔々《とうとう》と語るフェリエル。答えるレクティファールは気のない返事だ。

「はあ、ではない！」

「おおうッ!?」

くわっと目を見開くフェリエル。

今度こそレクティファールは一歩退いた。男として負けてはいけない戦いに負けた気分だった。

「いいかね、君が倒れたらどうなる？　国民には動揺が走り、他国は必要がないのに無駄な動きを見せるだろう。その無駄な動きによって損害を被《こうむ》るのは無辜《むこ》の民だぞ？　それが元首の行いかと問われて、君は胸を張って是《ぜ》と答えられるのか」

「む……それは……」

「ちなみにできると言ったら殴る」

「聞いておいて選択肢ないじゃないですか！」

レクティファールの前で拳《こぶし》を握り締めるフェリエル。

医者とは体力仕事である。彼女をそこらの女性と一緒にしたら間違いなく痛い目を見るだろう。

「それ以前に、医者なのに患者を殴るのはいいんですか⁉」

「何を言う？　まだ殴ってないから患者じゃない」

「何という暴論……！」

「仮に患者になったとしても、何、痴情《ちじょう》の縺《もつ》れと言えば誰もが納得するだろう。元々龍族の娘が皇王に嫁《とつ》ぐのは、万が一のときに夫をぶん殴ってでも止めるためだからな」

「知りたく無かった……そんな事実……」

得意げに笑うフェリエルとテーブルに突っ伏して泣くレクティファール。

確かに彼女たちに勝てるなんて思ったことはない。

そもそも、その意見を無視することの危険性は嫌というほど理解しているのだ。

「まあ、ファリエルの方は多少手加減してくれるだろうな。あの子はああ見えて身内には優しいから」

「――――」

ああ見えてって、何気《なにげ》に酷いこと言うなこの姉。直球ど真ん中じゃなかろうか――レクティファールはそう思ったが、賢明なことに口に出したりはしなかった。

最近、怒られないことに関してはその他のどんな技能よりも上達が早いレクティファール。人とは、自分に必要と思われる諸々の技能の習得には並々ならぬ才能を発揮するらしい。

「そういえば、ファリエル――妹君は？」

「ん？　ああ、うちの部隊にいるが、君に会いたくないと言ってついてこなかった」

「――――」

どうやら嫌われているようだ。

以前に会ったときも親の決めた結婚に納得していない様子だったから、まあ、仕方がないと言えば仕方がない。

むしろ今回の結婚を全く気にしていないフェリエルの方がおかしいのだろう。いくら以前から決まっていた習慣とはいえ、少しくらい悩んでもいいものだが、フェリエルのレクティファールに対する態度は終始一貫して変わらない。

レクティファールには正直理解し難い。

悩むレクティファールの内心に気付く由《よし》もないフェリエルは、お茶を一口飲むとレクティファールの前に一枚の小さな紙片を差し出した。

「我が連隊の第二大隊大隊長兼第二救命班班長、軍医少佐ファリエル・ララ・スヴァローグ。宿舎はここに書いてある。君から会いに行くことは止めないから、これ以上の自己紹介は本人に頼んでくれ」

「行ったら罵声《ばせい》に加えて開腹刀でも飛んできそうですね……」

紙片を取り上げ、眉根を寄せるレクティファール。

フェリエルはにやりと笑った。

「何だ、よく知ってるな。妹の開腹刀投げの腕前は飛ぶ鳥を落とすほどだぞ。まあ、昇進が遅れる程度には罵声も飛ばすが」

「……」

対空開腹刀ということですか――げんなりと肩を落とすレクティファール。

皇国の軍医たちは皆この技術を会得しているのだろうかと本気で気になった。

「気にするな。さっきも言ったが、一度身内と認めれば妹ほど情の深い女もいない。龍族の女ということを差し引いても、良い妻、良い母になると思うぞ」

「ちなみにあなたは……？」

思わず問うレクティファール。

「それなりだ。だがまあ……」

フェリエルは立ち上がると、自分を訝《いぶか》しげに見上げるレクティファールへと歩み寄る。

懐に手を入れた彼女の動きは自然で、出入口の左右に控える近衛《このえ》兵もその動きをただ見送ることしかできなかった。何より、まさか紅龍公の姫君が摂政を害するなどとは夢にも思うまい。

されど、その手に切れ物が煌《きら》めくことは、夢でも幻でも無かった。

「わたしは身内ほど手加減できない性質《たち》でね。父にも手加減を覚えろと言われているんだが、なかなか難しい。だから、言わせて貰《もら》うぞ……！」

ウィリィアが普段持っている細剣とは違う、片刃の短刀。

スヴァローグ公爵《こうしゃく》家の紋章が刻まれたそれをレクティファールの眼前に突き付け、フェリエルは弾劾《だんがい》する。

「甘ったれるな小僧。貴様の命は貴様だけのモノではない。好き勝手に仕事をするのは構わんが、身も心も傷付いた婚約者に無用の心配を掛けることが摂政や大の男のすることか！」

「――――」

近衛兵が剣を抜こうとすると、レクティファールはそれを手で制した。

これは公爵家令嬢による摂政への傷害ではなく、ただの喧嘩《けんか》だ。軍人が関わるべきものではない。

「そこまで、彼女は気に病んでいるのか」

レクティファールの口調はこれまでの気安いそれではない。

纏《まと》う雰囲気さえも、嘗《かつ》てファルベル平原で帝国の虎姫《とらひめ》と相対したときと較《くら》べて少しの遜《そん》色《しょく》もなかった。

「病むとも、自分が不甲斐《ふがい》ないばかりに君に直接敵の手が届いた。守るべき者を守れない、それは我ら龍族の女にとっては自分の身が汚されるよりも辛いことだぞ」

「――――」

フェリエルの怒りの対象は、そんな友人の心の中をこの男が全く理解していないことなのだろう。

見舞いに行かなかったことは別に責めるべきことではない。

ただ一つ、自分を守れなかったことを責めないことが問題だったのだ。

「〈騎従の契約〉を結んだ以上、貴様はあれの主人だ。騎龍の不手際を責めず、ただ放置するは主人の行いに非《あら》ず、外道の行い」

「あれだけ傷付いた彼女を責めろと？　自分の身が危険に晒《さら》されたから」

レクティファールは地の底から響くような低い声で問う。

すでにこの男はただの弱者に非《あら》ず、帝国の誇る姫騎士と斬り結んだ皇《おう》だ。

近衛《このえ》兵がレクティファールの発する怒気《どき》にあてられ、蒼褪《あおざ》めた顔で二人を見る。

「そうだ」

フェリエルの言葉を聞き取った瞬間、レクティファールの頭の中で、何かが切れた。

「――ッ！」

刹那《せつな》の間さえ無かった。

あの帝国第十三姫の一撃に較べれば鈍いことこの上ないが、レクティファールはその衣裳《いしょう》の裾《すそ》を翻《ひるがえ》したかと思うと、一瞬で〈皇剣〉を引き抜き、フェリエルの首筋にそれを突き付けていた。白刃《はくじん》に、フェリエルの端整《たんせい》な顔が映り込んだ。

訓練以外で敵でない者に刃を突き付けたのは、これが初めてだった。

その証拠に、〈皇剣〉を突き付けられたフェリエルよりも、突き付けた本人の方が内心動揺していた。

自分の行いが信じられないというように、その顔から血の気が引いた。

「良いんだ。君の怒りは正しい。ここでわたしを斬り捨てても、父上は君を責めない」

フェリエルはこれまでの怒りを掻《か》き消し、レクティファールを優しげに見詰める。

その表情は慈母《じぼ》のそれで、レクティファールは尚《なお》も混乱した。

「な、ぜ……」

「何故？　君の怒りは、君の大切な何かをわたしが傷付けたからだろう。他人の大切なものを傷付けたら、怒られるのが当たり前だ」

「――ならば、君の怒りも正当だろう」

レクティファールは大きく息を吐くと、〈皇剣〉をフェリエルの首筋から引く。

そのまま一振りすると、〈皇剣〉は光の粒となって霧散した。

「君の怒りは大切な友人を蔑《ないがし》ろにされたから。それだって十分正しい、少なくとも私はそう認識する」

「――」

フェリエルはぽかんとレクティファールを見上げる。

大した差ではないが、レクティファールの方が背が高かった。

「ええと、つまりどういうことだろうか」

「今回はお互い様ということでしょう。だけど、まあ……」

痴情《ちじょう》の縺《もつ》れで刃傷《にんじょう》沙《ざ》汰《た》は気分が良くないし、何より外聞が悪い。もうこれっきりにしよう――レクティファールはそう言って短刀を持つフェリエルの右手を押さえる。

フェリエルの手は医者らしく少しかさついたものだったが、レクティファールはそれを握り締めて笑った。

「君は医者でしょう。刃物を人に向けるときは、その人を救いたいからじゃないのですか」

「む……」

フェリエルがぱっとレクティファールから離れる。

わたわたと短刀を懐に仕舞い、乱れた白衣を整える。ついでに呼吸も整えていたようだが、レクティファールは何も言わなかった。人は学習するのだ。

フェリエルはこほんと小さく咳払《せきばら》いすると、少し俯《うつむ》いたまま、上目遣いでレクティファールを睨《にら》んだ。

「き、君は、意外とあれだな。節操がないな……」

「――非道《ひど》いな、その評価は」

本当にそう思った。

節操なしと言われるようなことはしていないと胸を張って言える。

「いや、節操なしなのは別に構わないんだが……」

「じゃあ、さっきの評価はなんですか」

どうにもフェリエルとの会話がちぐはぐだ。

レクティファールは、これが世に言う価値観の相違かと思った。

フェリエルはしばし唸《うな》ったあと、一つ頷《うなず》いた。

「――うん、よく分からん。なので出直す」

「は？」

フェリエルはそのまま逃げるように執務室を飛び出す。

レクティファールは呆けたようにその後ろ姿を見送り、やがて机の上に一綴《ひとつづり》の報告書があることに気付いた。

内容は今後の野戦病院の運営計画。どうやらフェリエルが去り際に置いていったものらしい。

あの一瞬でどうやって、と思ったが、やはりその疑問はレクティファールの心の中だけで適切に処理された。

◇　◇　◇

「あ〜」

そう呻《うめ》きながらフェリエルが部屋に入ってきたとき、その部屋の主は療後訓練を兼ねた簡単な裁縫《さいほう》をしている最中だった。

ノックもなく部屋に入ってきたフェリエルに対して、嫌味の一つも言ってやろうと口を開いた主だが、どうやら本当にフェリエルが悩んでいるらしいと気付き、嫌味を言うのを止《や》めた。

「どうしたの、フェリエル。難しい顔をして」

「ああ、メリア……ちょっと殿下に目通りしたんだが……」

「レクトに？」

はて、レクティファールとはフェリエルがそんなにも悩むような種類の男だっただろうか。

「は⁉　まさかレクトが……！」

摂政の立場を利用して変なことをしたのではないだろうか。

意識的にそんなことをするような男ではないが、無意識ならあり得る。

「ど、どうしたのフェリエル？　辛いことなら訊《き》かないけど、わたしにできることなら……」

「いや、いやいや、そんなことしてもらわなくてもいい」

フェリエルは寝台横の椅子に腰を下ろすと、メリエラの頬《ほお》に掛かっていた銀髪を払ってやった。

そしてメリエラの姿をざっと確認する。医者としては患者の観察は欠かせない。

「――――」

フェリエルはメリエラに気付かれないよう、内心で嘆息《たんそく》した。

こう言ってはなんだが、レクティファールを遠ざけたのは正しかった。

それ程、今のメリエラの姿は嘗《かつ》ての彼女からかけ離れている。

「殿下も心配していたよ。早く治して安心させてやれ」

「そう……」

レクティファールの名前を聞いた瞬間、フェリエルはメリエラの表情から生気が失せたのを見た。

患者用の飾り気のない院内服。

病的な白さを見せるかさついた肌。

水気を失い、バラバラと散る髪。

嘗《かつ》ての瑞々《みずみず》しさを失い、割れた唇。

隠しきれない汗の臭いと、塗り薬の臭い。

そして——包帯に包まれた右腕。

美姫《びき》と名高いメリエラの姿は、そこには無かった。

大きく息を吐き、メリエラは口を開いた。

「——やっぱり怒ってないんでしょうね、あの人のことだから」

「ああ、怒ってない。心配しているだけだった」

そう言ってフェリエルは寝台横の小机に置かれた数通の封書を見遣る。

どれもレクティファールからメリエラに送られた見舞いの手紙だ。

多忙で見舞いに行けないことを詫《わ》びる内容と、そしてメリエラの身体と心を心配する内容で占められている。

何処《どこ》にもメリエラを責めるような言葉は、無かった。

「一度文句を言ったんだが、駄目だな。あれは君の望むような叱責《しっせき》をする類《たぐい》の男ではない」

「そう、フェリエルが言うならそうなんでしょうね……」

フェリエルは医者という職業上、メリエラよりも人を観察することが上手い。嘘を嘘として見抜くことも医者に必要な技術だ。

「正直、メリアもあれに甘え過ぎだと思うぞ。あれはどうやったところでお前を責めたりできない。自分は大いに責めているようだったがな」

「──ッ」

フェリエルの最後の一言に肩を震わせるメリエラ。

もう一ヶ月も顔を合わせていないが、その表情が容易に想像できた。

「あれはその内心か身体の何処《どこ》かが壊れるぞ。〈皇剣〉があるから致命的なことにはならないだろうが、医者としては〈皇剣〉なんて兵器に頼るのは御免《ごめん》だ。できるなら人の手で何とかしたい」

「──方法があるの？」

メリエラの声には懇願《こんがん》の響きがこもっていた。

フェリエルとしては、今回の事態をメリエラとレクティファール双方の未熟が招いたことだと思っていたが、それは正しかったのかも知れない。

二人は、互いを想うには幼すぎたのだ。

どちらかがもう少し大人になればいいだけなのに、どちらもまるで初恋をした子どものように相手を気遣うばかり。

メリエラがレクティファールに見せた我侭《わがまま》な態度など、子どもが相手の愛情を推《お》し量《はか》るためにする悪戯《いたずら》と大差ない。

フェリエルとて経験が豊富ということもないが、少なくともメリエラの一〇倍以上は生きている。

「簡単で効果的な解決方法はある。ただし、これはメリエラの許可を得たい」

「どんなこと⁉」

メリエラがフェリエルに詰め寄る。

その気迫に気圧《けお》されながらも、フェリエルは年輩者の威厳を保ったまま告げた。

「簡単なことさ。レクティファールをさっさと大人の男にする」

「――は？」

メリエラの表情が凍り付く。

「ついでにレクトが我侭《わがまま》を言って、甘えられる相手を作る。メリエラにとってのウィリィアのように、わたしにとってのファリエルのように、自分の弱さを見せられる相手というのは人にとって必要不可欠なんだ」

その手段として、レクティファールに適当な愛人を作る。

後腐《あとくさ》れなく、それこそレクティファールの立場を承知した上で影に徹してくれる女を探し出し、それをあてがうことで心の均衡を保とうということだ。

「別に男女の仲になる必要はないが、女であることは外せない。まあ、レクトが男色家であれば別だが……」

「レクトは普通よ！」

吼《ほ》えるメリエラ。

フェリエルは肩を竦《すく》めた。

「普通ならば、まあ女をあてがうべきだな。心当たりはないのか？」

フェリエルはメリエラにこう言っているのだ。「お前の婚約者にあてがう愛人に心当たりはないか」と。

「あ、あなた……！」

メリエラもこめかみに青筋を浮かべた。

フェリエルは彼女にとって姉のようなものだが、これぱかりは許せることではないらしい。

こふぅこふぅと荒い息を吐くメリエラの肩を叩き、フェリエルは諭《さと》すように言う。

「簡単で確実な方法と言っただろう。時間があれば幾《いく》らでも他に方法があるんだが、時間が無いなら手っ取り早く欲望を充たして心も充たす方法が適している。まあ、レクトみたいな立場の人間にしか通用しない手ではあるがな」

流石《さすが》に治療の一環で愛人をあてがうような真似《まね》はできない。

これはあくまでも君主の心の平穏を保つ臣下としての策であって、医者としての治療法とはまた違う。

「男は幾つになっても甘える相手が必要なんだ。そして女には幾つになっても甘えてくれる相手が必要だ。まあ、逆も確かにあるが」

「だ、からって……レクトに……！」

「わたしたちが相手をする訳にはいかないだろう。今上陛下の喪《も》が明けるまで戴冠《たいかん》の儀も婚礼の儀もできん。一応わたしたちは婚礼の儀を済ませるまで生娘《きむすめ》でいなくてはならないのだから……」

それは四界神殿の教義だとか、道徳的な問題という訳ではない。

もっと単純に、万が一子どもが出来たときにその養子縁組で揉《も》めるのを避けるためだ。

婚礼の儀を済ませていない以上、その子どもは法的には私生児ということになる。

だが、血統上は間違いなく皇王と四龍姫の子。

これは大いに揉《も》める。

皇子や皇女を養子に出して国内の結束を高める皇国では、間違いなく無用の争いを招くだろう。

それを避けるため、皇王と皇妃候補の間に子どもがいては困るのだ。

これが皇太子であっても、正式に婚姻《こんいん》していない限りは同じこと。

さらに、姫君が生娘《きむすめ》であるということには、他の男と肉体関係を持たないという意味もある。皇妃と皇王以外の別の男との間に子どもがいれば、これもまた火種になってしまう。皇王の座は世襲ではないが、その系譜《けいふ》は間違いなく皇国の屋台骨と言えるのだから。

「──分かるだろうメリア。将来的にわたしたちにレクティファールを支えることはできるかも知れないが、今彼を受け止め、受け入れることはわたしたちにはできない。不甲斐《ふがい》ないことではあるがな」

「────」

メリエラも分かっているのだろう。

だから悔しそうに唇を噛《か》み、まだ満足に動かせない右手を左手で握りしめているのだ。

フェリエルは嘆息《たんそく》し、メリエラの右手を触診しながら静かに言う。

「すぐにやるべき策でも無い。一応、心の準備だけはしておいてくれ。必要ならわたしから父や他の三公に提案させてもらうから」

「分かったわ……」

四龍公ならば適当な女を探し出すだろう。

いや、離宮に入ったアリアを呼び寄せるかもしれない。

アリアなら、フェリエルの言った条件を総《すべ》て満たしているはずだ。

「く……」

悔しかった。

自分とウィリィアが傷付いたとき、レクティファールも同じように悔しかったのだと今なら痛いほどに理解できる。自惚《うぬぼ》れではない、レクティファールを想うから、想われていることが理解できるのだ。

大切なものがこの手から零《こぼ》れ落ちていくような感覚は、叶うなら経験したくない。

「フェリエル……」

「何だ」

自分の服を脱がせようと脇腹の紐《ひも》を外していくフェリエルに、メリエラは漏らした。

「レクトとは、お互い普通の立場で出会いたかったな……」

摂政として、白龍の姫としてではなく。

一市民として、ただの男と女として出会いたかった。

そうすれば、こんなにも苦しまずに済んだのに。

「無理だな。普通の立場では君たちは出会えなかった」

しかし、フェリエルの言葉は冷たい。

「君たちは君たちだから出会えたんだ。今以上の〝もしも〟なんて存在しない」

「フェリエル……」

「医者をやっているとな、常にそう思う。今以上の〝もしも〟なんて考えている間は医者として半人前、今を〝最高〟にすることができて初めて一人前なんだって」

戦場で医者をしている以上、助けられない命はそれこそ星の数ほど。

もしかしたら、彼らを救う未来があったのではないかと考えるのではなく、これから自分の元に来る患者を救う方法を考えるべきなのだ。過去は後悔するためにあるのではない、未来に進むためにあるのだ。

少なくとも、フェリエルはそう思って日々を生きている。

「後悔できるのは幸運なんだ、人はその幸運に溺《おぼ》れてはいつか後悔すらできなくなる。大切な人も、二度と届かない場所に行ってしまう」

フェリエルの経験がそう言わせているのか、メリエラには分からない。

だが、姉のような人の寂《さび》しそうな表情を見て、彼女は心に小さな棘《とげ》が刺さったような気がした。

自分もいつか、レクティファールを失って同じ表情をするのではないかと――

「あ、結構胸大きくなったな」

「フェリエルぅうううううううううッ‼」

叫びながら、心の何処《どこ》かでそう思った。

あとがき

どうも、スイカが終わったので、リンゴを食べ始めた白沢です。

カレンダーの月の部分が二桁《けた》になり、今年の終わりを感じています。

この四巻が出る頃には、世間は有明冬の陣の準備中でしょうか。


それはそれとして、四巻です。

龍虎戦役の決着。さらに対要塞砲というロマン要素があったり、ヒロインが酷い目に遭ったりする四巻です。


連載当時は勢い任せに書いていたような記憶もありますが、今になって振り返ると、勢いって大事だなぁ、と思います。一度失った勢いを取り戻すのは大変なのです。

実際問題として、作中では皇国の周辺各国が皇王不在時に得た勢いを完全に失ってしまいました。……しまいました、と言いつつ、主人公側からすれば、やっと止まったというのが本音でしょう。

話は少し変わりますが、このあとがきを書いている頃はちょうどWeb連載五周年の時期になります。

その頃から多くの人たちに支えられ、五年前には想像できなかったような書籍化、漫画化という現状。まだまだ終わる訳ではないですが、少し感慨《かんがい》深いものがあります。

私からはこうして作品をお届けすることしかできませんが、どうぞこれからも、よろしくお願いいたします。

四巻は、絵師のマグチモさんに表紙や挿絵でメカやら甲冑から、色々頑張っていただいた巻です。こうして言葉で申し上げることしかできませんが、本当にありがとうございます。

それでは皆さん、また五巻のあとがきでお会いしましょう。

二〇一四年　窓から見える山の一部が紅葉した十一月　白沢戌亥

超エンタメファンタジー!
2015年
TVアニメ化!
コミックス
漫画:竿尾悟
アルファポリス
COMICS
自衛隊VS異世界の軍勢!
累計24万部突破の大人気シリーズ、待望のコミック化!
自衛隊無双! イタリカ防衛戦!
箱根で繰り広げられる 黒ゴス神官と米中諜工作員の激闘
帝国との講和交渉開始!
だが水面下で主戦派が動き出す!
帝国皇子の非道!
各定価:本体700円+税
アルファライト文庫
文庫
45万部突破!
日本自衛隊、異世界制圧!!
美人自衛官が異世界で無双バトル!!
激闘自衛隊VS炎龍!!
美少女達と異世界探索!!
異世界帝国内乱勃発!!
白ゴス亜神と「門」の謎を追え!
自衛隊特殊部隊、敵地急襲!!
激烈、最終決戦!
「門」大崩壊!!
GATE ゲート
自衛隊 彼の地にて、斯く戦えり
柳内たくみ
2015年 TVアニメ化
アルファライト文庫
外伝1巻(上・下)待望の文庫化!
各定価：本体 600 円+税　イラスト：黒獅子

ネットで人気爆発作品が続々文庫化！

アルファライト文庫 大好評発売中!!

ぶっとび兄妹が魔法の世界に強制召喚!?

最強妹と平凡兄が異世界を救う！

エンジェル・フォール！ 1

五月蓬 Gogatsu Yomogi　illustration：がおう

才色兼備の最強妹と超平凡な兄が、天使になって異世界の救世主に!?

平凡な男子高校生ウスハは、ある日突然、妹アキカと共に異世界に召喚される。魔物に侵略された世界の危機を救って欲しいと懇願され戸惑うウスハに対し、アキカは強力な魔法を次々と修得してやる気満々。ところが、実は兄ウスハこそが最強だった――。ネットで大人気の異世界兄妹ファンタジー、待望の文庫化!

文庫判　定価：本体610円+税　ISBN：978-4-434-19952-3

アルファライト文庫

本書は、2012年4月当社より単行本として
刊行されたものを文庫化したものです。

白《しろ》の皇国物語《こうこくものがたり》4

白沢戌亥（しらさわいぬい）

2015年 1月 5日初版発行

文庫編集－中野大樹／太田鉄平
編集長－塙綾子
発行者－梶本雄介
発行所－株式会社アルファポリス
〒150-6005東京都渋谷区恵比寿4-20-3恵比寿ガーデンプレイスタワー5F
TEL 03-6277-1601（営業） 03-6277-1602（編集）
URL http://www.alphapolis.co.jp/
発売元－株式会社星雲社
〒112-0012東京都文京区大塚3-21-10
TEL 03-3947-1021
装丁・本文イラスト－マグチモ
装丁デザイン－ansyyqdesign
印刷－株式会社株式会社廣済堂

価格はカバーに表示されてあります。
落丁乱丁の場合はアルファポリスまでご連絡ください。
送料は小社負担でお取り替えします。

ISBN978-4-434-19953-0 C0193